初岸
Chu an

与美同栖

她什么都好，除了遥不可及

蔡方华 著

北京联合出版公司
Beijing United Publishing Co.,Ltd.

图书在版编目（CIP）数据

她什么都好，除了遥不可及 / 蔡方华著 . —北京：
北京联合出版公司，2019.1
ISBN 978-7-5596-2528-1

Ⅰ . ①她… Ⅱ . ①蔡… Ⅲ . ①散文集—中国—当代
Ⅳ . ① I267

中国版本图书馆 CIP 数据核字（2018）第 212118 号

她什么都好，除了遥不可及
作　　者：蔡方华
选题策划：北京时代光华图书有限公司
责任编辑：张　萌
特约编辑：张慧君
封面设计：介　桑
版式设计：冉　冉

北京联合出版公司出版
（北京市西城区德外大街 83 号楼 9 层　100088）
北京晨旭印刷厂印刷　新华书店经销
字数 230 千字　880 毫米 ×1230 毫米　1/32　10.25 印张
2019 年 1 月第 1 版　2019 年 1 月第 1 次印刷
ISBN　978-7-5596-2528-1
定价：48.00 元

目 录

第三辑　不成熟的作家

第四辑　你呀，流浪狗

第六辑　可有可无

| 第一辑 |

昙花研究

无方向微风

有一天，女人忽然认真地对我说，你别当诗人好吗？

我愣了一下，不知道这是什么来头。

她大概看出了我的不安，又补充说，你可以当作家，但别当诗人。

我点头，微笑着，很痛快地答应了。如果可以获得幸福，不写诗也是可以的。再说，一个幸福得有些痴呆的男人，多半也写不出什么像样的诗歌。

在她看来，作家比诗人要健康、正常，更让人放心。她的朋友们如果知道她的男人是个诗人，肯定会嘲笑她的。

她真好，没有让我完全放弃文字，她也知道这不可能。她是个很懂得分寸的女人。

不过，就在这个男人慢慢转型成作家的时候，她还是尝到了诗人的苦头。诗人有时柔情似水，能漫过她的满头青丝，有时也会像愤怒的烈火，把所有的劈柴烧成灰烬。

诗人就像挥舞着荆棘翅膀的鸟，远看时，它飞翔的样子几近梦幻，但如果靠得太近，就会伤人。他不是故意要那样做，只是无法承受内心的痛苦。

所以，诗人在女人的怀里时，总是小心收敛着自己的翅膀，脸上露出婴儿般恬静的表情。他不飞翔，只拥抱，不歌唱，只亲吻。他假装自己不是诗人，而是橡子。

内蒙古与河北之间有条公路，叫省际大通道，它像一首形式简单但内容宽阔的诗。路上几乎没有车，当我们在路上懒洋洋地行驶时，那路就像是我自己家的走廊。任何时候我们都可以停下来，可以坐在马路中间，可以模仿牛羊从路的一侧徜徉到另一侧，可以在路上撒尿。

远处在下雨，黑色的雨线从云上一直垂挂到地下。满天都是壮丽的云朵，变幻的云朵。在没有云的地方，天空蓝得就像垂死的爱情。

路两旁视野开阔，山丘起伏如同迟缓的波浪。灌木故意长得很好看，让路过的人怀念。在这样的地方，如果像阿甘一样领着一群人跑步，那就成了电影。如果一个人跑步，就成了傻子。所以，大多数时候我就那么呆呆地看着大地和天空，但无论看什么，看见的都是女人，都是她的眼睛和头发。世界在我眼里，就像两张底片叠映出来的图画。云朵在汹涌，她的身体却是宁静而停止的，就像永恒自身。

沼泽地旁边，几匹母马带着儿马在安详地吃草，我们显然打扰了它们。一根孤零零的木桩兀立着，似乎是为鹰准备的。我想也没想就越过了铁丝网，噌的几下爬了上去。蹲在树桩的顶端，世界并没有什么变化，只是沼泽地的水鸟叫得更惊慌。但是，我自己好像被一个仪式改变了，在色空交织的狂风中心，我更加空虚、寂静、晦暗和孤独。

雨后的阳光斜射过来，给了我一点颜色。

今天去办物业交接。在楼下等人时，看到了一丛怒放的紫薇。国槐的淡绿色花朵飘得满地都是。最后的合欢在枝头静静枯萎。

没有方向的微风从大地吹向我的心头，把我吹得缓慢。

我在墙根坐下来，对自己微笑，就像我是坐在山顶一样。

2007 年

美有时是小的

劫后余生。歪倒在玮刚老师家的沙发上，信手翻看西埃夫的摄影画册，忽然就看到了那幅天鹅。不是最好的作品，也不惊人，却让我的眼睛又湿了。

在这个无比庞大、无比含混、无比分裂、无比嘈杂又无比寂静的世界上，美有时是小的、落寞的，就像巨大岩石中心的一点冰晶。在它的四周，尽是平凡粗糙的石头，尽是冷漠的湖水，尽是喧嚣的声响，尽是晦暗潮湿的欲望。但美仍然会闪耀，用它最轻盈的样子，用它朴素的觅食姿态，用它不无艰难的飞翔。

和我们的想象不同，和我们曾经缅怀过的古典年代不同，美已经变得越来越小，甚至越来越卑微，只有用更为巨大的长焦镜头才能窥见它。美更难捕捉，更难确认，更无法驯养。当我们的内心刮起最险恶的风暴时，美仍然那么安详沉静，让人既感激又悲伤。

罄尽一生，我所能够做的，也许就是找到自我灵魂中细小的美，那是古老人类的永恒种子。没有它，再繁华的世界、再绚丽的生涯，也不过是灰烬。

2007 年

"没有了你会使更多的原野悲伤"

痛苦与怀疑暂时消隐的时候，心灵会在一个间隙朝向阳光，如同轻轻推开的门户。灰尘飞起，燕子穿门而入，带来词语和光亮。

看到新闻说，布宜诺斯艾利斯下雪了，冻死了几个人，但更多的人在大街上亲吻，因为很多人一辈子也没看见过雪。于是就想起了博尔赫斯的《布宜诺斯艾利斯激情》，想起了他创造的那些诗句，想起了他盲了双眼、端着一杯咖啡的样子。在书堆里一通乱翻，找到了他的诗集，胡乱读了几首，似乎又能体会到美好与安详，体会到压制在秩序背后的粗犷激情。

很久没有煮咖啡了，咖啡壶上落满灰尘，在太平洋百货买的那包咖啡粉甚至没有拆开。咖啡也会让我感伤、让我虚弱。总是睡得很浅，总会在冷汗中醒来，把自己的皮肤抹了又抹，就像童年时刚从水里钻出来。那时，我会摇晃着身体和耳朵，把水珠抖在地上，然后用一片高粱叶子遮住羞处，沿着田埂扭捏着回家。但现在没有家，我在做梦时意识到自己在做梦，醒来时只摸到潮湿的床单。

这是可笑的人生。饭桌上，每个人都在谈论股票和基金，谈论靠近高尔夫球场的房子，谈论政治八卦，我几乎完全置身事外。几乎在所有的聚会里我都置身事外。我只关心爱情，只在乎心灵。我能看见的只有烟雾中的玫瑰，她那么虚幻、自在，说不上美丽，但勾魂摄魄。

所以，我会生活在所有的时代里，在所有的女人身上寻找你的影子。我会怀念你、讥笑你、奚落你、蔑视你，会看着你被生活的尘埃覆盖，但我不会忘记你，就像我不会忘记多年前的那朵孤傲的野百合，就像我不会忘记一只寂寞的鸟。

这只狗将穿过麦地，穿过烈火般的忧愁，它不会死在莲石东路，不会死在南三环或别的地方。它不是维昂的小灰鼠。失去了你，整个大地都感到悲伤。

2007 年

落水的人看来已经上岸

黑格尔说，所有重要的历史事件都会发生两次。我没看过黑格尔的书，这话是我从齐泽克那里看来的，他也没有告诉我，这说的到底是什么意思。

但在个人的历史里，很多事情的确会发生两次。两次去撬别人的门，一次会成功，一次会失败。两次坐在车里，徒劳地等待，并且听到布谷鸟恼人的叫声。两次邀人喝酒遭到拒绝，这两个人都深入生命。两次试图自我伤害，一次被阻止，一次被放任。两次在大街上受到羞辱，都是自找的。两次从绝望的深渊向上飞翔，一次飞到了无边的空虚里，一次撞到了悬崖上。如果黑格尔是对的，如果他向我暗示，那些事只会发生两次，那就太好了，我还有救。

没有人不害怕轮回。如果有人预言，我下辈子是一条狗，拖着残废的腿在西藏某座寺庙前来回转圈，我多半会吓得赶紧吃斋念佛。好在没有人会对我这么说。我也不相信来世。我会在年老的时候变成一棵树，每一片叶子都散发出动人的光亮，照着所有迷惘的人。而树不会轮回，砍倒，烧掉，就是完结。我喜欢闻树干被砍开时弥漫的气味，湿润、清苦、浓郁，好像里面隐藏着整个大地。我能把整个大地吸入肺腑吗？那是肯定的。

我不愿意做一个被驯化的人，虽然我经常柔顺，像麦子在风中倒向一边。我肯定会倔强地转过身来，支棱起满身的芒刺，不是要伤害谁，而是要暴露内心的锋利。我的内心有铁、岩石、岩浆和无数棵古老的橡树，它们都沉睡在宁静的湖水里。我用水吻你，覆盖你，但我并不是水。我也不要被驯化的爱情。我想和你在烈日与浓云下长久地行走，把苍劲的背影留给蝇营狗苟的人们。

生气的时候我会突然笑起来，发觉让我恼怒的这一切是多么可爱。所以我也是一个可爱的人。

但落水的人还没有上岸，因为所有的事情都要发生两次。一次是火，一次是灰。

2007 年

鸽子飞呀

周日，送儿子去他干爸家，他上初中了，在那里寄宿。晚上九点来钟，我们到的时候，儿子的干弟已经睡下了，楼上黑着灯。我看着儿子手忙脚乱地整理课本、作业本，以及改天要更换的校服，心里很难过。虽然他在家里也很乖，但没有如此之乖，好像他也懂得什么叫寄人篱下似的。

儿子的干爸是一家报社的总编辑，和我同年，大学时都写诗。他还不是总编辑的时候，我父母给儿子算命，说是要认一个干爸才能逢凶化吉，我随口跟写诗的哥们儿说了，他也很痛快地答应下来。他是个好人，他妻子也是，每到儿子生日的时候，他们总会给孩子买些礼物。儿子和他干弟弟都在北大附中上学，离他家近，他妻子便提议，让儿子住在他家，两个孩子可以互相照应。这个主意不错，我和孩子他娘都答应了。

不过，毕竟不是自己家里，孩子不能像在自己家一样随意和轻松，这是成长的代价。周五去接他下学，我到达学校门口的时候，他已经回到了他干爸那里，等我赶到的时候，他正蹲在他干爸家的院子门口，看书。因为干爸家没有人。他的书包很沉，背着它在晚高峰时挤公共汽车，真不是轻松的事。看着他倒在车座上的样子，我难过得不行。这个城市太大了，我们都过得狼狈不堪。这是在北京，而我觉得他甚至没有我的少年时代愉快。他缓过来之后，便滔滔不绝地跟我讲学校里的事情。他因为拉肚子迟到了几分钟，喊了报告之后便进了教室，老师说，这样不符合规矩，必须重来，于是他就演习了好几遍“报告”，直到老师同意他走进教室并坐下来。我对那老师没有怨言，但我对人生颇多责难，对我自己也是。他为什么像我一样敏感，像我一样苦难重重？他还说到学校食堂，要排很长的队，他只要跑得稍稍慢一点，等他排到窗口的时候，就已经没有什么可选择的了。他问大师傅，那是什么菜？大师傅回答说，问那么多干什么，只剩下这个了。

想到这些，我很想哭。大概是因为喝了酒的缘故。如果儿子知道，他父亲在想到他的时候会难过得流泪，他会怎么样呢？会变得更加脆弱吗？我的孩子，我的珍宝。

我的侄儿，也就是我儿子的堂兄在县城上高中三年级。他不愿意住在集体宿舍，于是他爷爷奶奶就在学校附近租了一间房子，由奶奶陪读并照顾生活。去年，他奶奶的手臂骨折过。她到乡下的庙里为我儿子上香还愿，返程的时候，从弟媳妇的摩托车上摔下来，右手臂骨摔得粉碎。两个老人因为孙子的学业分居，这大概是中国才有的怪事。这也是没办法，弟弟在乡镇做临时工，弟媳跑到广州的一个风景区卖纪念品，每个人都为生计所迫。没办法。

弟弟刚给我写了一封信，好几页的书信，诉说了他的苦恼。他在财政系统工作。财政和粮食，本来是县级单位最保稳的两只饭碗，要进这两家单位绝非易事，但是，最近要改革了，所有的临时工都要丢掉饭碗，算起来，他大概能从国家拿到一万块钱，然后就彻底成了“自由人”。家里人要我给县委书记打电话，为弟弟保住饭碗，但是我心里明白，像弟弟这种“有路子”的人至少有七八十个，他的饭碗怎么可能保得住？接下来怎么办呢？他三十六岁，没有什么本事，可能文笔还过得去，如果把他叫到北京来，我能为他找到什么样的安身立命之地？

父亲说，弟弟每次回家，都像一碗豆腐渣似的提不起精神。我很理解，换了我，只怕更糟糕。许多年前的那个夏天，我几乎一直躺在竹床上，谁都不见。在致命的逆境里，只有少数大智大勇者才能表现得与众不同。

几乎就在送完儿子、从马甸离开的时候，接到了二姐夫的电话。他很少给我打电话，我知道多半又是有什么事情了。果然。老家的水电公司要 MBO（管理层收购）了，所有的职工都要买断工龄而后清退。二姐是水电公司的挂名职工，十几年前，她在施工时被一根撬棒打中了鼻梁，脸部一直浮肿，还有头昏的后遗症，如果像普通职工一样被清退，她的医疗就彻底没有了保障。他们找到了公司经理，经理说，这件事情由镇领导说了算。镇领导，去年年底刚请我吃过饭，说是很仰慕我，而我推测，可能这位书记误信了我跟县委书记关系很好的谣传。总之，我必须给镇委书记打个电话，用二姐的话说，我说一句，比他们说十几句都管用。

我很不想打这个电话，真的不想。我宁愿亲自回家跑一趟。

我想起二姐年轻时多么漂亮。像大姐一样，她有着完美的身材，完美无缺。但她是我家的第二个女儿，生下来就没人疼，而我是第一个儿子，命中注定备受宠爱。为什么？

大姐的第一个女儿在北京，我把她带了来，让她在一家出版公司做销售。她太年轻了，这个世界很快让她眼花缭乱，她以为自己可以独闯天下，结果撞得满天星斗，不仅丢掉了工作，恋爱也没有结局。房子是租不起了，我把自己的小屋让给了她。带她到石景山看房子的时候，我疲倦得像冬天的一堆乱稻草，每收拾一小会儿，我就要在床上躺一躺。抽屉里有很多药，还有"非典"时攒下的口罩，几乎所有重要的文件都放在那里。出版合同、离婚判决书、护照、存折、毕业证，所有的年代都和灰尘堆在一起，没有什么是清晰的。

到处都是书，我的书。最热爱的几本诗集。拉康和齐泽克。摄影家自述。《米沃什词典》。还有一幅画像，那是一段爱情的唯一证明，那甚至不是证明，而是爱情的剩余物或者反讽，因为我根本不知道那幅画像出自何人之手，画的又是谁，我打算一辈子也不去揭开这个谜。

衣柜里还有一张很大的照片，我握着一个姑娘的下巴，而她驯良地看着我，就像月光下的一只花鹿。那是在乡谣酒吧拍的。姑娘现在已经结婚了，没准还有了孩子，那个炎热的夏天，我曾经为她昏厥。

不知道那间小屋会变成什么样子。我曾经在那里写完了《水果》，写了《光线移动》和《鼻血》。我曾经每个晚上打电话安慰一个生病的小姑娘，如今她住在长滩，但愿这是真的。

我想把小屋子乱糟糟的样子拍下来，我带了相机，但是当着外甥女的面，我竟然没有拍照片的勇气。那很傻，真的。

傍晚的时候，给一家房地产公司打电话。房子很宽敞，足足有150 平方米。我要那么大的房子干什么？把全家人都接过来，住在一起吗？诗歌苍老。我要一所房子，面朝大海，春暖花开。扯淡。

开车在五环疾驶的时候，看到一只死鸽子，心里霍然一惊。鸽子在天空飞翔的时候是那样优美，被撞死之后，就成了一小堆羽毛。

我对自己说，无论如何，都必须飞起来。

2005 年

四季

有一种德国烟丝叫四季，比较粗，味道浓郁，我经常抽其中红色包装的冬草，带樱桃口味，舌尖能感觉到一丝甜蜜。春泉和秋鹅也抽过，但从没买到传说中的夏莲。

这些日子，北京的天气妖冶多变，似乎有一股力量在天地之间流转。漫长的阴霾之后，最先到来的是一场透彻的雨水，它洗掉了空气中的愁云惨雾，让微弱的光线在楼宇之间散漫地反射，也映在街道和匆忙的行人身上。

冒着雨去了一趟亦庄。孤悬在五环之外的这片地界多少有点古怪，它像是对什么都漫不经心的自由主义者，没有中心，没有辐射，没有古老的院墙和琉璃。玮刚老师带着我，在蒙蒙细雨中兜了几圈，使劲怂恿我买别墅，我只好摇头大笑。很难想象一个诗人住在别墅里，叼着烟斗，写一些无关痛痒的文字，就能养活自己。

在玮刚的家里，倚着窗户俯瞰亦庄，不时有烟火在雨中点亮，就像睡梦中一两个灿烂的词语。参观他的暗房，翻看他近期随手拍下的黑白照片，能感觉到他对这个地方的稀奇与喜爱。如果说亦庄有什么好，就是离土地很近，到处都有新栽的小树和荒芜的长椅。如果在这里有几个好朋友，倒是可以玩玩捉迷藏。临走的时候，玮刚送我一盒拉森的权杖烟丝，深蓝色的外包装，看上去有点像巧克力。

夜深下班，出单位大门，居然看到天空中飘起了大雪，车子的前挡风玻璃也完全被积雪盖住了。虽然早就预报北京有雪，但几乎没有人相信。这个冬天太暖和了，也太暧昧和昏暗。谁能想像一场大雪会凌空袭来，爱抚这座混乱的城市呢。雪片不断扑在身上，让我欣喜也忧伤，心里一阵一阵地痛。如果不是太晚了，真想在雪里一直走下去，让内心那不为人知的波澜慢慢平息。

元宵节刮起了大风，送儿子去学校寄宿。对于他和我来说，这都是一个忐忑不安的日子。经过一段时间的迟疑之后，他不再那么热切地想要过独立生活了，而我也担心他不能照顾好自己。想起我自己，十岁开始就在桐梓中学住宿，每个星期带两罐咸菜和一小袋大米，有时甚至要挑一担劈柴。冬天的凌晨，在学校旁边的小河里洗完脸，然后就要跑上几里路锻炼身体。记得有一年，同宿舍的学生都长了疥疮，大家每天都在裤裆里狂挠不止，手指上总是带着血。如果说有什么美好记忆，就是早晨在麦地里诵读《增广贤文》，桃树上长着毛茸茸的果子，斑鸠和野雉在不远处扑扑地飞。夜里下自习之后，偶尔去温泉泡澡唱歌，头发上还滴着水，就偷偷潜回宿舍睡觉。不知道儿子在他的寄宿生活里会遭遇什么，就像不知道他会有怎样的一生。苦恼、惊恐、朦胧的爱恋，对世界的探求热望，这一切他都要去经历，他也会有自己的隐秘辉煌。无论我多么爱他，都无法代替他去生活、去感受、去承担。生命就是这样孤独。

沿着西四环往北，路上顺畅。整个城市洋溢在最后一次疯狂里，到处都是烟火。烟花冲上夜空，转瞬就被大风吹得凌乱，美丽的火星拖曳着落下，留下一些细小的创口。我安慰着说，你看，整个北京都在庆祝你去住宿呢。儿子在旁边一声不吭，似乎在积攒力量。

夜里有很多梦的片断，花瓣在水中漂过。醒来后，一股美好而深沉的气息还在房间里沉浮。拉开窗帘，阳光无比明亮。内心喧闹，而游乐场寂寞。沿着阜石路一直向东，身体里似乎回荡着蓝色的呼喊。

2005 年

剁骨头的人

亲爱的“梨花教主”赵丽华，和我基本上是一见如故。

教主是个清新爽洁不紧绷的河北女人。在我们还没见面的时候，她就针对我的精神和物质生活做过两个很重要的指示。第一个是关于买家具。在我满北京转悠、流连于庸脂俗粉而难以自拔时，教主笃定地告诉我，三河某某商城的老榆木家具我一定喜欢。于是我只身打马去三河。三河虽然很大很陌生，但有了教主的精确定位，我还是很快就找到了想要的东西。从三河买回来的老榆木茶几，摆在客厅里几乎就是一棵树，纹理粗放表情纯真，看见的人没有不喜欢的。我一直存着一个老大的疑问，在教主还没有见过我，也没有询问过我的美学意见时，她怎就那么了解我的需要呢？这只能归结于诗人的洞见。

教主的另一个指示关乎人生。几年前，当我还是一只落水狗时，教主用短信试探性地问我：满北京的女人你都看不上，要不来廊坊找一个吧？见我不置可否，教主怕我误入歧途，立即很明确地指示说，你这样的人，找媳妇不能只考虑爱情，要找就找一个小女奴，让她照顾你吃喝拉撒寻欢作乐，而不至于在你的灵魂上跑马圈地。大意如此。教主的这条短信我一直珍藏着。可惜前不久，那部很老的手机掉进了厕所里，这条珍贵的语录也被冲走了。如今我只能通过回忆，来体会教主那不可复制的语言韵味。

爱情版图上没有三河这个地名，小女奴也不像老榆木家具那样可以买到。就算真有小女奴，在这个什么都讲解放的年代里，保不齐哪天她就革了我的命。所以，教主英明，属下该死，剁骨头的人虽然也干粗活，但她确实不是小女奴。而且，那天我醒来后发现，她剁的其实不是肉骨头而是玉米。玉米和排骨炖在一起，散发出甜丝丝的味道，就像猪躺在麦地里做梦一样。

剁骨头的人在我睡觉时悄悄出门，去了赵公口海鲜市场。她买回二斤新鲜的三文鱼和一些活蹦乱跳的虾，外带几十只扇贝。她又去贵园西里的菜市场买了一些青菜和水果、一只麒麟瓜和几个橙子。然后她回到家，悄悄地看书。她做什么都悄悄的，因为知道我怕吵。我醒来时阳光很好，楼下的玉兰花开得晕头转向，小黑在鱼缸里奔走，剁骨头的人煮好了咖啡。然后朋友就来了，朋友给我照相，勒令我读诗。我读了一首米沃什的《拆散的笔记簿》。和以往不同的是，我现在读诗都不光着身体了，和剁骨头的人在一起，我看上去很文明。

在了解了天底下的女人之后，我基本上喜欢和一个西北女人生活在一起。西北女人就像高粱酒，没有太多曲折的香味，但质朴浓烈、气韵悠长。西北女人会擀面条。你对西北女人好，她不会给你命。你对她不好，她也不会要你的命。剁骨头的人是在玛曲长大的。几年前，在我还不认识剁骨头的人的时候，我搭宁炎和表妹的车去了一趟甘南。在卓尼分手之后，我鬼使神差地独自搭车去了玛曲。玛曲是现实世界的尽头，离仙境又有一段距离。我去了黄河边，据说九曲黄河在那里拐了第一个弯，但我没有看出来。九月的傍晚就开始下雪。三星级酒店的单人间，住一晚上只要 59 块钱。那里有我见过的最干净的床单和枕头，但轻微的高原反应还是让我失眠。那时我还不知道，剁骨头的人曾经在这里啃过羊头，玩过羊拐，目睹过血腥暴力的革命。在稀薄的睡眠里，我梦见几个藏族汉子骑马跃进了黄河，在泥黄色的波浪里浮沉起伏，就像海明威笔下的某个场景。那是剁骨头的人告诉我的。

剁骨头的人在失去父亲的那年得了一场重感冒，从此失去了嗅觉。第二年春天，我带她去京西的潭柘寺看花。那时候，石景山和门头沟还是我的地盘，玉兰、丁香和海棠都按照我的意见开放，山楂和柿子在我点头后才会成熟，我如果没有吱声，连河水都不会流动。但潭柘寺是个例外，它是诸神的领地，那里有一种深沉、阴冷而滞重的气息，让我敬畏。寺庙里有很多花，缤纷的颜色考验着参禅人的定力，佛祖的用意相当深远。我们坐在回廊上吃冰激凌，剁骨头的人因为闻不到花香而一脸沮丧。我闭上心灵的眼，在心里默默念诵说，众神啊，如果你们真的有灵，就给她嗅觉吧。给她吧，给她吧。好像没什么反应。片刻之后，剁骨头的人忽然拔腿飞奔，直扑宝殿，把头深深埋在一株探春的花丛中。我跟过去问，怎么了怎么了。她抬起头来，眼泪汪汪地说，我闻到花香了。

就在那个四月，我利用自己和诸神的私交，给剁骨头的人打通了任督二脉。又过了一些日子，她的嗅觉终于完全恢复了。有时候，她能闻到半个钟头之后才会发生的气味。我很庆幸，我是在她失去嗅觉的那些日子和她相遇的，因为据说女人是根据气味来决定好恶的。我天生是个臭小子，后来又成了酸腐的诗人，再后来成了猥琐大叔，除了满身的烟草味可以略为遮掩行藏之外，绝对不会有什么迷人的气息。

剁骨头的人除了照顾我的饮食起居，有时也会过问我的灵魂。某一天，她看了我的博客之后，问我要密码。我问干什么，她说帮你修改啊。这里头有个故事。前不久，武汉的张执浩给我寄来了新一期的《汉诗》，里面有个哥们写了一首《前妻》，除了标题之外，诗歌正文都是空白方框。看了后记才知道，原来是诗人的现任老婆看了这首缅怀之作后，非常不爽，要求修改。几番艰难的讨价还价之后，诗人仍然不能保全他的作品，最后竟然删得只剩下了标题，成了不折不扣的标题党。剁骨头的人读这首诗之后，深受启发，爱上了修改诗人作品的工作，但几次跃跃欲试都被我严辞拒绝。剁骨头的人不肯罢休，又准备效仿真理部，给我下达若干写作要求，比如，过去的事情不能渲染煽情，现在的事情不能一带而过，除了南五环不能还有别的环，除了亦庄也不能再提别的庄等等。说是为了创建和谐社会。好在她和真理部不同，我即使不遵照执行，她也不会吊销我的诗人执照。

扯得太远了，我们还是喝汤吧。夹起尾巴来，干了手里这杯老酒，为了这个“伟大而艰难的时代”。且慢，艰难是什么意思？是不是每次都要开奥迪车到嘉陵江打水，挑回总统套房里喝？

教主啊，你们都是河北女人，修辞起来咋差别那么大呢！

2010 年

关于爱情的两个隐喻

爱情是宗教，是政治，还是游戏，似乎是所有的时代都必须回答的问题。而在《身份》这本书里，米兰·昆德拉出于对意识形态分析的迷恋，把爱情还原成赤裸裸的政治。当尚塔尔告诉她的情人，海滩上的男人不再为她回头了的时候，让·马克立即策划了匿名情书，用那些富有诗意的句子把尚塔尔带回到她早年的泛爱意象：穿越男性丛林的玫瑰花香。于是，情欲又在两个人之间燃烧起来。遗憾的是，这个把戏并没能持续多久，尚塔尔识破了让·马克。更糟糕的是，她对让·马克的匿名信也做了意识形态化的解读：让·马克试图制造一个借口，以便摆脱她。她离开家去了伦敦，堕入了一个群交的噩梦。那个梦一开始看起来完全是真实的，但在散场的时候，其荒谬性一步步显露出来，于是，尚塔尔、让·马克和所有阅读这本书的人都长出了一口气：这不过是梦而已。年老的米兰·昆德拉用这种方式降解了生活的严峻性。

我不喜欢《身份》把爱情意识形态化的做法，也不喜欢它那生硬的戏剧性。我们中有谁给自己的情侣写过匿名的情书呢？没有。我们甚至已经不写具名的情书了。以这个可怜的动机作为出发点，任何悲剧性的展开都是可疑的。不过，我喜欢《身份》中的两个隐喻：穿越所有男人的玫瑰花香，可能性之树。在这两个意象中，包含了爱情的游戏性。在我看来，游戏的本质就是取消时间的维度，一切都是可以返回的，你可以贪婪地重复，直到把爱情变成一场狂欢。无论是玫瑰的气味还是一棵无限伸展的树，都是弥散在空间中的，没有开端和结束，具备所有的可能性。但在那些把爱情当作宗教的人看来，这样的爱情观念无异于异端，是不负责任的滥爱，应该上火刑架。

在人生的不同阶段，我们对爱情持有不同的看法。年少的时候，爱情是宗教，充满了膜拜、高尚的欢乐和悲剧性的痛苦，精神的自我折磨无时不在，爱的对象被青春的想象力戴上了花环。一旦爱的教堂被生活摧毁，虔诚的教徒们经常令人瞠目结舌地转变成异端，我们在不断的重复中品尝着不断减弱的幸福感，爱情进入了游戏的阶段。等到我们的心智成熟、激情相应减弱时，爱情的政治意味立即显露出来，尤其是在婚姻中，权术似乎成了生活的衣帽架。当然，这个次序并不是必然的，也不是所有人都历时性地经历过这些阶段，对于某些人来说，他们在一次强烈的恋爱中，就耗尽了爱情的这三种意味。

我想起了苏菲·玛索和她的电影《忠贞》，想起了那个结尾，她用相机捕捉一滴晨露，而死去的爱人在树影中显现。情欲是可以逃避的吗？答案往往是否定的。

2001 年

| 第二辑 |

中年心灵史

你想抱紧日出却不可能

下雨了。很清凉的雨水。在这样的天气里，很适合给坝上画几幅素描。

今天在电视里听到了王菲的《彼岸花》，心里忽悠一下，似乎幽暗中有泉水喷涌而出。这一切全无关联，但它们拥挤在我的心里，成为木碗里斑斓的颜料，我不知道最后能画出什么。

一、小红山日出

早晨四点起床，在晦暗的光线里赶往小红山，猎人说那里是最好的观看日出的地点。在一个小小的山坡上，我们看到了日出。从白桦树的枝叶间，朝阳那绚丽的光芒乍然呈现，就像多年前我在上海的公共汽车上遭遇的那个微笑。那个微笑把上海刻在我心里，把一个陌生的女孩刻在我心里。我不知道她为什么对我微笑，就像我不知道太阳为什么晶莹而多芒。这日出不像我在黄山上曾经看过的那样逼人、那样锋利，那个日出犹如内心里珍贵的疼痛，你总想抱紧它，总想不让更多的人知道。而这个日出是可以讲述的，它与羞愧无关，与灵魂里的秘密无关，它是可以和你分享的。

在日出的那个片刻环顾四周，天地倏忽纳入胸怀。小红山秀丽的影子，几棵孤单的树，缄默的白桦林，远处正在拍摄日出的人，他们渺小的三脚架，还有身体里稀薄的睡眠。

二、雾里的马

从小红山一路奔驰下来，我们看到了放牧在轻扬的雾气里的马群。

草原微微有一些倾斜，好像从广角镜头里看过去一般。沼泽地里，水汽用看不清晰的姿态弥漫开来，让整个空间变得迷离。年轻的光线在这里有些微弱，就像被忧伤笼罩着的爱情。那些马，那些安静的马、低着头的马、扬起尾鬃驱赶蚊蝇的马、隐忍的马、两两凑近的母马和公马、把梦丢弃在围栏里的马、儿马、蹄子上拴着绳索却茫然不知的马、把身体绷成了门把手形状的马、盲目的马、仿佛还没有学会奔跑的马、沉睡的雷声一样的马。那是一些吃草的马。

从远处看，马群在由深入浅的雾气里铺展开来，犹如脑海中不甚清晰的一个思想。它的确在那儿，但你无法捉住它，就像无法从鸟窝里准确无误地捉住一只鸟。走近那两匹马，你看不见它们的眼神，但能看见它们脊背上的光。你只能凭借光线确认事物的存在，如果没有光，马就不存在，你也不存在。

我凑在猎人的哈苏相机前，低头从取景器里看了一眼，我觉得他的忙碌没有白费。你低着头，那些马竟然近在眼前，而且，你看到了一个被取景框挑选过的画面，那画面比真实的风景要简约，比真实更美。这就是摄影，通过说谎来获得美，而且通过说谎来赞美世界。所有的艺术都在说谎，这里不存在任何道德判断，在艺术中没有道德。雕塑是历时性中的谎言，音乐是嘈杂中的谎言，诗歌是俚语中的谎言，电影更是彻头彻尾的人性欺骗。

通过谎言，我们学会了一种看待世界的方式。而在我散漫地思索着这一切的时候，一只蚊子凶狠地朝我俯冲过来，把我扑倒在草地上——你现在知道了，文字也是在说谎。

三、山顶上有几块石头

我们在因果沟中间的山顶上停下了车，打算吃早餐。车里放着蒙古族的民歌。

我啃着一块坚硬的大磨坊面包，望着四周，突然想要哭出来。我咧开了嘴，但没有眼泪，也没有哭出声音，只是内心有哭泣的意思。一种被唤醒但又并不明确的冲动。我摸出一个小本子，走到那几块石头上坐了下来。我知道一个重要的时刻来临了，我到坝上的所有意义几乎都集中在这个片刻。与风景融为一体，洗刷内心的忧伤与孤寂，把自己放逐到徐缓的山坡上去。这是我到坝上去的所有意义。我在出发前就暗自期许过的这个片刻终于出现了。

在四面风景中我感到欣喜。前方有一片死树林，没有人知道它们为什么会死。羊群还躺在围栏里，不散发出一点欲望。左右是静穆的白桦树，它们似乎从来感受不到风的存在。牛和马正在缓慢地走到山坡高处，我不明白为什么连吃草都要爬到那么高的地方，也许动物也有着人的心怀。我对着蓝天白云悠长地呼吸，想要把那逼仄的都市从内心驱赶出去，把不人道的生活驱赶出去，把地下铁、冷漠的脸、钢铁的牲畜、玻璃幕墙、形同虚设的斑马线、被事先设计过的爱情、过街天桥、卖盗版碟的小贩驱赶出去。我想要过一种人道的生活，我想要人道的爱，我想要一个舒展的自我。

目光落在任何地方，都会遭遇黄色和紫色的野花。它们那么细小，却开放得那么恣肆。它们从不因为卑微而自惭形秽，它们因为细小的骄傲而美丽着。那些花儿让你有一种飞翔的预感，你似乎看到树和草的灵魂都在风里飞翔，你自己也在飞翔里渐渐完满。

清澈。安静。在山顶的几块石头上枯坐，而此时草叶上的露水正在变干，大地的钻石正回归大地深处。云朵正在升腾，而花香恹恹欲睡。一只晶亮的蚂蚁爬过草地，它平和得像个孕妇。

我在本子上写下了这样一句话：我渴望有牛的沉静、马的心脏和狗的四蹄。

我念给冬熊听，他哈哈笑了起来。我说，我真的是这么想的。

四、那些花儿

说到那些花儿的时候，我关掉了音乐。

坝上的花和花店的花不同，它们热爱宁静。我给它们宁静。

坝上有大片的油菜花。当吉普车晃过树林，大片的油菜花像一桶金黄的油彩般泼了过来，溅了我们满头满脸。我说了几句粗话，同行的隔壁老王也一连声说了几句粗话。对不起坝上，对不起周遭的宁静，可我只能骂出声来，才能表达内心那瞬间的惊喜。

在油菜地边，我闻到了熟悉至极的香味。就像离别多年的情人，在梦里也能闻到她身上的气息。在漫长的少年时代，我曾经一次次吹着竹笛从油菜地旁边走过，黄色的花粉沾在我的衣服上，黄色的花瓣和着露水飘到我的头发上，我深深地迷失在油菜地里，只有笛声引导着我。家乡的油菜长得很高大，坝上的油菜密集而矮小，但它们的金黄、它们浓郁的香味是共同的。

在吉普车里，我时不时陷入昏睡。睡在移动的风景里真是一种幸福。我的梦拉出了一道彩色的弧线。

一睁开眼，就看到了那些野花，漫山遍野地开着，全无目的，全无理由。有一种蓝花蓝得让人心疼。黄色的花很像是我童年时的野菊花，但我知道不是。长茎的罂粟花看不出丝毫的恶意。白色的花有着长长的鳞茎。深紫的花看得我半晌无语。说不清颜色的吊钟花藏在灌木的身后。它们密密丛丛，既不选择地形，也不选择姿态，只是在这个季节里怒放，并且不在乎有没有人看见。

我多么希望能像那些花儿一样活着。我多么希望像一只蚱蜢扑扑地飞过花地。

2002 年

接纳

我在 1995 年去过一次新疆，回北京后就丢了工作。在新疆待了一些日子后，人会变得敞开许多，对逼仄的城市就感到很不适应。记得当时下飞机还没怎么，但一上汽车，看到黑色的柏油马路，一股无名的怒火噌地就蹿上了头顶，很想马上买张机票回新疆，回到大漠深处去。重新上班之后，看什么都不顺眼，一点小小的污浊就会让我大发雷霆，结果自然是只能卷起铺盖走人。

我想我从来都不是一个坚强的人。我因为敏感而脆弱。对别人来说只是和风细雨的事情，对我却可能是一场暴雨。从小我就这样迎接自己的暴雨，并因为无法诉说、得不到共鸣而变得内向和忧郁，这可能是写作的诱因。有时，如果有人不慎说出了我心里的感受，我会突然暴躁起来，就像有人挖出了我内心的宝藏一样。

大多数时候，我接触陌生事物的姿态是小心翼翼的。我尽量避免对内心的碰撞。另一方面，我想自己的血液里有汹涌的火焰，它一直在燃烧，有时猛烈，有时徐缓，我面向世界的姿态因那火的姿态而时时不同。有时我亲切、善解人意，有时我偏激、狭隘，并且不在乎付出任何代价。这样的人格当然非常危险。

去新疆之前，我不知道旅行竟然能那样深地影响一个人。后来的几年里，我又去过很多地方，但唯一能和新疆之行媲美的，是2000年的西藏行。同样是公差，一大帮记者跟着一个歌星，但我想我大部分时候都是孤守着内心，以清冷的姿态与风景面朝面的。这在某种程度上保证了我的旅途不至于沦为一次行动，或者文化上的作秀。从西藏回来之后，有时我询问内心，自己的激荡究竟有多少真实的成分呢？究竟有哪些是出自生命自身，哪些是出于文化上的“自觉”？我想搞清楚，到底是文化意义上的西藏让我内心倾斜了，还是那条路、那些风景本身就有不同凡响之处，与心灵有一种奇妙的同构关系。我至今没有找到答案。很可能，这种试图以理性去破解情感之谜的思考方式本身就是错误的。想通了这一节，我觉得可以饶过自己了，不用再那么苦苦地和自己的热泪盈眶纠缠不清。

上一次新疆之行，最深刻的感受是西部的空旷和荒凉。没有边际的大地。云朵在头顶怒烧。沿着巩乃斯河谷深入那拉提草原之后，那秀美的一切让我心醉。孤傲的大树在寒气中飞扬跋扈，流水不问目的和方向，雪山自在超然。在那个地方，一切事物仿佛都与大地本身融为一体，它们的姿态简直就是我的梦想。我想要像雪山、河水和大树一样活着，我憎恨一切蝇营狗苟的东西，但是在城市里，像诗人说的那样，我不得不跟烈士和小丑走在一起。很多时候，为了不做烈士，只好把自己变成小丑，也许并不一定那样严重，但事情的性质就是这样的。

这次去新疆，本来是要“单击”那拉提的。上次在那拉提喝得大醉，据说朝着雪山狂奔，组织者怕我冻死，让三个哈萨克把我凌空抱起，关在了一间小屋里。我隐约记得，自己当时趴在地上，拼命用头撞那木板门，丝毫也不觉得疼，还不停地嘶嚎“给我自由”。后来这句话被一同开会的人传为笑话，我自己想起来也很不好意思。在那之前我只喝醉过一次，我也没想到自己会那样野性勃发，后来想想，觉得跟伊力特曲的酒性有关系，那酒可能比较善于勾起人性深处的东西。喝醉之后，当然就错过了很多，尤其是第二天早晨，不少人翻天山，看见了六月里的大雪，这就让我耿耿于怀，他们津津乐道美景的时候，我抱着自己的胃吐得昏天黑地。最害怕的就是宿醉醒来了，胃壁就像被人扒拉过的橡皮筋一样，说不清是晃悠还是抽搐，反正一定会吐出胆汁。这时候还得逼着自己吃东西，好让自己有得吐。那真叫自作孽，不可活。

重游新疆的计划一改再改，最后决定先去北疆。因为有朋友操心，我基本上是诸事不问，连到底要去哪里都不清楚，只知道那里有绝美的秋色。这样平静的、懒洋洋的出游心态对我来说真是再合适不过了。我不再那么激动、期盼、不安和焦虑，仿佛顺流而下，对即将来临的一切基本上都能接纳，无论是风景还是人，无论是粮食还是行程。

平时我吃东西很挑剔，不是要吃好的，而是基本上只吃以前吃过的东西，没尝过的东西一概拒之千里。但在乌鲁木齐的五一市场上，我居然对什么都有兴趣，如果不是隔夜的麻辣小龙虾还在胃里翻腾，我会把市场里的几样东西尝个遍。对我来说，这真是难得。在乌鲁木齐坐上包车前的那一刻，才见到同行的另外两个旅伴，尽管在此之前对他们一无所知，但我很快就在内心给他们发放了通行证，或者说，心里那根栏杆这次压根儿就没有落下来。在禾木和喀纳斯，有什么地方住就住，只要稍稍干净点，躺下来就能睡觉，半夜里冷得受不了的时候，不管不顾就把头埋进被子里，全然不再考虑是不是卫生。北疆这一路，基本上没有看到什么特别让人震动的风景，不过我一样怡然自得，手中的相机咔嚓个不停。我只是在回到北京之后，才发现了自己的接纳，我和世界似乎不那么对立了。这是因为疲倦，还是因为平和呢？

四个人刚好包一辆车。音啤是老朋友了，一起喝过“占边”，吃过“麻小”，其他人就都不熟。从武汉过来的两个人是一对儿，他们后来坦白说，因为担心别人不让他们搭帮入伙，在帖子里一直不敢承认他们之间有“暖昧关系”。在阿勒泰驻乌鲁木齐办事处门前，他们刚下出租车，男的便介绍女的说，她是和我一起来的。这个介绍很有意思，既不是媳妇，也不是女朋友，甚至不是朋友，而是“和我一起来的”。它说明了那个女孩子的“来路”，却没有提供对方的身份，这就给我这种心明眼亮的家伙提供了非常值得玩味的东西。但我并没有多想，只是在内心平易近人地笑了一下。

很快大家就熟悉了。他们管我叫大师，因为我有点神道，喜欢对这事那事做点预测和决断，有时还挺对。他们俩呢，一路上老是特别亲热地腻在一起，我有时就开他们的玩笑，说那男的一脸的秋波，他自己也就顺道自我打趣一下，说了一堆的“一脸什么”，其中有一个组合是“一脸的双眼皮”。我和音啤哈哈大笑，说那成什么了啊，干橘子？老妖婆？总之觉得那说法实在好玩得紧，于是便要他接受“双眼皮”的绰号，至于他到底是不是双眼皮，我倒真没看清楚。我知道的是，他来新疆之前是做电信器材推销的，他用的相机是佳能EOS300，对风景几乎没太多兴趣，一路上都在给他的女朋友拍照片，我猜他的胶卷上全都是他女朋友的倩影。此外，他和女朋友背的都是75升的大背包，据说里面装着女朋友可以每日更换的衣服，还有几双鞋子。他的女朋友是武汉人，但性格跟北方女孩子差不多，没有什么小心眼和太多的计较，比较爽利，心态也健康，开得起玩笑。因为她的名字的关系，我不怀好意地叫她羊蛋蛋，她也只是皱皱鼻子，算是抗议。她和男朋友是同行，但做得比他成功，名片上写着总裁助理的字样。在白哈巴吃中饭的时候，大家都饿得不行，现宰现炖的大盘鸡还没上来，一堆馒头已经被吃得差不多了，羊蛋蛋一人就吃了三个，她还想吃，被我拦住了。我说，你要敢再吃，等我回北京的时候，我就告诉每个北京人，某某公司的总裁助理一顿吃了四个馒头。她这才踏实下来，一边等着大盘鸡，一边眼睛还盯着馒头。

虽然一路上都是双眼皮照顾羊蛋蛋，实际上，羊蛋蛋自己已是一头老驴了，每年她都要背起背包出门一趟，很多线路都走过。也许是对旅游的热爱锤炼了她的性格，也可能是她的性格决定了她对山水的热爱，反正在我看来，他们两个是很不错的伙伴。

在布尔津县城，我们要换车，因为据说去禾木的路很不好走。音啤打了个电话，很快就来了个中年哈萨克，矮个、壮实，态度很和蔼，看不出有坏心眼。他说自己退休前是给领导开车的，跟一般社会上的司机不一样，而且还学过汉话，言外之意是自己的品位要高一些，也更可靠一些。他表达得很含蓄，所以并不惹人反感。他报的价钱我们也很容易就接受了，想象中让人头疼不已的讨价还价也就免了。送他回家的时候，我看了看他的2020北京吉普，心里隐约有些不安。看样子，他去年退休的时候，买的是一辆二手车，而且还二手得厉害。我问他，车况没问题吧？他很简约地就糊弄过去了。

为了不影响他以后的生意，我在这里就管他叫哈吉得了。我不太知道哈萨克人一般都叫什么名字。哈吉总的来说是个很不错的司机，对路况了如指掌，人头也很熟，困难的时候，他的人际关系挺管用。

一过前往贾登峪的交叉口，去禾木的路就变成了土路，颠簸得厉害，一些背阴的地方还是翻浆路，本来就不宽的路面上被轧出了很深的两道车辙。有些人本来是坐桑塔纳的，这时候只好换牛车，甚至改步行。当我们的吉普开动前加力冲过泥泞的时候，我们对落在后面的那些不幸者充满了同情，同时也为自己感到庆幸。如果不是在布尔津换了这么一辆看上去灰头土脸的小吉普，我们说不定也得指望着自己的两条腿呢，心里不禁就漾起了对哈吉的感激之情。哈吉也很会说话，他说，昨天晚上我还担心天要下雨，因为阴雨天气已经持续了好些日子，没想到早晨开门一看，阳光满地，你们真是好运气啊。一席话说得我们心里美滋滋的。我开玩笑说，是啊，我出门前已经安排好了，跟新疆的天气打过招呼的。半道上，我们见到了一种红艳艳的果子，红得好像歌中唱的燃烧的火焰。我下沟去拍照，双眼皮则上山去采，他采回来两种红果子。哈吉指着另外一种红而柔软的果子说，这东西能吃，非常好吃，可以夹在面包里做馅，还说刚才经过一个哈萨克人家时，他已经让人替他去摘这种果子了，摘一桶他给人家二十块钱。羊蛋蛋不顾一切吃了起来，忙中出乱，她把另一种果子也吃了一颗，吓了我们一跳，生怕她会中了情花之毒。

在禾木住了一晚，第二天上午动身的时候，才发现哈吉和他的车不见了。我起床的时候，见到他开车出院子，当时以为他是去加油或者动一动车，就没有过问。一等就等到将近中午十二点，他灰白色的吉普才从另一个方向开了回来，除了多出来一个纸箱子，车上没有任何别的异样。他跑出去这么半天，原来是找纸箱子去了，而这个纸箱子的用途是用来装那种红果子的。哈吉没有做任何解释，很有尊严的样子，我们也就没有多问。我对自己的心平气和简直感到吃惊。

车到贾登峪，哈吉没有事先说明，就开车去了不远处他侄子的家。侄子家似乎在请客，于是拉着他吃饭，我们就在外面等，一边看着几头没精打采的马鹿。这会儿，才感觉到了哈吉的官家气质。表面上，他是很尊重我们的，也尽可能地做到了一个司机兼导游的本分，但是在涉及自己的事务时，他就根本不考虑我们这些雇主的心情了，甚至不跟我们废任何口舌。好在我那些天特别安静，怎么着都行，顶多也就是脸上有些不快罢了。在贾登峪吃饭的时候，一溜儿饭馆都有人出来拉客，我看见一家饭馆里有人吃得面红耳赤，估计那家的饭菜做得不错，就带人坐了进去。老板是个瘦瘦的、红鼻头的浙江人，我猜他是当兵之后留在那里做生意的，一问，果然不错。浙江人特别能侃，从头到尾都在夸自己的饭菜特别，一定会让我们吃得很舒服，还向我们推荐他自己泡制的鹿血酒。我看着他的红鼻头，不敢喝，就推说那酒很“有劲”，他也顺坡下驴，说是我还真不敢让你们这些年轻人喝呢。我哈哈笑起来，他大概是怕我们犯生活作风方面的错误吧。

那天中午哈吉吃得很不爽，听到浙江老板一个劲儿自我吹嘘，就打击了他一下。他说，我以前是给领导开车的，好东西吃了不知多少，你这饭菜做得太一般了。哈吉这么不给人留面子，真让我们开了眼，原来他并不是个一团和气的人。老板脸上在笑，嘴里却用浙江话骂哈吉瘪三。我们几个北方人都没有听懂，羊蛋蛋却听了个真切，忍不住跟双眼皮一起哈哈笑起来。哈吉也许是明白了其中的蹊跷，就用哈萨克话骂了一句，不知道怎么回事，羊蛋蛋也听懂了。哈吉心中有气，一路上都在挖苦那个浙江人。

和日常生活不同，旅途上总会有非常丰腴的细节。在我们自己的城市里，在我们自己的屋顶下，作为“生活”的细节已经锈迹斑斑，丧失了它本来的光彩，丧失了奇异性。在旅途上就不同，每天都会有出其不意的事物，每天都不知道会有什么发生。在去禾木的路上，阿尔泰山呈现出无限丰富的色调，经常在一棵树上，能看见从黄到红转变的多种颜色，色彩转换的奇妙是任何画家都无法比拟的。然后我们就在山谷里发现了那种红艳艳的果子，点燃了内心的诗词。在禾木乡招待所里，管事的人因为眼睛发炎正在打点滴，看到有客人上门，拔掉针头，就跑出来迎接。招待所的厨子是个年轻人，他做饭的时候歪戴帽子，一道光从转页扇的小窗洞射进来，斜斜地滑过他的头顶。招待所的院子被木头篱笆极为开阔地围了起来，富有想象力的是，篱笆被刷上了红蓝两种油漆，红色的是零星的桩柱，蓝色的是板条。在这个寂寥的河谷里，在开阔的天空下，这种土气的装饰显得意外可人。

还有很多细节，因为那些难以讲述的、稠密的细节，旅途变成另外一种生活。其实，我可以在这里一一讲述那些细节，但我觉得那完全可以构成一本小说，而且我的确打算把它写成一本“路上小说”。不一定有什么故事，也可能有一个杜撰的故事，但小说中更迷人的是那些细节。所以，我宁愿在这里更多地说说哈吉大叔。在白哈巴村，哈吉把吉普开下了一个陡坡，前面就是一道水沟。刚下过雨，沟里的水是浑浊的，看不出深浅，我正要提醒他注意，哈吉已经一踩油门冲过去了。我惊魂未定地说，你怎么知道水有多深呢，就敢这么冲？哈吉说，跟哈大叔在一起，你就放心好了。于是，我们又开始叫他哈大叔，在这之前，我们一直是管他叫师傅的。

坐到副驾驶座上之后，才看出在禾木开车有多辛苦。敦实的哈吉坐在方向盘后面，既不困倦，也没有丝毫神采飞扬。他的样子活像端着满满一盆水，站在一条摇晃不定的船上，他必须不断调整手的姿势来适应船的颠簸，从而避免把盆里的水洒出来。

从喀纳斯回布尔津的路上，哈吉开始犯错误。在喀纳斯动身的时候，他的吉普车已经多次出现打火困难的问题。在路上，只要有下坡，他就关掉发动机，让车子依靠惯性和重力滑行，似乎他根本就不在意什么时候能回家。在那样的坡路上，即使空挡滑行也是不安全的，就更别说关掉发动机了，哈吉到底在玩什么鬼把戏呢？在动身前，他不是一再表示要早点赶到布尔津吗？后来，我终于发现了哈吉的秘密。原来，喀纳斯的物价非常昂贵，一碗清水挂面就要十五元，以此推算，那里的汽油一定便宜不了。坐在副驾驶位置上，我能清楚地看到吉普车的汽油指针已经越过了红线，也就是，油箱里已经没多少汽油了。哈吉难道指望靠那点汽油滑行到布尔津不成？

在贾登峪，哈吉的侄子等候在路边，他们用哈萨克话快速地交谈着。看着他侄子略带歉意的怯怯神情，我估计哈吉一定是打错了算盘。在贾登峪没有他想要的便宜汽油。尽管如此，哈吉仍然面无惧色地上路了。他不放过任何一个下坡，在下坡上坡之间，他频繁地扭动车钥匙，我看在眼里，真为他着急。他到底打算怎样走出这个难局呢？奇怪的是，我倒丝毫不为自己担心，压根儿就没考虑过，如果车子死在路上了该怎么办。这样的泰然真是前所未有。

走了半个多小时，哈吉停了车，向一顶哈萨克帐篷走去。不多一会儿，他双手捧出来一个铁皮壶，里面装满了汽油。他解释说，必须预防汽油不够用。禾木的路上实在太费油了。他苦着脸告诉我们，他买的是高价油，五块钱一升。我心里偷偷发笑，你终于还是没能逃过高价油啊，早知道这样，还不如在喀纳斯就把油给加上呢。

有了汽油，麻烦并没有结束，好像老天爷要哈吉为他的工于算计付出点代价。在一片绿草如茵的牧场边，吉普车的右后胎爆了。哈吉换备胎的时候，我跑到草地上拍一匹黑马。马的皮毛亮极了，就像电影中的野马一样。那匹马非常安静地吃草，每当我站起身来的时候，它就警惕地抬起头，姿势非常合乎拍摄要求，可是当我蹲下去的时候，它又低下头吃草去了。如此折腾了几个回合，我看那马一点配合的意思都没有，就随便拍了一张作罢。

我已经记不清那辆老吉普在路上熄过几次火，回来干脆就放炮了。放炮又称爆缸，至于原因是什么，我这样的二把刀是肯定搞不明白的。我问哈吉，是不是刚才加的汽油里兑水了？哈吉否认了。他的判断是路太颠，把什么接头的地方给颠松了。

音啤很担心地问我，大师，你说咱们今天能回到布尔津吗？我随口说道，当然能。话音刚落，只听见噗的一声，又一只轮胎爆了。

吉普停在一片荒原上。听哈吉说，这一带都是“冬窝子”，也就是牲口从山上转场下来越冬的地方。茫茫的原野上有稀疏的枯草，实在看不出来牲口们在这里靠什么过活。也许，靠着北方的山脉挡住寒流，这里能稍稍暖和一点吧。这时候正是黄昏时分，西天有浓重的云团，太阳从云层后面透出光辉来，给大地增添了几分悲壮的色彩。我走下马路的路基，下面是一片芦苇地，苇叶和柳树的枝叶上染了夕阳的金光，比它们本来的样子美艳了许多。于是我注意到那越来越暗的、稀薄的金光，它照到任何一个东西上面，那东西就有了灵性。我蹲在地上，看到一种细小的、干枯的野花，仍然举着它不大的花冠，那花本已丧失了自己的颜色，但是逆着太阳的光看去，那些干花仿佛一群活的钻石，散射着熠熠的光亮。我想用相机把它们神奇的模样拍出来，可无论怎么选角度，也无法躲开射进取景器里的杂光。我知道这时候就算按下了快门，也只能留下一片灰雾，于是只能放弃。

天快黑的时候，一大群乌鸦哇哇地飞过。它们声势浩大，从天空的边缘飞过，夜幕于是就落了下来。蚊子从四面八方向我们扑过来，而吉普车仍然没有修好。

我确信，中年就是在那个瞬间走入我的。

2001 年

南京的尘土与鲜花

一

我已经是一个大作家了，虽然这一点还需要证明。

从我铺开稿纸开始写《脆弱》的时候，我就已经是一个大作家了，不过那时候我还没有意识到这一点。

二

坐在同一个包厢里的是一个白头发的老太太、一个安徽籍博士和一个高个子姑娘。那姑娘不漂亮，但很丰满，她几乎一直在睡觉，睡醒的时候，火车已经快到蚌埠车站了。她递给小男孩一盒酸奶，然后坐到窗边的小座上。列车员抚摸她的马尾辫，她脸上露出了害羞的神情。我熟悉那种神情，被一层薄雾笼罩着。我帮她把行李箱从头顶搬下来。她下了车，我隔着车窗玻璃看她，她蓦地回头，看见了我的目光，她的眼睛在瞬间点亮了。然后，她消失在地下通道。

三

车轮吞吃铁轨的声音带来一种寂寞。也许，只有坐火车出门才算是旅行。坐飞机有一种匆忙的姿态，仿佛目的地是唯一重要的东西，抵达是唯一重要的东西，真正属于旅行的东西被忽略了。被忽略的是什么呢？也许正是这流淌着的寂寞。它弥漫在车厢里，在车窗外疾速的风里。我对男孩说，你应该学会享受这种无聊。你长大后就明白了，有一种无聊是很珍贵的，你觉得没什么事要忙，没有什么需要去填满，这种无聊会让你回到内心，并且从某个地方激发出泉水来。我让他读插图本的《小王子》，他慢慢喜欢上了那本书。他对我讲述《小王子》里那些匪夷所思的事情。小王子说，我请求提一个问题，国王说，那我命令你提问。我明白他的意思。那个国王有诗人气质，他渴望无所不在的秩序，但并不用自己的意志去篡改他人的意志，他的威严建立在对他人意愿的认同之上。不过，这不是一个小男孩能够懂得的事情。他开始喜欢那本书，这很重要。我必须让他回到书本，读书不是为了长知识，而是要培养一种寂寞的美德。

书里什么都没有，但书能够召唤一切。

四

我和江熙在世纪坛的地下展厅里谈论秩序。他提到内心的秩序，我说，内心的秩序是庄严感的来源，就像秩序是法国后印象派绘画的庄严感的来源一样。艺术在静物中创造了一种秩序，看不见它，但是能够感觉得到，于是庄严产生了。那种与生命有关的庄严，隐藏在万物中的庄严，仿佛就是一个美丽无匹的方程。我说到了现代物理学的对称，还想到了史蒂文斯的一首诗。我总是在一个瞬间里抵达无穷远的远处，心灵与广大的世界接触，所以我总想以最快的速度说话，然后，我什么也没有说出来。

贝塔斯曼的这个展厅基本上是一个过道，面对着一个咖啡吧。那里卖汉堡、甜点和各种饮料。有人喝卡布奇诺，我喝橙汁，因为我感觉有点低血糖。一支德国乐队的男女成员在排队等着领取食物，他们穿着苏格兰风格的服装。我看到了蓝沙发，那种蓝色很沉着。前两天，余华在那里坐过。据说，托马斯·曼也曾经坐在类似的沙发上。我知道我没有什么可以与曼相比，也许我会在什么时候写出一本《魔山》来。我有可能写出一本大书，但不知道会在什么时候。我现在的状态不适合写一本大书。

基本上没有什么听众。一开始，这让我很有些尴尬，尽管表面上我风平浪静。很快，我就进入了对话本身，就像我们是坐在酒吧里。我们经常这样谈论当代的文化和艺术问题，并且轻而易举就谈得非常深入，非常投机和非常火热。这样的对话于我有益，它帮助我思考和清理一些问题。江熙提到《水果》中有一种对称的结构，这让我很振奋。很少有人看到《水果》隐含的结构，虽然它的确有一个结构，从时间维度上看，它有一个巧妙的平衡。

有人在买饮料和食品，乐手们在试吹他们的铜管。一些姑娘来来去去，一个老者始终坐在远处安静地听着。有时会有孩子坐在听众席上。不过这些都不能扰乱我。我觉得我是在对一些重要的人说话，他们将会听到我。

这样的寂寞也很美，它包含着创造者的孤独。一个虚荣和自恋的人能够欣然领受这种寂寞，是很奇妙的事情。

五

夜里十一点的时候，她提议去酒吧。小男孩已经睡着了，我无须担心他。不过，我还是在他的床头留下了一个电话号码。

OCC 是南京的一家茶馆，原色酒吧在它的地下。据说韩东经常泡在这里，茶馆老板是他的朋友。我从来没见过韩东，也只读过他早期的一些诗歌作品，但圈里不少有见地的人都称赞他后来的小说。《南方都市报》的记者还问过我觉得韩东的小说如何。可我没读过。这个时代就是如此，嗓子不够响亮，就无法让人听见。虽然我没有读过韩东的小说，也不认识韩东，但这并无妨碍。我觉得南京有这么一个韩东就够了。一个城市有一个像样的文化人就够了。不需要太多，不需要成群结队。当人们想到北京的时候，他们会想到谁呢？北京有太多的文化人，但没有一个萨特。北京有《读书》杂志，但是自由知识分子和新左派围绕着《读书》打得不可开交，关于西方马克思主义，关于对哈贝马斯的误解，关于诚实与自由。这个时代关于文化的战斗总是有太多阴暗的痕迹，没有火焰。而我喜欢火焰。

茶馆里是空的。灯光昏黄而温暖，但是少了一些幽灵似的人。下到酒吧里，一群年轻人正围坐在一起喝酒，他们看到她，嚷嚷了起来。看样子他们很久没有见面了。这是一支乐队，叫子午。和北京不同，这支乐队的左近竟然没有女孩子。在北京的任何一家酒吧里，总会有几个时尚的女子环绕在乐队周围，她们挑染了头发，穿着性感又不乏庄重的衣服，神态里有一种超然于普通生活之上的表情。那种表情把她们与一般的女人区分开来，把她们的生活与一般女人的生活区分开来。那是一些与艺术有染的女孩子。不同层次的艺术，不同质感的皮肤。她们的皮肤因为熬夜而变得粗糙。而在南京，在这个空闲的夜晚，在子午乐队的桌子边，竟然没有一个女子，这实在是奇怪的事情。也许，在南京，艺术是一件无足轻重的事情。也许在北京之外的任何一个地方，艺术都是无足轻重的事情，所以，那些流浪的音乐人宁愿挤在昌平的小平房里，吃着方便面，也不愿意回到外省。哪里有热爱艺术的女人，哪里就是艺术家的故乡。艺术不是为人民存在的，而是为女人存在的。在艺术和情欲里，有一种鱼水般缠绵的关系。

他们用南京话聊天，我感到奇怪。多年前，我听到有人用成都话朗诵诗歌，也感到新奇。对我来说，音乐、文学、电影，所有这些艺术形态，都是以普通话的方式存在着的。以方言存在的艺术是很奇怪的。并非不能以方言形式存在，但是，多年来，普通话对艺术的占有成为意识形态的固定秩序，人们对此习惯了。所以，方言姿态的艺术几乎像是一种冒犯。

我身边的女人一边用南京话同她的朋友聊天，回忆他们的往事，一边向我介绍乐队的情况。这支乐队一度散伙，于是幸存者把乐队名字改成了子午。这个细节里有辛酸的成分，它很打动我。我喝着啤酒，意识到眼睛里似乎有点湿润。这时在灯光里，一个女人在音箱里歌唱。小伙子们也在喝酒，他们喝酒前有一个仪式化的动作，就是在桌子上蹾一下酒杯。那个动作似乎把一种盲目的力量带到了酒里。

六

子午乐队和一个女键盘手合练。那个女子身材高挑，感觉有点像姜昕，那个坐在马桶上花开不败的女子，那个被王菲抢走了爱情的女子。她弹着键盘，几乎没听到她说一句话。一个在音乐中沉默的女人是可怕的。女人不说话便很可怕。

接下来，乐队又与一个留着分头的中年男子合练。他弹吉他，技术非常娴熟。琴音流畅，一开始我很喜欢，慢慢地，我觉得他有些油滑，他对音乐的感觉是油滑的，浮在技术表面的，不知道我为什么产生了这样的印象。我对音乐所知甚少，我对自己的感觉也没有把握。

乐队的主音歌手和贝司手叫小林。他穿着红色的运动服，头发很短。他的眼睛弱视，所以，他的目光始终是混沌和缥缈的，不知道他到底在看什么，甚至不知道他是否在看。我注视着他的手，他的手指在琴弦上滑动，自信、深沉而充满才情。他的脸因为没有目光而变得庄重，让我想起了高更的一些画。高更所画的那些塔希提人虽然睁大了眼睛，但总是给人弱视的感觉，所以，他们的脸上就有了庄重的神情，似乎他们和世界有着不间断的对话关系。小林也是如此。他没什么可看的，于是格外地沉浸在音乐里，他和音乐的对话是全身心的。他不打哈欠，对世界无法产生兴趣和印象，于是沉浸在音乐里。

那时候我真希望手里有个相机，用我自己的方式把他的脸拍下来，给他自己看。我会对他说，你看，这是你的脸，你的脸因为音乐和弱视而庄严有力。他也许不会喜欢这样的脸。只有对一个旁观者来说，这样的脸才是有魅力的。魅力总有昂贵的成本。有时是残缺，有时是病痛。

七

她在剥柚子。小男孩在睡觉。

她把整个柚子都剥了。一整个。剥出来的果肉放在玻璃盘子里。你剥那么多干吗？我乐意，你管呢。你剥柚子好像是在发泄什么呢。她抬头看了我一眼。我记不清她眼睛的样子了。

这个柚子有些发干。很难想象那么大的柚子挂在树上的情形。天气、土壤、树枝的强壮程度、运输的方式，很多因素决定了柚子是不是水灵。不过，只有最后一个因素是决定性的，那就是你是否买它。你挑选，你看中了，然后一个因果链就变得完整了。柚子抵达你，有时你满意，有时你不满意。

她把一整个柚子都剥掉了。那些果肉在盘子里显得有些无辜。

八

南京的女人不同。不知道跟哪里不同，但就是不同。至少，跟北京的女人不同。南京的街头上好像看不到老的女人，她们躲在阴影里。只有那些年轻的女子在走动。在铁拐巷，在新街口，在鼓楼广场，那些女孩走来走去，不像北京女孩那么粗硬和傲慢。

她们身材小巧。她们的骨头似乎是轻盈的。不是说她们看上去就一定很单薄，不是这样的。只是她们的骨头不像北方的女子那样粗犷。她们有着标准的身体结构，弧线、拐弯、平坦、流畅。她们的脸也不同，肤色也不同，既不像南方水乡的女子那么红润，单调的红润，也不像北方女子的灰暗，似乎处在一个过渡地带，这就使得她们的皮肤非常微妙。你很难把握她们的肤色，有时你会混淆，另一些时候你会忘记。只有那些鲜明的东西才会被记住，所以，艺术为了抵抗遗忘，总是寻求各种各样的极致。既有川端康成的丰盈，也有让·图森的简单。

我一定得记着说，南京女子是精致的，精致得合乎分寸，不过度。我在鼓楼广场旁边等出租车的时候，在朋友（amigo）KTV 的门前，看到过一个穿黑衣的姑娘。她是个普通姑娘，坐在一个男孩的出租车后座上，正在跟他商谈着什么。她白皙，眉眼间有丰富的表情，那表情不是来自阅历，而是来自水土。我觉得是水土让南京的女子表情丰富。有些东西沉淀下来了，在时间的枝杈里，水运载着它们，通过树的经脉，通过阳光和空气，抵达每一个年轻的女人，让她们一生下来就懂得怎样微笑。

我还得记着说，我不懂女人。这里有很深刻的教训，我不能忘记。

九

我看到了一种奇怪的水果，紫红色，有点像李子。她说那是西梅。做梅干的那种，也可以生吃。我想买一点，但又嫌麻烦。

小男孩在人丛里走得很快，我总担心他会丢失。很多次，他差点就丢失了。当我找不到他的时候，我感觉自己的心都要裂开了。我不能忍受失去他。我让他牵着她的手，因为我提着对虾和别的东西。他不愿意。他生气了，扭过脸，瘦削的肩膀有些生硬。

他咕哝说，你们总是不相信我。反正，反正我又没有走丢。

十

小男孩在电脑上打台球。

看电视，而且只看运动会的直播节目。浪花四溅。我说，你看那些游泳运动员多漂亮，你应该学游泳。男人都必须能吃辣椒，会游泳。

他躲在窗帘后面，坐在窗台上玩手持游戏机。我料到他有这一手，睡觉前关了窗户。有一次，他和另一个小男孩差点从六层楼的窗户摔下去。我总是害怕他会出事。我害怕。他玩游戏机，身上有艳丽的阳光。但他也读书，他打算在七天的假期里读完《小王子》，这可真不错。

也许只有到了南京才能读完《小王子》，在旅行中才能读书。我读杜拉斯。我喜欢《80 年的夏天》的那种写法。这个老女人和我在精神上有血缘关系，都是因为酒的缘故。一个女人那么嗜酒真是要命，那么矮小，却那么嗜酒。她带着一把手枪，随时准备了结自己。我似乎没有这方面的打算。如果有可能，我也要写一本小书，类似《80 年的夏天》，也许我现在就在写这么一本书，但应该配上插图。我几乎没用相机。在南京，相机似乎没有用场。我的眼睛得心应手，我看她，她就活在记忆里了，那个坐在单车上的女子。不过还是应该有影像。影像是一种骗术，是对时间的小小惩罚。相机能把事物从永恒的时间之流中抢救出来，水淋淋的事物，表情和反光，阴影中的眼神，总有一些东西处在阴影中。相机对抗阴影，也调和阴影。应该在书里考虑影像的因素。

十一

世纪坛和西客站可能是北京最糟糕的两栋建筑，它们遥遥相对，像两个苦命的孩子。世纪坛不仅有个可怕的外形，而且有着最可怕的皮肤。那些花岗石被漫不经心地放在一起，既没有细节，又没有结构，石头之间已经出现了空洞。

几座青铜雕像毫无章法地摆放着。很多地方，石板开始松动、翘起，露出下面的空白。为了遮掩这些早衰的痕迹，工人摆上了鲜花。在很多时候，鲜花是用来遮掩伤口的。

头也不回地逃离这个建筑，这首可怕的旧体诗，这堆乱糟糟的石块，钻进了地铁。作家饿了。作家也会饿，有胃，也有红肿的扁桃体。从复兴门钻出地面，推开一扇玻璃的大门，化妆品的气息扑面而来，百盛商场像个盛装的女人贴进我的怀抱。电视里有一场时装秀，高挑的女人面无表情地走来走去，她们的小乳房隐约可见。作家在那里站了一会儿，想起了他的某个女人。她也这样走来走去，在最后一个夜晚，在空荡荡的操场上。她双手插在衣兜里，低着头，在作家面前走来走去。她蓬松的发卷，她的颈，她的后背，她的腰，她结实的臀部，她不知疲倦的双腿，在走动中汇集成一组美丽的曲线，紧张，凝聚着力量，像狂风来临前的一株杨树。这个场景被讲述，因而成为永恒的时间之流中的幸存者。她消逝了，这个场景还被保留着，突然出现在百盛商场，像一道昂扬的河流，在半空中激荡出浪花。

作家咧嘴笑了，笑得很诡秘，相对于他单薄的身体来说，这样的笑需要太大的力量。

十二

可怕的卤煮火烧。

她说。

两年后，她说，可怕的卤煮火烧。

她面露难色，看着巨大汤碗里的猪下水。香喷喷的肺叶和肥肠。几片香菜。一勺蒜汁，一勺腐乳汁，一勺韭菜花，一勺辣椒油，一勺醋。

小男孩在两张床之间跳来跳去。

你能原谅我吗？我让你吃卤煮火烧，让你一个人在机场哭。

这样的提问太愚蠢了，所以会在不经意间跃出喉咙。

十三

我甚至不知道她的名字，但她陪着我和小男孩踩脚踏船。小男孩是舵手，坐在我和她中间。很小的湖，月牙湖。

水面上有零星的猪草，梦里有一层层的落叶。秋天是透亮的，洒在天鹅的脖子上。我和她使劲地踩，想追上一艘电动船，但我们落空了。我们停了下来，让小船随波逐流。小男孩不能理解这种突如其来的静止，他又感到了无聊。水边，一个穿婚纱的女人正在撩水，她的新郎站在一边，摄像师蹲在地上，尽可能地寻找一个合乎职业道德的拍摄角度。因为是长长的假日，南京到处都是身穿婚纱的女人，在街道上，在树林里，每个穿婚纱的女人都被一台摄像机忠实地记录着。她转身，她笑了，她感到厌倦，于是轻轻地跳了一下，她钻进汽车，用手把裙摆收拢，她补妆，她对男人不耐烦的神情非常不满。这是南京，风和日丽的一天，应该结婚，应该留下美丽的记忆，它将被刻成光盘，放在抽屉里，留给未来的孩子怀念。

我看了看船上的这一个。她的眼睛很漂亮，面部线条非常柔和。当船头向着南边掉过去时，我看到落日的反光粼粼地投射在她的脸上，映出了细细的绒毛。我应该把这个印象告诉她，但我什么也没说。

十四

我找不到那家花店了。它就在酒店旁边，但我找不着了。

花店里有大堆大堆的百合。

十五

我想写一出话剧，叫《我爱咖啡》。故事发生在酒吧里，酒吧老板叫纳纳，服务生叫多事，当然，他们也可以叫别的名字，但我觉得这两个名字已经够好。这是一台强迫主义的话剧，其实也是存在主义的话剧。自始至终，一种荒谬的紧张感缠绕着酒吧里的每一个人。当然，也不一定必须是酒吧，在《水果》之后，酒吧已经庸俗了，对我个人来说已经庸俗了，无论是在三里屯还是在后海，酒吧都庸俗了。

城市青年从三里屯向后海迁移，于是新的危机出现了，后海面临着同样的毁灭。资本会进入这个区域，色情女郎闻风而至，拉皮条的外地农民会坐在什刹海边出神，等候着我这种落单的男人。这样的场面指日可待。如果我能预计后海毁灭之后的另一个新区域，就可以率先在那里开一家酒吧，名字也许可以叫水果。

我还在写一篇名叫《美臀》的小说，我在西安开了头，回到北京后写到了七千字，但突然就没有力气了。一篇小说如果不是主要由情节构成，就会需要很多力气、很多想象力。激情所到之处，内容无限地展开。这似乎犯了什么忌讳。写作不能依靠激情，写作不是爱，不是求欢，不是调情，但写作是什么，我也并不知道。我只知道我放下了《美臀》，像一个年久失修的和尚。

我思考得太多，写不下去。我在床上翻来覆去，所有的路径都被我踩遍了，我就不想写了。我写起来味同嚼蜡。可我如果不思考，我又如何开始呢？

十六

喝了一口橙汁。

我说，20 世纪六七十年代出生的人的一个共同特点是面对世界时的无力感，但这并不意味着他们在处理艺术问题时也是无力的。

这种无力几乎体现在所有的艺术领域。贾樟柯的电影是无力的。小武的职业虽然是小偷，但在内心他是一个诗人。贾樟柯是一个诗人。无论是《小武》还是《站台》，都只有一个主题，那就是无力感。他的电影主角永远穿着大而无当的衣服，在不断改变的世界场景中浪荡。

他们应对乏力。那时流行音乐中，有一个无力感群落，比如许巍，他只有两天，一天用来希望，一天用来绝望。还有张楚，因为孤独而感到可耻。还有郑钧，他的歌唱从控诉开始，对商品时代的控诉。还有汪峰，醉得像一只找不到方向的野鸽。我的文学也是无力的表演，从《脆弱》到《水果》，连肉欲都带有无力的表征，所以，有人以为我性无能。

我说，这种无力感既来自 20 世纪 80 时代狂飙突进的文化启蒙，又来自时代的激烈改变。站在时代的巨大裂缝旁边，我们感到普遍的眩晕。

在对话的过程中，我喝掉了咖啡吧里所有的橙汁。这当然不是真的。

十七

南京长江大桥像字母 S 那样斜躺在大地上，一副慵懒的样子。这样的结构可能有助于桥体的自我支撑。

我问小男孩，你做好思想准备了吗？这次比走铁路更远，而且中途没法坐车。他兴奋地说，没问题。但过了一会儿，他又说，还是有点没把握。

他很热切地希望走过大桥。我和他曾经沿着铁轨走了 3 千米，那是他的骄傲。他喜欢那种成就感，男人从很小的时候就渴望成就，渴望创造奇迹，无论那奇迹看上去多么平淡。我们沿着引桥，匀速地向着大江走去。一列火车斜向穿过。他问我什么是引桥，在了解到答案之后，他推断说，那大桥一定是很高了，所以需要引桥。我说是的。无数的车辆从桥面上开过，黏稠的声音好像把大桥又垫高了几米。一辆依维柯慌慌张张地在桥面上载了几位客人，逃也似的开走了。那些外地人在上车时差点没来得及带走包袱。

一对年轻男女在桥上拥抱，他们抱在一起，男的把女的抱离了桥面，看上去就像是美国电影中的画面。他们亲吻，我看到那女的一边接吻，一边笑。我拉开相机的前盖，在走过他们身边的时候，我按下了快门，闪光灯亮了一下。我扭头冲着他们笑了，看到那大男孩的眼里有一丝来不及发作的愠怒。小男孩有点嗔怪地问我，你干什么呢？我说我拍照片。他说，幸好那不是一个脾气暴躁的人，不然还会有麻烦。我说不会的。他没问为什么。我想告诉他，人们在这样的时刻是很难发怒的，因为他们沉浸在自身的快感里，对触犯没有强烈的感知。他们在飞翔，所以不会发怒。他没有问，大概是觉得我说得有道理。他并不需要知道那道理，他只要了解那两个被偷拍的人不会发怒。

大桥的栏杆上有一些浮雕画面，图案象征着工农兵主题。有很多葵花。我问他，你知道为什么葵花的图案特别多吗？他说不知道。我告诉他，在修大桥的那个年代里，人们把毛主席看成了太阳，除了毛主席之外的所有人都是向日葵，向日葵总是围绕着太阳转，意思就是全中国的人民都围绕着毛主席。所以，那个年代里，到处都是向日葵的图案，大桥上当然也不会例外。他一定不能理解，毛主席死的时候，远在湖北农村的一个小男孩也哭了，在踢毽子的时候忧心忡忡，想象着美国的飞机从头顶呼啸而过。他当然也不能理解，太阳死去的时候，所有的葵花都心碎了。

小男孩开始喃喃念诵起来。一开始我没有注意。我说，你在念叨什么呢？他说，我在背课文，看看大桥是不是跟语文书上说的一样。书上说，大桥的路灯就像是玉兰花。是，的确是玉兰花。书上说，远处的江面上，一叶叶扁舟在飘动。是，不过现在都变成了机动船，黑乎乎的柴油船，没有丝毫诗意色彩。书上还说到巍峨的桥头堡和鲜艳的五星红旗，是，但红旗也不再鲜艳了。在他背诵课文的时候，我们走过了江面，看到了引桥下有两个火堆。天黑下来，汽车的声音更响，它们从桥面掠过的时候，快得就像穿过了人的身体。那些车不停地穿过身体，带着血液远走，而我们因为疲劳而有些空洞。

坐出租车原路返回的时候，小男孩一直聚精会神地看着计价器。1 千米，1.5 千米，2 千米，2.5 千米，3 千米，3.5 千米，4 千米，4.5 千米……他得出结论说，我们走了 4.5 千米，比上次远了 1.5 千米。这是一个新的纪录，是他的骄傲。

他一直舍不得扔掉走大桥时捏在手里的冰红茶塑料瓶。吃晚饭的时候，服务员把它收走了，等他发觉的时候，差点哭了起来。

他需要一个物件，用以纪念个人的奇迹。

十八

我睡着了。火车的隆隆声里有寂寞在跳舞。修长的双腿在空中划动，裙裾像飘忽的火焰。

手机响了。我反应不过来，连问了两句“你是谁”。

是你啊。你脸上有顺从的表情。你这个爱出汗的女人、记仇的女人。你记仇，却一脸的顺从。你蓝色的印花小褂子，你白色的裙子。你这个爱出汗的女人。你给我打电话，是这个夜晚最不可思议的事情。

别咳了。别咳了。火车隆隆地响。吃点药吧。

2002 年

| 第三辑 |

不成熟的作家

关于女摄影师的私人幻想

我曾和一位摄影师探讨过某种形式的合作，我写一本小说，摄影师拍摄一组照片，把文字和照片编辑起来，做成一本具备双重叙事的读物。如果我的设想得以完美实现，那么，这将是一本特别的书，读者将被两种不同颜色的旋涡裹挟，既迷失在语言中，也迷失在影像里。可惜的是，这位摄影师和我本人一样，是那种激情来得快也消失得快、喜欢延宕的人，我们总是没能找到合作的节拍。

作家和摄影家的瓜葛由来已久。杜坎曾与福楼拜携手同游埃及，他们在古老的神庙前一同陷入沉思，但两个人显然“貌合神离”。纳达尔的镜头曾经让巴尔扎克无比恐惧，巴尔扎克像非洲的原住民一样，相信拍照能把人的灵魂或身体的一部分带走，所以，纳达尔每一次摁下快门，对巴尔扎克都是一次剥夺和“强奸”。卡帕与海明威的关系也很有趣，像当时圈子里的每个人一样，卡帕管这位酷爱冒险的作家叫“爸爸”。在“二战”时的伦敦，他们曾经一起狂饮苏格兰威士忌和杜松子酒。散场之后，海明威和他的司机直接把车开进了一个铁皮水池里，海明威的头上因此缝了四十八针，而卡帕当然不会错过机会，他把作家迷醉于痛苦与自虐的形象永远留在了底片上。

细江英公与三岛由纪夫可谓一拍即合。摄影师让作家嘴里咬着胶皮水管拍照，作家竟然欣然从命，于是，摄影史上赫赫有名的《蔷薇刑》得以诞生。三岛的暴戾倾向自是不用说了，而细江英公的照片也温柔不到哪里去，作家第一次看到照片时，摄影师刻意营造的扭曲、讥讽、怪诞、残暴把他吓坏了。据说三岛就是因为被摄影师剥夺了灵魂，最终剖腹自杀的，当然，这只是我自己的胡思乱想罢了，大家千万不要当真。

不过，半个世纪以来，作家与摄影家的关系不再那么亲密，即使他们仍有来往，也不再具备重要的文化意义，类似纳达尔借助作家的形象以保存民族文化记忆的神话算是永远消逝了。对于摄影家来说，更有诱惑力的事物层出不穷，裸露的女性、病态的生活、残酷的战争，这些事物的影像远比作家的身影更为有力，更能表达摄影的癫狂，相形之下，作家的脸收敛得过于沉静，也更难被摄影表现。而在作家看来，没有哪个摄影师足以呈现他的内部庄严，他也无法容忍任何形式的胶皮水管。

不过，就我本人来说，我始终存有一种幻想，那就是与电影《忠贞》中的女摄影师保持一种良好的私人关系。只要她出现在我的面前，我可以随时咬住她递过来的任何东西。

2005年

我所认识的贾樟柯

齐泽克说，同性恋者通常更反对同性恋合法化的进程，原因就在于，只有当同性恋在法律和风俗上都不见容于世界的时候，他们才能获得独特身份的确认，也才能获得快感。

地下电影也是如此。一些年轻导演的电影作品似乎也只有处于地下状态时，才能获得独特的价值，一旦合法化了，反而不那么激动人心了。

几年前，欧阳江河把贾樟柯介绍给我，希望我能在报纸上介绍一下。那时，贾的《小武》已经得了好几个奖项，但在国内还没有多少人知道。在黄亭子酒吧见到了贾樟柯，他年轻、温和、成熟，看起来有些内向，但很健谈，说到欧洲和亚洲的一些导演时更是滔滔不绝。从他的嘴里，我第一次知道，张艺谋等人虽然是欧洲电影节上的常客，但实际上他们的作品在国际上并没有什么市场。聊了一通之后，虽然没能看到《小武》，但我还是在报纸上发表了一篇谈贾樟柯的文章。因为贾樟柯那时候还处于地下状态，我的文章还差点惹上了麻烦。

后来的某一天，贾樟柯好心地通知我，《小武》将有一个私下的放映活动，让我去看。我带着唐师曾一起去了。场面激动人心。京城文化界的人士几乎都到场了，举目皆是著名诗人、摇滚歌星、画家和音乐家。电影也很好。很朴素的语言，却能直指人心。电影散场之后，我和老唐的心情都是“久久不能平息”。老唐说，大家都在做事情，而且做得这么好，时代不等人啊。我除了感叹一个大师的诞生之外，好像说不出更多的话了。

后来，在法国使馆，又看了《站台》，西川在里边演文工团团长，比刘震云在冯小刚的电影里表演得更像那么回事。那次放映的是一个导演剪辑版本，长达三个多小时，对白全是山西话，贾樟柯自己当同声翻译，所以看起来相当累。虽然是原班人马，风格变化不大，但《站台》似乎不及《小武》那么有力量，对时代的描摹掩盖了对人性的刻画。故事结构对《阿甘正传》的挪用，也让导演的野心多少表现得有点滑稽之感。不过还好，仍然是贾樟柯。

不过，等到贾樟柯合法化了之后，似乎问题就出来了。合法化意味着某种妥协，这是必然的。《世界》与贾氏的前几部作品相比，柔和了许多，苦涩感被幽默感代替。尽管小人物的日子依然是沉重和艰难的，但他们总能找到安身立命的道路，甚至还可以进入混沌生活中的秩序，他们的零余感也被大大稀释了。这就跟贾樟柯本人的处境相仿。《世界》虽然也得了奖，受到了欧洲人的好评，但多少让我有些失望。

前两天又在家里看了《三峡好人》，没到电影院里去支持贾樟柯，心里多少有些歉疚，不过，这也不能全怪我。北京乃至全国都没有艺术片院线，在北京稍微好一些的电影院里，看一场电影的开销很大，遇到《黑客帝国》和《指环王》那就没办法，花多少钱好像也认了，但是看国产片是不是非得进电影院，似乎就很犹疑。曾在华星看过一场《英雄》，很是懊恼，电影那么糟糕、故事那么愚蠢，爆米花却那么贵，连停车费都得花二十块，这世道简直不让人活了。发誓从此不到电影院看国产片了，无论他们怎么煽乎。所以，说起来，我不进电影院看贾樟柯，责任要追究到张艺谋的身上。贾樟柯指责所谓的大片对市场的掠夺，也非常有道理。

我真没想到贾樟柯会跑到奉节去拍电影，更没想到他会把故事片拍成纪录片，虽然用的是贾氏语法。2002 年年底，我也去过一趟三峡，在奉节停留了两天，目睹了一个千年古城被摧毁的场景，也有很多感慨，但我没有贾樟柯观察得那么细致，也不像他那样深入普通人的生活。电影很沉闷，但比某些伊朗电影和法国电影还是明快，重要的是，贾樟柯的作品依然深沉感人。他用那么体贴的镜头拍摄底层人民的生活，用那么委婉的方式表达对劳动者的怜惜、对掠夺者的谴责，体现出一个当代中国艺术家的良心。仅仅这一点，就可以把合法化之后的张艺谋、冯小刚等人打翻在地。有点夸张是吧？不过这是真的。张、冯之流已经彻底丧失了情怀，他们的电影只是华丽的空壳，就连欧洲傻子都能轻而易举地看出来。《满城尽带黄金甲》和《夜宴》就像饥荒时代的卫星，放得再高，也不能掩饰时代的贫瘠。他们的电影票房越高，他们就越可悲，中国观众就越可怜，中国电影就越不得翻身。贾樟柯好得多，他至少能表现出这个剧烈变化的时代里那种悲欣交集的心情，并为那些在矿井和废墟里活着的人们做个见证。这才是艺术的承担。

《三峡好人》能够公映多少让人有点意外。对于习惯了歌舞升平的家伙们来说，《三峡好人》仍然很辛辣。不难猜到的是，贾樟柯为了获得合法化的身份，一定努力克制了自己的情感，剪刀一定用得挺狠的。所以，电影就显得温暾暾，讲故事的方式也不那么圆熟。这是代价，就好比同性恋者丧失的那一部分快感。

感谢贾樟柯。不知道他的下一部片子会拍什么。如果可能的话，希望能到他的片场去看一看，即使和他合作的不是张曼玉。

2007 年

没人拗得过安东尼奥尼

几年前看到《云上的日子》这部电影的时候，完全不知道谁是安东尼奥尼，只认识影片中倏忽闪现的那个美艳女子苏菲·玛索。美丽的女人不见得都能引导我们像但丁那样上升，但至少能让我们看到一些有意思的影像。后来不经意间买到了一本小书《与安东尼奥尼一起的时光》，买的时候也根本没把作者文德斯放在眼里。翻了几页，才赫然发现文德斯并非无名之辈，他竟是电影《得克萨斯的巴黎》的导演，与法斯宾德齐名的“德国新电影四杰”的一员。

就我个人的视野来说，没有哪本书像《与安东尼奥尼一起的时光》这样特别。安东尼奥尼老了，几年前得了中风，虽然他仍然是一个富有艺术创造力的倔老头，一个令人生畏的家伙，但是他不能说话，不能写字，几乎无法独立完成一部电影。就在这种奇特的境地下，安东尼奥尼仍然想拍摄他一生中类似句号般的电影，一部回首自己的隐秘人生历程的叙事诗。没问题，有人答应投资了。没问题，欧洲最厉害的编剧也愿意加盟。没问题，一些著名演员愿意在这部电影里扮演角色，哪怕只是露出半张脸……似乎一切都不是问题，但是保险商不干，除非有另一个大腕愿意做安东尼奥尼的影子导演，否则就没人投保。就这样，著名的文德斯戴着他的大眼镜走到了安东尼奥尼的身后。出于对一个老人的敬意，也可能出于某种新奇感，他愿意充当电影的次要导演，前提是他可以独立完成他自己的那部分，来连缀安东尼奥尼谜一般美丽的四个故事。

没有人懂得安东尼奥尼要做什么，也没人知道他要怎么拍，安东尼奥尼只能说很少的几个单词，只能画出一些潦草的示意图，大家只能猜测他的想法，一切都在悬疑和迷惑中进行。更要命的是，安东尼奥尼是欧洲电影版图上最固执的老头之一，面对着种种压力和困境，他就像一块美丽的岩石，带着落日的火光扑向银幕，同时，由于他被囚禁在庄严的缄默里，他的固执就更加增添了圣徒般的意味。在这种交流被强行中断的境地中，所有令人焦虑、感喟和忍俊不禁的情节发生了。文德斯注意到，安东尼奥尼拒绝给任何男演员以特写镜头，“特写只给女性”。他喜欢用文德斯无法忍受的变焦镜头。他的朝令夕改吓得苏菲·玛索差一点就退出了拍摄，很多时候他让整个剧组陷入了绝望。如果他不是安东尼奥尼，如果他不是沉默的同时也是令人同情和敬佩的安东尼奥尼，恐怕大多数人都会拂袖而去。

更让人发笑的是最后的剪辑过程，由于文德斯拥有合约所承认的终剪权，而安东尼奥尼又固执地反对他的那些拍摄思路，他们不可避免地发生了致命的分歧。安东尼奥尼痛下杀手，剪掉了文德斯最看好的一些镜头，然后，他“那么哀伤地看着”文德斯，仿佛在祈求后者的理解与成全。文德斯成全了他，他明白这是安东尼奥尼的电影，电影里包含着安东尼奥尼对个体生命的回望与沉思，同时，也包含着一个丧失了表达能力的老人的艺术尊严。文德斯的让步，最终也赢得了每个阅读了《与安东尼奥尼一起的时光》的读者的敬意。他并非向一个权威做出了让步，而是屈从于艺术原本具有的偏执和迷狂。

安东尼奥尼的一意孤行，文德斯的无奈迁就，让原本迷幻的《云上的日子》增添了无尽的意味，难怪文德斯在结尾感叹说：“我无悔于陪伴安东尼奥尼度过这段时光。”我同样无悔于阅读了书中的每一句话、每一幅图片。

2005 年

写作在何种程度上是一种病

拉开窗帘，阳光落在床上，像一件硬物。

我端着一杯咖啡，光着脚，在屋子里走来走去。我走在地板上，走在灰色的小毯子上。我俯下身，从床单上捡起自己的毛发，从梦中掉落的毛发。莎拉·布莱曼在音箱里高声地唱，不知为什么，我总觉得这个身材很好的女人是个梦游者、轻微的痴呆症患者，但她的歌声中有一种庄严的美，就像一个孩子托举着双手，站在雪地上，他内心无论有怎样的欣喜和悲哀，都不发一声。这种庄严是很让人恐惧的。

有时，我能感觉到自己的身体里有猛烈而隐忍的震颤。拿着红色的咖啡杯，我走来走去，对自己说，怎样才能写出梦想的那种作品呢？拿着那本书，我可以坦然面对死亡。我摇头。我在听音乐的时候、看电影的时候，情不自禁地就会想到文字，想到写作。声音与图像的某个细节会让我停留，我怎样才能用文字表达这样的瞬间？我想象过的复活是可能的吗？凭借我的文字，那些湮灭在时间箭头中的、电光石火般的瞬间会苏醒，会吐出通红的芯子，把人的一切外壳啄个粉碎，露出短暂的、赤裸裸的真——这样的复活是可能的吗？语言应该有某种魔力，它不体现在任何一种可能想见的力量之中。凭借这种魔幻般的力量，它得以与声音和图像的暴力并肩生存，而且决不会示弱。

活在寂寞中，但不知其苦。

我在屋子里建筑了一个小世界，它是敞开的。

有阳光。如果我愿意，我会让阳光进到屋子里。人永远无法摆脱太阳崇拜，它在血液中沉淀太久了，任何知识和反思都无法将这种最原始的崇拜祛除。它和恐惧结合在一起，就像红细胞和白细胞结合在一起，无法用意念分离。夜里，我偶尔会走到阳台上看星星，看它们的寂寞。任何一缕光芒达到我，都经历了漫长而又漫长的行走，那种漫长不是人的生命可以理解的。这就像人与人的抵达，穿过死亡，穿过前生与来世，穿过清晨的薄雾和满地的碎石，人与人猝然遭遇，这个瞬间便是奇迹。在一个有光的世界里，到处都是奇迹，但我们往往因为迟钝而不能领悟。

只有很少的几本书，我也很少读。汉字和酒有相似之处。在封面与封底之间，思想、感情、迷惑、自恋、谬误、佯狂、疯癫……我让它们飞快地穿越我的灵魂，就像让各种酒液飞快地穿越我的身体，带来的都是轻微的眩晕。

音乐是我的备用皮肤。冷的时候我用它取暖。我摧残那些音乐。我吃它，嚼碎，吞咽。我从来不考虑消化问题。我几乎没有认真地考虑过消化问题。几乎从很早开始，一切与文化有关的东西如何进入我的头脑，就是一个秘密。我领悟到的事物让我吃惊。我知道它们都有来源，但无法将那来源一一理清。像一只疯狂的老鼠，我把乱七八糟的东西搬回家，然后，会有另一只高明的老鼠将它们分门别类，扔掉垃圾，珍藏宝贝，把某一件无用之物掖在怀里。想到我的脑子里有两只不同性格的老鼠，我会偷偷地笑起来。

几乎就是靠着这些东西，我喂养自己，不让自己饥饿和疯狂。

经常会想到雨果。这个老牧神死的时候，整个巴黎都去送葬。

今天读雨果的诗，它们通过翻译这条糟糕的道路抵达，几乎没有光芒。但在狂飙突进的年代里，雨果的诗是圣经。雨果怀着一颗伟大的心，用鹅毛笔在纸上写作诗歌、戏剧、小说，同时也没有忘记征服女人。对他来说，所有的女人都是同一个女人，那就是女人本身。走向女人就是回到情欲，回到人身上最古老的恐惧与依恋。这是最美好、最庄严的辩护词，是所有登徒子自我安慰的灵丹妙药。对某些人来说，写作与爱情是同一件事：对抗死亡，渴望不朽。

雨果是伟大的，但他的伟大是来自他的天性，还是来自他所处的时代呢？如果雨果不是碰巧生活在那样一个疾风暴雨般的年代里，在那个历史的山脊上，他还会那么伟大吗？有一点几乎可以肯定，如果他不是生逢其时，如果他错过了他自己的年代，就会沦为巴黎街头最可怜的流浪汉、最穷酸迂腐的文人。人活在连续性的时间里，活在历史中，如果一个人没有和他的历史结下机缘，他就只能两手空空地离开人世。

没有一部文学史是研究作家气质与时代气质的共生或对抗关系的。在那些星辰般的伟人身后，有数不胜数的影子和亡魂。他们也同样有着耀眼的才华、巨大的创造力，但他们活在不属于自己的时代里，只能沦陷、夭亡、被遮蔽、被时间的搅肉机打得粉碎。时间越长，他们就越是接近透明，最后，几乎没有留下任何痕迹。读任何伟大人物的传记，都能发现这样一两个近乎透明的影子，在时间的河流里，他们仿佛不是人，而是人的衍生物，是苔藓和花粉，虽然他们的血液里也有惊骇，也有雷声。与时代气质血脉相通的少数人会成为伟人，用他们的光芒遮挡住另外一些人，让他们永远成为影子。卡米耶被罗丹遮挡，最后住进了疯人院。美洲大陆有一千个天才，最后只烘托了一个加西亚·马尔克斯。几乎所有的艺术家都把目光转向了马桶，却只有杜尚成为杜尚，其他人都被剥夺了。虽然时代变迁之后，少数人的伟大会变得可疑，但历史很少为了纠正它的盲目与愚蠢而改写。

所以，伟大，从接受美学的角度衡量这个词，它是不洁净的。它更主要的养分似乎不是天赋，而是机缘——是的，我对这个说法并不是很有把握。

我读过很多遍安德烈·莫洛亚写的《雨果传》，很多东西都被我忘记了，但一些东西被无意中记住。雨果狮子般的天性对于同时代的作家来说，是一个巨大的压抑，比如波德莱尔，对《悲惨世界》就非常不屑。雨果年轻时对待爱情和女人是庄重的，但到了老年，变得“随和”。我读过不同版本的毕加索传，以及萨特传、加缪传、杜拉斯传，读过不少关于法国诗人和音乐家的故事，我发现法兰西民族似乎有着这样一种天赋，那就是把思想与情欲完美地结合在一起。他们勤奋地写作，同时勤奋地爱好女人；他们喝咖啡，同时讨论晦涩的哲学问题；他们在创造的同时，也尽可能地享受了生活和身体。如果说雨果这头华丽的狮子还有着天然的资本的话，毕加索则不过是性欲惊人的半人马怪物，而矮小、斜视的萨特竟然也深得女性的青睐，就很难以理喻了。乔治·桑在医生、诗人和音乐家之间的周旋不但没有因为显而易见的情欲痕迹而遭到非难，反而有了神话的色彩。杜拉斯在年老色衰之后，泡上了比她小很多、非常女气的扬·安德烈亚，他们的故事既不美，也不动人。波伏瓦不但自己没有闲着，还努力促成萨特与其他女人的性交往——而这些艺术男女都是法兰西的骄傲，是那个民族的文化精英，是接近了不朽的半人半神。

而在其他的文化空间里，修行与享乐这两者往往尖锐地对立着。且不说东方的僧侣和西方的神甫们是怎样对待身体和欲望的，就是在德意志、奥地利这样一些欧洲国家里，调和灵魂与情欲也不是一件简单的事情。

最早我读黑塞的《纳尔齐斯和歌尔德蒙》时，除了领略语言之美和故事之奇特之外，并没有更多的收获。多年之后，却发现那是一个关于心灵与身体的寓言。纳尔齐斯一生都在苦修，他把自己的一切都奉献给神和他的创造物——这个世界，完全摆脱或者说超越了人的动物性，肉体的特征在他这里是不存在的。而他的好兄弟歌尔德蒙从出门的那一刻起，就是酒神的儿子，他辗转在露水和花朵之间，他对遇到的每一个女人都是热烈而纯洁的，他是单纯的肉体和享乐之子。黑塞尽管同时赞美了这两者，却让他们截然分裂着。也许，在黑塞看来，这两者根本无法在同一个躯壳中共存。

卡夫卡一生中的许多时光都在布拉格度过。他的一生几乎就是一个典型的案例——写作摧残了情欲并且抽空人本身。尽管人们都仰慕凡·高和卡夫卡的伟大，但很少有人愿意去过他们的生活。凡·高的烈日当空，星空下的煎熬与幻觉，卡夫卡对于肉身性的摈弃，对女人的逃避，都无法与伟大这个字眼对等。他们的肉体生活是艰难的、肮脏的、枯燥的，甚至带有几分猥琐，他们像是被伟大愿望折磨的两只老鼠。如果不了解写作的残酷，换句话说，如果不了解苦修的残酷性，就无法理解凡·高和卡夫卡的生活。写作并不总是愉悦的、有快感的、宣泄的、驱魔的、救治的、赋予的，很多时候它也是不加掩饰的剥夺——为了抵达你所向往的高峰，或者深入你渐渐与它融为一体的真相，你不得不舍弃虚荣和情欲。是的，为了拥有真正的创造，不得不付出极为高昂的成本。

某个夜里，我穷极无聊，什么都做不了却又不愿意睡觉，于是就看影碟。

那些拍艺术电影的人似乎并不像好莱坞那样在意片名。就叫《阿尔特米西娅》，一个女人的名字，欧洲第一个登记在册的女画家的名字。她那么稚嫩，对情欲一无所知又充满好奇，她热爱绘画，冲破当时教会的禁锢，去描摹男人的生殖器。她的美、纯洁、热切、大胆深深吸引了来自佛罗伦萨的绘画大师，他收她为徒，与她深深相爱。但是，最后的结果是悲剧性的，大师因为情爱而锒铛入狱，她也被迫嫁给了自己的邻居，最终远走他乡。电影触动我的并不是爱情与现实之间的巨大裂缝，而是大师教她观看世界的方式。他带她在室外作画，直接面对大海，面对光影的变幻，这在当时是离经叛道的。他用取景框来启发她的目光，在他的引导之下，阿尔特米西娅重新发现了世界，这个世界仍然是从前的那个，但又完全不同。依然是光，却闪耀着沉着与狂喜；依然是大海，它的色彩却与天空、微风和大地相互融汇；依然是那平凡的一切，但每一样事物都在发光，都在努力展示着自己，所有的事物都有灵魂，而绘画就是给出事物的灵魂，把那被日常目光遮蔽的东西还给事物本身……我在看这样的镜头时，内心有强烈的哭泣冲动。艺术的创造是那样神奇、那样孤独，又是那样顽强。也许从岩画时代起，就有人开始用不同的眼光看待世界了吧？也许从古老的劳动号子中，人类就开始用语言来讲述世界了吧？艺术不是空幻的，只要艺术不是为了炫耀，不沦为博弈的工具，它就不会是虚无的。

第二天上午，起床之后，我开始听帕格尼尼的《第一小提琴协奏曲》。在乐队之后，在第一小提琴之后，主奏小提琴沉着地开始讲述，但那沉着不过是一种按捺，其中洋溢着喜悦和骄傲，源于内心深处的喜悦与骄傲，我觉得那种骄傲是那样适合我。

来自《阿尔特米西娅》的震撼还未退去，借着它的热力，我仿佛进入了帕格尼尼的内心。我好像第一次听懂了他的声音。必须有这样的契机，才能进入音乐的灵魂，而在这之前，它始终不过是声音，是旋律和技巧。只有在特别的时候，我才成为风中的树叶，我的姿态就是风的形状。

有时我觉得自己是悲剧性。这悲剧性既来源于天性，也来源于写作对我的剥夺。我知道自己早晚必须去面对它。

在我的记忆里，似乎只有极少数写作者能够拥有幸福，或者接近幸福，而更多的人是不幸的，值得同情的。有些人是主动迎接了自己的命运，有些人则是不得不忍受写作的摧残。卡夫卡为什么要烧掉自己的手稿呢？在他自己看来，那些已经降临到纸面上的东西，一定比心里的原型糟糕得多吧？他自己也一定比写作所要求的糟糕得多。

写作所要求的东西，比如绝对的诚实——不是不说谎，而是勇敢面对自我和世界的真相，又比如饱满的激情，都是对写作者的摧残。不仅仅写作者自身，甚至他周围的人都会被殃及。写作，真正意义上的写作是一个巨大的旋涡，你不得不投入所有的心智和热情，然后，你就发现自己被抽空了，你成了一个无情无义、丧失了许多日常美德、饱受非议的人物。奈保尔为什么要从妓女那里获得满足呢？他说那样可以节省精力。卡夫卡为什么一再躲避婚姻？因为他实在太乏力了。里尔克那么伟大，但他为什么总是让我联想到性无能呢？除了海明威等极少数牲口级的作家，更多的写作者总会让人联想到性无能，或者性的模糊，尽管事实也许并非如此。

米兰·昆德拉说，人们甚至不了解自己妻子的隐秘的性生活，却以为了解司汤达、福克纳或卡夫卡的性状况。他想说明的是，从作品判断卡夫卡的性无能是没有根据的。性，作为人类永恒而古老的秘密，在绝大多数时候是处于幽暗之中的。人们很难知道卡夫卡是真的性无能，还是仅仅给出了一个性无能的假象。更可能的情形是，卡夫卡的性只在少数时候是有效的。它有强烈的选择性，因而接近无能。而米兰·昆德拉对此所做的讥诮，也许只是为了澄清弥漫在他自己周围的类似怀疑。

最让人困惑的是，写作者是因为写作而导致了性无能，还是因为性无能、性弱或性模糊才走向了写作？对写作者性状况的考察和谈论虽然是不人道的、违反美学原则的，却能为思考写作的残酷性提供佐证。

应该有人写一部《写作者性史》，从情欲的角度讨论诗人、作家、剧作家、童话作家甚至哲学家的价值追求，并由此思考写作的终极意义。

我经常困惑于写作的意义。写作者越多，写作的意义就越是模糊和可疑。

牛顿在《自然哲学的数学原理》第三册的开始自豪地写道：“我现在就来说明世界体系的框架。”而一个写作者，他需要怎样的谵妄，才能敢于向世人说“我现在就来讲述人性的奥秘”？牛顿的墓志铭上有一首小诗，出自英国诗人蒲柏之手：“大自然 / 和它的规律深藏在黑夜里 / 上帝说，/ 让牛顿出世吧！ / 于是一切就都在光明之中。”牛顿所发现的定律虽然不是终极的解释，虽然也会在某种尺度下失效，却能完美地描述整个世界的运行规律。人们从牛顿之后，开始了解粒子和星辰是怎样运转的，甚至能够描述它的未来。由于出现了从牛顿到爱因斯坦再到波尔的辉煌轨迹，人们相信，不久之后将会找到一个完美的关于整个世界的描述。空间与时间，大与小，动与静，远与近，生与死，都将被一个极为简洁的、只需要少数定义项的公式描述——无论这是不是一种理性的疯狂，它至少比艺术要真实和坚硬，它的合法性也远远比艺术的合法性更能被理解和领悟。尤其是，当哲学和美学领域里所有古老的规范都被突破、被打碎的时候，当艺术的现代性也被拆解得七零八落的时候，当马桶终于被理解为喷泉的时候，我们个人化的写作、离伟大有万里之遥的写作又有什么意义呢？这种深刻的怀疑经常让我不由自主地滑向游戏的心态。

有时我会从屋子里走出去，虽然屋子已经让我感到满足。

我必须吃饭，因为不吃饭会很饿。我的胳膊经常碰到自己的肋骨，那时就会有一种痛楚袭来。我因为碰到了自己的肋骨而感到痛楚，这真是不折不扣的自悯。我讨厌自己一个人吃饭，在饭馆里，你独自坐在一张桌子旁，粗俗不堪的桌布上放着同样粗俗的烟灰缸，这让人烦恼，而雷同的、缺乏想象力的菜谱也让人心烦。

有时我也不愿意睡觉。我熬夜纯粹是由于不愿意进入黑暗的、没有知觉的世界。为了让自己甘心躺下来，我会打开床头灯，放起巴赫的平均律钢琴曲。我在听不懂的音乐声里缓慢睡去，醒来时，灯光已经由于天光而显得暗淡。

为了出门，我必须穿一双干净的袜子，必须把所有的袜子都拿出来，才能从中找出两只同样的袜子。也许我应该买一打同样的袜子，这样我就不必挑选。这个念头简直只有天才才能想得出来。尽管我从十岁就开始寄宿，却一直没有学会叠衣服，我对女人能把衣服折得那么平整感到惊奇。我能分辨出两个同义词在光泽、情绪、重量上的细微差别，却不能把一件衬衣折得稍微像衬衣一点。

我往洗衣机里倒洗衣粉。多少才是合适的呢？如果放多了，那些腐蚀性的无机物会残留在衣服上，放少了又不能把衣服洗干净。这些小问题经常让我筋疲力尽，我只好躲起来，不让自己进入日常生活之中。

偶尔也能吃到牛排。屋顶很高，灯光昏暗，宽大的桌子上铺着洁白的桌布，有烤蜗牛和八分熟的牛排，波尔多红酒有轻微的涩感。一位女士谈到皮尔·卡丹不久前在法国买下了萨德城堡，在那里上演了一台音乐剧，名字叫《特里斯坦和伊索尔德》。特里斯坦和伊索尔德之所以相爱不是由于他们相爱，而是由于错误地喝下了春药，这种显而易见的愚蠢的动机酿成了美丽的悲剧。悲剧需要动机吗？也许只要是悲剧就足够了，就能导致净化。谁知道呢？

“萨德”这个词让我轻微地愣了一下。

那年冬天在谢菲尔德，我由于无所事事，在当地唯一的华文图书馆借到了几本繁体的萨德小说。粗粗地一番浏览，就让我领略了萨德爵士制造惊骇、恶心、恐惧和厌恶的巨大能力。仅仅依靠美学上的自觉，萨德是无法成为萨德的，除非他生来就是萨德本人。一个不是萨德的人，永远也无法就着酱油吃掉一个蒸熟的死婴。也就是说，波德莱尔的《恶之花》可能是出于美学自觉而完成的先驱之作，而萨德则是被一种强大的魔力驱使，他完全无力自控，他的创造也是一种盲目的创造。

某个晚上，我打起精神看电影《索多玛 120 天》，由于持续的恶心，我最终直接关掉了影碟机的电源。后来我又试了一次，确信我实在没有能力把这部著名的、根据萨德爵士的原作改编而成的电影看完。我的神经还算坚强，也只有非常轻微的洁癖，但我竟然无法忍受小小荧屏上的恶心场景。

在此之前，我看过《鹅毛笔》。电影中的萨德体形臃肿，却有着令人难以置信的感染力和吸引力。虽然他知道自己的写作会让他名誉扫地，会被这个文明社会彻底清扫出去，他还是不知悔改、不知疲倦地写，就算被关进了疯人院，就算遭到残酷的“治疗”，他还是要写。最初，他还受到优待，还能够用笔在纸上写，后来他被彻底剥夺了写作的权利，他竟然蘸着自己的血在被单上写，在墙上和地上写，最后干脆写在自己的身上。他毫无美感可言的身体写满了字母，那情景像是一种控诉，不是控诉非人的自身处境，不是控诉不人道的强制和治疗，而是控诉写作的冲动本身。写作，就它的本来意义而言，无疑是一种值得敬佩的创造行为，但是，如果写作让写作者无法立足于社会，无法见容于文明，无法存身于既有的秩序，甚至让写作者面临肉身的消灭，这样的写作无疑是残酷的，是一种天谴。这样的写作对于萨德来说不是自觉的追求，而是彻底的强迫症。他无法不写，他无法保持沉默，他仿佛一个了解了真相却又没有学会缄默的儿童，除非喊出声来，否则一定会憋死。实在找不到任何理由为这样的写作喝彩，但也实在无法站在文明的立场上，去赞同对萨德的惩罚和禁锢，在这个地方，人类现有的文明似乎遇到了一个困境，那就是，当疯癫也具有创造性、也能揭示局部真理的时候，我们如何对待强迫症与疯癫症呢？

福柯曾经写到过，中世纪的苏格兰曾经有一种治疗疯癫的秘诀，那就是残酷打击和肉身折磨，使疯癫者彻底返回到兽性中去。当他的人性被消灭的时候，疯癫者会变得驯服，会失去破坏力，于是也就被“治愈”了。电影中的萨德也受到了类似的待遇，但他并没有驯服。对于像萨德这种有着疯癫倾向、却也有着巨大创造力的人而言，对于这种带有先知色彩的写作者而言，任何治疗都显得那样愚蠢和无效。禁锢萨德，折磨萨德，毁灭萨德，只能清晰地揭示出文明社会的脆弱与恐惧。而对萨德本人来说，他为一种尚未证明其价值的写作毁坏了自己。当写作突破了写作者的外壳，当创造无法被创造者掌握的时候，写作是一种严重的、无法救治的、可怕的疾病。

《鹅毛笔》没有直接表现萨德的性取向和性能力。我以为能看到一些性场景，因为萨德本人是那样沉迷于性罪错、性倒错、性乱和性虐待，他的文字所到之处都引起某种程度不同的淫乱，却没看到他把那个洗衣女工放倒在床上。他是因为性无能才产生了渲染性暴力、突破性禁区的冲动吗？我不知道。我也不知道是不是有人知道。

喝酒，听音乐，凝望阳光下的树影。我在一次写作和另一次写作之间获得了片刻的悠闲。其实我一直是悠闲的，我竟然能够用长达一年的时间写一本很薄的书。我从来不够勤奋，所以，我也没有因为写作而发疯。懒惰，或者泰然，或者笃定，让我在一片狂躁的气氛里保持了这种悠闲。既不因此感到骄傲，也没有过分的自责。

在漫无边际的网络上游荡，我能嗅到一股熟悉的气息，与 20 世纪 80 年代弥漫于我四周的气息非常近似。那时，西风东渐、写作的神话化，以及精英的示范作用给文学和艺术打了一针强心剂，诗人遍地生长，启蒙的空气无处不在，伪艺术也大行其道。而现在，网络以其世俗化、大众化和非精英化为更多的人提供了写作和交流的机会，到处都有烂漫的文字，到处都能看到以文学为终生使命的写作者，到处都有真诚的探讨和文字游戏。在文学已经未必能带来现实利益的时候，仍然有那么多写作者在逼仄的天空里飞翔，这实在令人感慨万端。我曾经假想过，如果网络不是以文字为交流的工具，而是用声音和图像，那还会有那么多作品和作者吗？还会有如此高潮甚至疯狂的写作热情吗？这样的假设只能提供一种思维的角度，实际上毫无意义。

必须绝对诚实。说出你知道的秘密。如果你不幸被写作看中，如果你不幸被命运出示了生活或生命的真相，那么，诚实地讲述出来。如果你了解到了语言的内在奥秘，找到了通往花园的交叉小径，你应该带着更多的人前往。花园里也许盛开着鲜花，也许藏着荨麻与荆棘，你永远不知道自己把人们带到了天堂还是罪恶的渊薮，你只不过说出了你知道的事情。至于伟大，那只是一种评判，被盲目的时间和同样盲目的人群随意挥洒的评判，无法预订，也无法拒绝。

夜晚并不比白天更好，但由于所有的人都睡了，我的独醒就显得昂贵，有几分意义。

乳房上涂着金箔的女人陪着我，她反复地唱，用一种我永远不可能懂得的语言。

2002 年

王小波到底留下了什么

以一种王小波式的散漫，《三联生活周刊》做了一个纪念王小波的专辑，也就引发了我对王小波现象的散漫联想。本来，对热点话题说东道西并不是一个值得夸耀的行径，不过，考虑到关于王小波的误会如此之多，好像不说点什么，反倒更不值得骄傲。除了奴性之外，还有懒惰会让人沦为沉默的大多数，所以，克服懒惰，应该也算是纪念王小波的一个好办法吧。

《三联生活周刊》向来是一本张扬自己的人文色彩的刊物，这种刊物在目前的话语圈里还是不多见的。有人说，有关方面专门给这本杂志“开了个口子”，让一些人可以通过它发出不同的声音。如果这个“口子”的确存在的话，那么，这个纪念王小波的专辑是很可耻的，因为，不仅没有出现什么让人惊喜的不同声音，甚至没有多少实质性的声音。它似乎想建立起这样的一个推理：王小波的杂文主要是由《三联生活周刊》发表的，而这位死者的杂文最能体现他的思想性，所以，如果说王小波对时代有什么巨大影响的话，《三联生活周刊》无疑有着很大功劳。这个专辑的另一个主题是，王小波的主要思想贡献在于有趣和自由，他的书和文章甚至缔造了一代“自由分子”。

我在看到“自由分子”这个词组的时候是吓了一跳的，不明白为什么编辑们挖掉了中间的“知识”两个字。这种阉割究竟是出于科学的考虑呢，还是因为那个“口子”并不存在？说实话，我很困惑。

借一个著名的死者提升自己的文化地位，这种做法无须厚非，只要杂志与死者之间的确存在某种瓜葛。从朱伟先生的回忆里，我们看到了王小波与《三联生活周刊》的密切关系，所以，我很赞赏杂志的做法，这既是聪明的，对读者也是有益处的。问题在于，这么好的一件事，为什么会做得如此让人不信服呢？我想了想，决定把原因归结为做专辑的人并不真的理解王小波的文化遗产。

王小波是个自由知识分子吗？应该是。他从西洋留学回国，按照现今的说法是一只“海龟”，在集体的潜意识里，这就意味着他拥有更“先进”的思想资源；他本来担任教职，却辞了职专事写作，这种不依靠体制谋生的生活态度也很自由（如果不考虑图书和杂志编辑也是体制和权力的代表的话）；他写过一篇文章叫《一只特立独行的猪》，人们一向把这只猪看作王小波的自况，是他追求自由的心灵的“外化”。从种种迹象看，王小波比当代绝大多数圈子里的文人更有知识分子的底色，更值得钦佩。然而，误解也恰恰发生在这个地方。专辑的卷首语就用一种王小波的姿势（他喜欢读罗素，也喜欢引用罗素的箴言）引用了爱默生和伯里的话，表明王小波的意义在于他突破了一些陈规陋习，并且从事了“自由的建设”。这种引用西方话语晓谕国人的姿态，是流行于20世纪80年代的典型的启蒙姿态，是一种类似浇灌的动作：引用者在高处，而被启蒙者在下方，形成了不平衡的精神结构。王小波这样做，主要原因可能是他特别想强调自己的“海龟”身份，并且凸显自己的思想特色，以及他对“国学”的不齿，但是，启蒙的姿势与他本人的一贯追求恰好是相悖的。他在《沉默的大多数》里说，他无意于去启蒙和提高谁，他写作的目的基本上是提升自己。他完全有能力意识到，当 80 年代成为往事时，启蒙是一个多么可笑的词，因此，把王小波归结到启蒙者的行列里，对他本人是一个绝妙的讽刺。

更绝妙的是，《三联生活周刊》煞有介事地推出了著名网站西祠胡同里的一个论坛——“王小波门下走狗联盟”。这个联盟的“盟主”、一个学新闻的大学生对记者说：“这是对前辈的尊敬。”如果王小波在另一个时空看到他作为一个亡灵，已经被当作自由乌托邦里的“哲人王”而供奉起来，在他的脚下出现了这么一群虔诚的“走狗”，他会不会比哭还难看地笑起来呢？无论在小说还是在他的杂文里，王小波张扬得最彻底的，是一个人作为个人的自由与完整，是灵魂的独立与桀骜。他渴望的世界是所有人都能成为自己的世界，是猪能够按照猪的方式生活的世界，是所有人最大限度地不被设计和统一安排的乌托邦。他说：“让我的想法和作品成为嚣嚣尘世上的正宗，这个念头我没有，也不敢有。”他绝对不会想到，那些所谓受到他的影响，被他的第一张多米诺推倒的年轻人，正麇集在他黑色幽默的旗帜下，成为一群对他本人驯顺的、丝毫不骄傲的、缺乏独立精神人格的“家畜”。如果杂志的编辑们能够稍稍揣摩到王小波这种死后的痛楚，他们无论如何都应该以一种玩笑的口吻来讲述这群“走狗”的故事，从而消解掉网络上的精神崇拜游戏，剥离出它的真实意义。可惜，不知道出于什么缘故，他们很不王小波地煞有介事起来，以至于自己的认真本身也成了一个玩笑，成了对王小波的精神亵渎。

网络的复制功能和衍射作用对文化有着很难准确估计的负面影

响。正像《大话西游》借助网络传播成为神话一样，王小波也面临沦为神话的危险，在《三联生活周刊》的这个专辑里，在某些人缅怀的口吻中，我清晰地感觉到了这种危险。王小波正在被“王小波化”，并且变得异己起来。看网上由“走狗”们撰写的那些纪念文字，有时你很难想到他们讲述的就是狂欢者王小波，他的面目有些罗素，有些特立独行，有些庄严和滞重，但就是不像王小波。

我从来不认为让一个年轻的作家去写思想性的专栏是个好主意，无论这个主意是不是为当代中国奉献了一个有血肉的、有烟火气的思想者。在启蒙被彻底解构的年代里，由狂欢者充当的思想者让人无法不联想到罗丹的那座姿势活像蹲马桶的著名雕塑。王小波那几年的确是多产的，但是，对王小波本人来说，从沉默中走出之后，这种放肆的喧哗难道不是另一种设计和安排？他是不是考虑过这种专栏写作对他作为作家的灵性恣肆的伤害？他在努力传播科学的人文思维方法，传播独特的“思想”的同时，他自身的有趣也越发僵硬起来，他在传道的过程中变得面目呆板、接近无趣。因为，以他体验性的文化资源，去开拓思想的疆土，无疑也是一种折磨。尽管王小波多数时候把这种折磨看成了享受，但他的鲜活是被扼杀了的。这种专栏的扼杀与其后发生的网络谋杀相继施于王小波，再加上所谓的浪漫骑士的桂冠，王小波从一个作家、一个早夭的作家升华为文化烈士，成为与僵硬的精神格局战斗而死的殉道者。这样的升华对作家来说，绝对不是什么尊重，顶多算得上一种文化挪用，是很不庄重的青睐，是后来者为了某种自我目的而对死者的改写。

让我最为忍俊不禁的是，杂志还约了两个有点名气的文学青年讲述自己作为“自由分子”的成长史。这样做的匠心在于，如果他们的成长得益于王小波的“第一推动力”，则无疑更加旁证出王小波的大师地位。如果我真的像编辑那样天真地以为，他们成长过程中的骚动不是由于天性，不是出于时代的躁动，而是源于王小波的影响，那我就真的为自己的智力感到悲哀了。两个文学青年中，李红旗是诗人，据我见过的沈浩波说，他是一个“年轻有为的诗人”。他主要的经历就是不断地出走，混在北京，最后一不留神就发表了许多作品，并且获得了连篇累牍的赞美。他跟王小波有什么关联呢？也许就是那一不留神。根据李红旗本人的自述，他并不认为王小波对他有什么根本性的影响，而且他很聪明地认为王小波“把嘴张得太大了”。对王小波那些年的启蒙情结，并不是没有人感到狐疑的。另一个文学青年连岳把自己跟王小波比较亲密地联系在了一起，因为他们都是专栏作家，都不用从体制中获得衣食保障和其他好处，而且，比王小波幸福的是，他感到自己的生活状态几乎就是自由的。然而，当专栏作家真的就与自由更亲近了吗？真的就有了自由知识分子（让我们还是恢复这个词的完整性）的身份吗？这一点值得怀疑。在我看来，目前混迹于“有趣”的杂志的专栏作家远远比不上记者更有自由底色。当记者和编辑，至少能够接近真实的生活，尤其是底层生活，能够了解到粗糙芜杂生活中自由的稀缺与不易，在制度允许的情形下，还可能为正义的进程发出一些声音，这一点，在广西南丹透水事件中就得到了证明。如果不是记者的突围努力，金钱与权力苟合而做下的铁幕差点就永远合上了。反观现在的专栏作家们，他们的精神价值比最没有才华和独创性的诗人尤有不如，除了在一些间接材料中寻找小哲理、小情趣，在个人体验的基础上抖点小机灵之外，就是用“狗哥”搜索引擎整点大众没见过的材料给大众看。他们的专栏写作如果还能算得上写作的话，其用途也不过是填满报纸和杂志的空隙，为自己赚得可观的稿费以赢得所谓的“不为任何东西所要挟”的自由生活，顺便把部分大众培养成有一点小资趣味，或者自认为有小资趣味的人。对于当代的文化实践和真理实践来说，专栏作家的作用充其量与细菌相似，把落叶变成肥料，把牛奶变成酸奶。他们只是为自己赢得了名声，却没有发出真正的专栏作家的独立声音。这又怎么能够与王小波相比，并且以暗示某种影响的焦虑的方式来和自由知识分子这个称号套近乎？

《三联生活周刊》在这个专辑中所表达的自由（至少是通过这些讲述者表达的自由）是可疑的，比王小波在他的杂文和小说里营造的自由乌托邦更可疑。对于这些“走狗”、文学青年、专栏作家和媒体工作者来说，自由似乎是殉难的目标，或者是一种生活方式。比如，女孩子剃个光头就意味着自由，从体制化的职业中逃离出来、混迹在艺术人群里就是自由，摆脱母爱的束缚也是自由，不端铁饭碗、有上顿没下顿也是自由……在轻微的背叛和反叛中，在物质的自足里，自由似乎是一种唾手可得的东西，是自我标榜的商标，与嬉皮士头上的朋克发型有点类似。这种把自由朋克化的倾向，显示出这个时代对自由的集体误解。很可能，这个误解就是王小波留下的财富之一。王小波以自己并不工整的表述、色情的张扬姿态、非主流的生活方式暗示“走狗”们，自由似乎不是人类通向自我完整的漫长道路，甚至是不可能抵达任何可能目标的道路，相反，倒是一种姿态、一种生活方式、一种自我标榜，这当然不是王小波的本意。以王小波的知识积累，他是能够意识到自由的悖论的。自由对寻求自由者的束缚，无限度的自由所导致的极度不自由，以及自由在完整意义上的不可能实现，都让人类对自由的想象掉进一个无限熵增的死循环。王小波自嘲和嘲弄的精神倾向本来是可以消解这个危险的循环的，但是，在他的那些丧失了自嘲能力的后继者那里，自由就变成了一个事儿妈的姿态。

我更愿意把王小波看作一个懂得文字快感的作家，一个知道“有趣”的重要性，拿“有趣”这个武器与呆板生活玩猫与耗子游戏的大儿童，一个并没有刻意挑战时代的道德洁癖、但以性的狂欢招惹了过多赞美的幸运儿。但是，他的“有趣”还只是一种未被摧残的人性的基本诉求，虽然也有强烈的文化自觉，也还是没有抵达米兰·昆德拉在《被背叛的遗嘱》中梳理出的幽默文化遗产（王小波看过《被背叛的遗嘱》，但他的有趣并不是来源于米兰·昆德拉，因为他似乎并不特别认同幽默的重要性）。有趣与幽默虽然类似，反对的也是同一个敌人，但有着显而易见的差别。有趣更主要是一种趣向，而幽默是有意识的精神追求，是能够裹住自由刀锋的刀鞘，是狂奔的思想列车上的制动装置和润滑剂。幽默更能避免向着专制、压抑、呆板、非人道的文化蜕变。丧失了有趣的生活顶多是难以忍受的，但如果丧失了幽默，世界将因为没有了解毒剂而变得残忍。只要有幽默存在，可怕的道德审判就会被“延期”。正因如此，米兰·昆德拉才把幽默看作欧洲艺术最伟大的遗产之一，但也是正在被背叛和忘记的遗产。不过，王小波和他的写作的价值也正体现在这里，他的怪诞不经，他的没正形，他的色情和语言狂欢，以一种“兴奋的道德”替换了“审判的道德”，以幽默模糊了判断，从而给我们的时代留下了多样性与可能性的财富。

纪念王小波是好的，但“王小波化”并不是真正人文的表现，只能说得上有趣。所幸的是，《三联生活周刊》还划拉了一群学者来谈论王小波。我不明白的是，编辑为什么不请作家谈论王小波，而是请了这么一群人文学者？鉴于王小波生前对人文学者的不屑，我觉得编辑的做法多少有点和王小波过不去的“黑色幽默”。遗憾的是，学者们似乎并没有领略到这种幽默感，没有体现出编辑的游戏“苦心”。他们以那种解剖标本的方式谈论了王小波，这对于不以严谨见长的作家（哪怕是王小波这样的“启蒙作家”，不严谨也是他显而易见的软肋）来说有点残酷，好在他们还不至于不明白自由为何物、在何处，他们也不至于忽略知识分子的批判立场，也不会因为迷恋王小波的文本而把他美化成文化英雄。在这个方面，《三联生活周刊》的确是做了个折中，人文了一下。

2002年

闪电之后还是闪电

安东尼奥尼死了，和他的同行英格玛·伯格曼前后脚，都活了不小的岁数，都是善终，所以没什么需要哀悼的。随着他们的离开，这个闷热的、狼狈的、极度痛苦的七月也就结束了。这两天北京一直在下雨，今天下午，当我从莲石东路一直向西的时候，天空终于晴朗了，阳光透了出来。燕子从低矮的楼房上梦一样掠过，宣告低气压的暂时离开。

刚死去的两位老人都是欧洲著名的闷片大师，也曾是中国文艺青年的至爱。如果没看过《第七封印》和《放大》，好像就很难就电影说点什么。不能免俗，几年前，我就满世界找了他们的电影来看，虽然看得一头雾水的，但好歹知道电影其实可以那样拍，不必都搞得像《地道战》或《英雄》那样子。

后来读了文德斯写的《与安东尼奥尼一起的时光》，对安老有了更多的了解，身临其境般知道了《云上的日子》是怎么拍出来的。一本书和一部电影，成为现代艺术史上很著名的互文。我喜欢《云上的日子》中苏菲·玛索的样子，有些倔强，带着点美丽的邪恶，喜欢水边的那个小服装店，一个客人都没有，似乎在等待一个阐释者的到来。只有当某个带有使命的人到来的时候，沉寂的事物才会拥有意义，在那之前，它只是在，但并没有存在，它只是活着，却像从未出生。同样，只有当词语与影像到来的时候，所有那些隐忍的事物才会获得光亮，在被吟唱和描画之前，它始终沉浸在黑暗里。

《放大》有点像个谜，而且过于明显，它没有谜底。一个摄影师跟踪一个美妇人，拍到了一些偷情场面。当他把照片不断放大的时候，却在貌似空镜头的地方看到了一具尸体。第二天，他回到尸体所在的空旷公园里，但尸体消失了，就像它从来没有存在过。在这个看似悬疑的情节中间，展开了一些情色场面，摄影棚旁边的女孩追逐摄影师，想和他睡觉。被偷拍的美妇人找到摄影师，脱光了衣服，想赎回那些照片。如果说其中包含了什么寓意的话，那也是很容易说清楚的。但在结尾处，安东尼奥尼显示了他所思考的非凡一面。摄影师看到一群年轻人在打网球，动作和气氛都很逼真，但网球并不存在。那个不存在的网球一度还落在了摄影师的脚下，打球的人们都期待地看着他，他在若有所悟之后，捡起那个“球”扔了回去。

和人类社会的许多宏大叙事一样，《放大》也是围绕着“核心缺席”展开的。不存在的尸体让悠闲徐缓的故事变得紧张，不存在的网球带给人们荒诞的快乐。正因为关键客体的缺席，主体间的关系多少显出几分怪诞来，不像是生活中常见的那种异常结实的人际网络。在客体消失的地方，空白处隐隐露出让人害怕的空荡荡的“他者”，一个超乎所有现实的真实自身，比如一次神秘的谋杀，比如打网球者的集体疯癫。对待这个“他者”的不同态度，可能导致不同的结局。如果你不断地放大它、逼近它，可能会导致妄想狂；如果你把自己的思想和行为并入现实，你得体地捡起了那个网球，可怕的幻象就坍塌了，你也就得到了平安喜乐。我不知道，这是不是就是安老想说的。

在悲伤的日子里，我经常想起《放大》的结尾。她缺席的时候，我仍然独自打着我的爱情网球，并且发现，一个人其实也能轰轰烈烈地爱。而且，正因为她不在场，我就可以用回忆、想象、思念和梦境重新创造一个人，崭新的人，不被尘埃遮蔽的、带有光亮的人，被不断诉说和刻画的人，包含了所有往事和所有世代的女性特质的人，她获得了真正的新生，并被我近似疯狂地爱着。我拒绝把自己的行为并入客观现实，拒绝承认我想从她身上得到什么，拒绝一切世俗生活的话语，排斥任何得体的行为。这样的爱，如果说有什么疯狂之处，并不是它给双方带来了惊骇，而是其中包含了某种潜台词，那就是对“大他者”的渴望，对一个符号性的个体之后所隐藏着的绝对真实的渴望——我想要无限地接近你、抵达你，不单要贴近你的身体，还要融合在你的灵魂里。我不仅想看到我所热爱的表象，还要放大一切颗粒，找到蕴含着所有真相的核心密码。这才是唯一的疯狂之处。而要解决这个神经病般的问题，也许只有从捡起网球着手。是的，我知道什么是不存在的，但我不“认为”它真的不存在；或者，我“相信”什么是存在的，它一定在。但是，这似乎又不是解决疯癫问题的真正法门，信念，包括其中所包含的盲目力量，并不必然带来现实感的回归。那么，秘密之门到底又在哪里呢？我应该把那个网球扔给谁？

电影有结尾，生活却会继续。安东尼奥尼走了，我还活着。所有在作品中很好地解决了的问题，在生活中却会成为永远的悬疑，时间在其中扮演着至关重要的可耻角色。

我终于买到了一个密封罐。从明天起，就可以继续喝咖啡了。

雨还在滴答，但总会有下完的时候。闪电之后，将是漫长的幽暗与寂静。

2007年

《秦腔》为什么远离诺贝尔

某年，贾平凹出版了一本新的长篇小说，我抱着挑刺的态度读完了它，打算写篇文章灭它一道。那时刚好有机会到大地原点做采访，就在西安逗留了一天，托人约见了一下贾老师。我的阴暗想法是，从贾老师的言谈中，必定能找到合适的话茬。贾老师和《美文》杂志的一位编辑在西安钟楼一带的茶楼里接见了我，贾老师木讷，话不多，而且口音比较重，有时要靠编辑的“翻译”才能听得明白。当时说了什么，现在大部分都忘了，只记得两件事。一是贾老师很纯真地说，如果《废都》没有那么多盗版而他拿的又是版税的话，他已经是千万富翁了，现在没拿到几个稿费。另一件事是他讲了自己的一个笑话，他在西安的作家大会上发言，下面就有人起哄，说贾老师你应该站着发言。他看了看自己的屁股，郁闷地说，我是站着的呀？他用这个笑话自嘲，因为他个子不高。

短短的两三个小时里，贾老师以农民式的狡黠、真诚和作家的智慧，让我产生了很严重的好感，让我难以在文章里下狠手。由这件事，我还发现了一个关于文学批评的秘密：你对一个作品的态度往往取决于你对作家本人的态度。所以，真正的批评是困难的，选择夹枪带棒还是吹牛拍马，要看你是否喜欢某位作家，或者作家是不是你的熟人，这就是当代的文学批评充满了陈词滥调的症结所在。

几年过去了，我再没关注贾老师，直到《秦腔》出世。在书店看到《秦腔》时，首先是被它的厚度和装帧吓着了。它真厚啊，好多年没见过这么厚的汉语小说了。大红的封面如同红盖头，两侧点缀着剪纸图案，黑色的“秦腔”两个大字扑面而来，如此厚重而骄横的风格，似乎正是秦腔这种正在没落的民间艺术所应该具备的。

老实说，阅读《秦腔》不是什么快乐的事，它不但考验人的耐心和体力，更对我这种挑剔读者的审美期待构成了挑衅。它开篇奇幻，语言朴拙，留下了一个很美的故事悬念，这很好，我几乎要感叹说，贾老师可以凭借这本书拿到诺贝尔文学奖了。没想到的是，贾老师很快放弃了对畸恋故事的铺陈，也彻底弃家族史诗于不顾，而是一头扎进了清风街的鸡毛蒜皮里。凭借着他对商州棣花街的丰厚生活经验，贾平凹以工笔或线描的方式完整再现了一个村庄的全部生活，有如文学意义上的清明上河图。吃喝拉撒，鸡零狗碎，下手处净是所谓“农民的垢甲”，而在这浑浊、冗长、看不到流淌的世俗河流之上，也飞翔着几只绝艳的水鸟，如夏天智对秦腔艺术的本能解读，膏药大师赵宏声写出的文人味道十足的对联，还有疯子引生对白雪的无限爱恋。

一如贾老师以往所有作品所暴露的，《秦腔》也有不少从门缝中旁观偷情的情节。在我的印象里，他的作品很少以第一人称的方式写性，也很少把性表现得洁净和完美。他的人物在偷情、乱伦、通奸或兽交，而他在文字中偷窥，性不是以爱的表征出场的，而恰恰是爱的反面或剩余物，这似乎反映出他对性的弃绝，这种立场是很不寻常的。为了隔绝性与爱之间的暧昧纠葛，为了确保爱这一神圣情感的清白，《秦腔》一开始就设计了一个惨烈的情节：引生偷了白雪的红色胸罩，但很快被发现了，在羞愤之下，在自我鄙弃的强烈冲动中，他割断了自己的命根子，从此他成为一个双份的笑料。引生的自宫举动似乎证明了某种拉康理论，过于强烈的情欲必定回溯或反转，成为自己的对立面即绝对的禁欲，但禁欲的方式并不是内在的，而是来自命运的偶然。

作为第一人称和叙述者，引生的角色在书中始终是个谜。他看似疯癫，却有着沟通大自然的超能力。他能和昆虫说话，驱使飞蛾去跟踪心爱的人，在龙卷风的中心，他甚至可以沿着光滑的四壁爬上去。引生又是个隔离者和他者，与文化人夏风、村干部夏君亭、象征着农耕文明的旧权威夏天义及那些蝇营狗苟的群氓不同，他是为乡村生活保留了神话意趣的人，是在神和鬼都消失之后，尽其所能为乡村“返魅”的人。在他身上，凝聚着贾老师对于土地的全部宿命感，甚至，进一步说，引生是从贾老师（在书中是进了省城的文化人夏风）身上分裂出的另一个自我，比自我更纯粹又更鄙俗、更高贵又更世故、更灵异又更愚钝。引生对于白雪的痴恋，很可能意味着贾老师对自己的早年生活、对自己的出走与背弃的痛苦谴责。由于《秦腔》的自传性，引生这个人物得以摆脱福克纳的痕迹，以他的视角铺陈整个商州大地不是为了让叙事变得迷离和暧昧，而是为了更深刻地返回并理解自身。也正是由于引生的丰富与生动，他的对手和他的“他者”夏风反而被抽空，成为一个干瘪的符号、一个动机。

无论从哪种意义上讲，作品始终都在吞噬作者，《秦腔》这种密不透风的小说尤其如此。贾老师的痛苦是双重的，两种召唤如同风暴一样交织在一起，一种来自土地与亡灵，另一种来自文学自觉和恐惧。在他父亲过世之后，围绕着土地意象的所有神话都已崩溃，因为时局的变迁，以清风街为代表的中国乡村也不再丰腴，但是，怎样用文学方式去表达哀婉与怀念却是一个问题。忠实地还原那种刚刚消逝的生活固然能让作者得到慰藉，却面临着文学标准的拷问，但是，如果不以瞎子绣花般的细致去讲述清风街“鸡零狗碎的泼烦日子”，如果投文学所好而编造一个虚幻的故事，他又怎能“为故乡树一块碑子”？在惊恐的境地中，贾老师仍然以陕西作家擅长的玩命方式写出了厚重、琐碎、拖沓又多少有些折中的《秦腔》。用悖谬的方式讲，《秦腔》正是由于放弃了诺贝尔文学奖的写作标准，才在当代汉语文学中变得难以逾越，时日愈久，这部作品会愈加坚硬，渐渐成为大理石。也许有一天，只有在《秦腔》中，我们才能找到农耕文明的真实印痕。

2005 年

致我们终将逝去的索多玛

在电影《破碎之城》中，大反派端着酒杯对前来复仇的比利说："像菲茨杰拉德说的那样，敬我们终将逝去的未来吧。"他转而又微笑着问："他说的到底是什么意思呢？"比利不卑不亢地回答道："我也不知道。"在图穷匕现的前夕，两个身份悬殊的人如此温文尔雅地对话，透露出垃圾片也可能拥有的思想光芒。这光芒如此短促，却是这部电影唯一有价值的地方。

如果说"致青春"是站在当下缅怀过去，"致终将逝去的未来"，则是站在未来的未来，回溯般看待还没有到来的时间。两相比较，"致未来"这个原版显然有着更深邃的意味。回溯的视野，不仅能够帮助人们摆脱庸俗的感伤，更重要的是，它可能为泥足深陷的当下提供某种解脱方案。因而，它才是这个时代最需要的东西。

最近几个月来，我经常为发生在我的世界之外的事情所深深困扰。三月初，北方还有雪，一个婴儿连同越野车在长春被盗。很快，人们在路边的积雪里发现了那个失踪的孩子，他已经气绝身亡。盗车贼供述，他听到哭闹后才发现车上有孩子，为了避免麻烦，就把婴儿掐死了。很多人在了解经过之后都会想：他为什么不找个地方把孩子安置起来呢？又或者，他为什么不给警察打个电话，让他们在约定的地方把孩子救走？两个月大的婴儿，宝贵得无以复加的生命，竟然就那么轻易地被罪恶之手终结。盗车贼也有孩子，他的心难道不是肉长的吗？

五月，天气暖和了，但仍然有刺骨的寒意袭来。河北平山两个女孩在上学路上捡到一瓶酸奶，她们喝下酸奶后当即抽搐昏迷，并很快死亡。事后发现，酸奶中竟然有毒鼠强。警方发布消息称，两家相邻的幼儿园为了抢夺生源，其中一家的园长竟然想出了投毒的主意并付诸实施。仅仅是为了多一点生意，就把幼儿的生命置于危险的境地，这究竟得有多么残忍和疯狂啊！事情还没完。十天之后，河南周口市，一位法官和他的女儿被歹徒杀死在家里，儿子躲在房间里幸免于难。但其后的进展让人瞠目结舌，幸存者竟然就是凶手，他通过网络雇用了两个年轻的杀手，将自己的两个亲人碎尸，原因仅仅是他姐姐平时把他管得太严了。

在诸多恶性事件中，这三个案子最让人难以理解也无法忘怀。与普通犯罪不同，这三起命案都没有说得过去的动机，都无法通过逻辑得到解释。在凶残的行为背后，只有无边的空虚，只有被洞穿的人性。与血腥而野蛮的行为相比，其荒谬性更加令人愕然，仿佛最黑暗的电影情节忽然走下了银幕，出现在人们面前，仿佛噩梦变成了现实，并且让现实崩溃。它们让我有一种无法稀释的恐惧，让我隐约感觉到，那本来矗立在现实背后的某个稳固结构，可能正面临松动和瓦解。它们让我想到索多玛，一座罪恶之城。

拉康把“彻底之恶”分为三种形式：一种是因脆弱而屈从于病态的诱惑，一种是以履行义务为名实施恶行，还有一种是把道德规则视为简单的外部障碍，彻底放弃对义务的内在感知。这三种恶的形态，在生活中都很容易找到例证。但是，杀婴、投毒和弑父，它们几乎都不在这些范畴之中。由于合理动机的缺失，这些行为的实施者完全没有表现出可以感知的主体性，他们没有对生命的怜惜，没有对道德和法律的“障碍感”，甚至没有恐惧。他们几乎就是一些冰冷而盲目的客体，是几个“活死人”。剩下的问题是，这些平时并没有暴露出丝毫变态特征的普通人，又是怎么变成“活死人”的呢？那种维系着他们正常人性的普遍伦理规则哪里去了？如果每个普通人都有变成“活死人”的潜在可能，那这个世界真的会令人绝望。

就公共生活而言，我们无疑处于一个困难的年代。不断暴露又不断堆积的社会问题，已经很难用传统的矛盾来形容。万宁校长开房事件及多起性侵幼女案的披露，让人们意识到曾被视为道德净土的校园濒临失守。延安城管跳起来踩踏老百姓的头部，让人们看到了“彻底之恶”的现形。复旦学生被投毒，又让人意识到危险就隐藏在平静生活之中。而在这些显性事件之下，则是未被曝光但人们普遍知其存在的隐性现实，比如相互毒害。最基本的人性义务已经被践踏，最普通的社会规则已经弃如敝履，最古老的伦理秩序已经不复完整，道德价值的空心化让所有的人都无所适从。在这种道德崩溃的背景下，出现几起匪夷所思的命案，又有什么值得惊讶的呢？

把某一事件孤立起来并随时唤起内心的激愤是容易的，像庸医一样开药方也不困难。难的是，我们是否有勇气意识到索多玛的存在，意识到我们每个人的心里都有一座破碎之城，意识到正是每个个体的迷失才构成了总体性的失范。如果我们不能从沉沦和麻木中警醒过来，以更清澈的眼光、从未来的未来观察现在，从而把道德救赎作为最紧迫的时代任务，索多玛就不会自行告别，个体和民族的梦都将无处安放。

2013 年

没有犯罪感的人都在跳舞

一场雨过后，天气忽然凉了下来。夜里睡觉的时候，需要盖上薄薄的被子，秋天来了。就在这个季节转换的微妙时刻，我生了一场小病。那甚至算不上生病，只是每天傍晚要低烧一阵子，但它让我对电脑上的一切都失去了兴趣。于是，用这偷来的清闲，我读完了三本《三体》。

《三体》号称硬科幻的代表之作，里面有很多物理学方面的前沿知识，但那对我而言倒不算太大障碍。比较震惊我的，是刘慈欣所“发明”的黑暗森林法则。宇宙里有大量的高等级文明，就像黑暗森林里端着枪的猎人一样，只要一发现其他文明的痕迹，马上就把它毁灭掉。在第三部，太阳系最后就是被高级外星文明用二向箔给毁掉的。这个假想，残忍地打破了我对外星文明的一贯想象。在我看来，一个文明越是发达，其道德观念就会越是进步，最终臻于至善。这种想象没有任何依据，但它给我慰藉，让我相信人类社会许多根深蒂固的问题，都能在文明进步中得到解决。这是一条向上的光明之路，也是净化与救赎之路。倘若不是这样，那“文明”这个词本身就丧失了意义。黑暗森林法则以它的黑暗狂想，给我宏大的乐观带来了致命一击。

不知道为什么想起了年轻时读过的一段尼采的文字。我还记得，当我在书架前读到它时，整个星空似乎都在我的头顶旋转，强调着作为个体的我是多么渺小，一切辉煌或卑微的生命都是多么渺小，一个又一个世纪流传着的故事、思想、创造又是多么渺小。那个瞬间，我就像被阴郁的思考冻住了一样。于是我又找到那本书，想重温当年的精神震撼，但我发现，我好像竟然已经麻木了，就像在《三体》中目睹太阳系湮灭成二维空间，一点都不让我吃惊一样。

康德说，有两样东西他越是思考就越是敬畏，那就是头顶的星空和内心的道德律。星空作为一种无限渺远的存在，象征着无法抵达也无法洞悉的彼岸。繁星永远在高处，永远在闪耀，总会在诗歌和戏剧里出场，提醒着人类，我们为之喜悦、骄傲、苦恼的一切都是多么微不足道。这是一种宗教般的安慰，但这种安慰并不是不言自明的。知道了宇宙的浩瀚，并不能减弱我对蜗居的梦想、对七十年产权的恼怒。知道了时间的无限，并不能减轻星期一到来时的习惯性焦虑及对死亡的遥远恐惧。远方能够治愈苟且吗？神山圣湖能够净化心灵的阴暗与龌龊吗？它就像一剂中药，你只有不停地吃，一直吃到整个世界都弥漫着苦味，才能知道它是否有效。有时候，疾病恰恰在你对治疗感到麻木时，才无趣地走开。

就在我读完《三体》之后的某一天，我看到了三岁的艾兰·库尔迪的照片。他衣着整齐，趴在土耳其的沙滩上。他的面部浸泡在海水里，黄色的鞋底似乎在诉说着什么。沙滩上的他，那么乖巧与温顺，好像等着随便哪个人把他抱起来。只要抱起来就好，只要抱起来就好。只要抱起他来，整个世界似乎就能得救。

如果把镜头拉得足够远，这一幕就不会让人太过悲伤。从天空看下去，艾兰·库尔迪只是蔚蓝海边的一个小小斑痕，是伟大地球文明的一个微不足道的污点。把时间的焦距无限延伸，爱琴海上曾经有过无数的战争、阴谋、流离与争夺，从死亡中甚至孕育了两大史诗，一个三岁男孩的死又有什么可震惊的呢？如果再想到恒星也有可能坍缩，一个星系的文明甚至可能被轻巧地抹去，个体的死就更是比蝼蚁还不如了。但是，无论我们怎样变换角度思考，无论寻找多么宏大的思维坐标，艾兰·库尔迪趴在海滩上的样子仍然是一个坚硬的存在，他就像一块不肯融化的坚冰，醒目地、固执地横亘在整个世界的眼眶，引发了每个人内心的痛楚。他逼视着文明世界，让人们意识到远方的苦难其实一点也不远。他就在这里，就是此在。

同样的痛楚，经常会在浏览新闻时被触发。在广西百色地区，有一个名叫王杰的“助学天使”，多年来，他用募捐来的钱资助贫困家庭的孩子上学，被外界传为美谈。但有心人通过蛛丝马迹发现了异样，进而通过暗访揭开了王杰的画皮。原来，他不仅克扣巨额助学金，还以助学金为诱饵性侵多名女童，一些女童甚至成为他特殊生意的工具。当天使的光芒褪去，恶魔露出了真相，光鲜的“公益事业”也暴露出最为不堪的褴褛一面。这就像一种歇斯底里的叙事，在所有华丽的辞藻之下，掩盖着的却是对真实的恐惧。人们制造了光环，并倾心竭力地维持着光环的能量，为的就是逃避现在，逃避此刻，逃避那些难堪而无法解决的现实难题。但在这样的逃避修辞中，有多少纯洁和无辜已经被牺牲掉了呢？她们始终隐藏在词语的背后，在世界的背阴处，她们不会用纯良的大眼睛面对着你，她们不会以影像的方式为时代所记录。但她们曾经体会过的无助与恐惧，就应该被忘却吗？

从热力学角度而言，和平和秩序都是一种低熵状态，违反了大自然的熵增定律，因而是一种“不自然”的、需要努力去维持的状态。以前我经常想，如果人类把所有的军事经费都用来改造社会、发展科学，那该会带来怎样惊人的改变呢？但黑暗森林法则让我意识到，所有美好的一切都不会自动降临，都需要耗费极大的能量。艾兰·库尔迪趴在沙滩上的样子，正是人类社会一个巨大而孤零零的象征。要想避免一个极小的悲剧，往往需要在巨大尺度上做出不可思议的努力。

粒子会衰变，光会弯曲，空气和水会逃逸。我坐着，抽烟，思考着这难以索解的一切，我之所以能够这样安然，是因为有四种自然之力支撑着我。我知道远方还在，但远方并不能消除心头的溃疡，就像轰鸣的音乐不能消除围绕它的寂静。我知道世界是一个舞台，曾经是并将永远是一个舞台，但那些跳舞的人、表演的人、玩蛇的人、因痴迷于跳舞而始终恼怒的人、精通炼金术而掏空大地的人，他们会不会意识到他们带给世界的痛楚？

2015 年

我总是浪得虚名

一

很多年前，当我还年轻的时候，在一个圈内人的聚会上碰到一个有名气的作家，他热情地握着我的手，叫我前辈。虽然我知道他是客套，但还是被吓了一跳。我没想到自己那么快就跻身于前辈之列了。

现在我真的是前辈了。世界上有太多让我感到困惑的事情，我能接受，但我无法理解。那些不理解就像河流中的杂草一样，长得太茂盛的时候，就堵塞了水流。于是我开始进入静默状态，就像传说中的怪叔叔一样，躲在偏僻的阁楼里，与灰尘和旧书为伍，偶尔看黄色图片，更多的时候通过窗户上的破洞做隔岸观火的样子。如果我注定是这个庞杂世界的一节人肉电池，至少让我保持一点电池的尊严吧。

所以，当一个年轻诗人请我参加他的朗诵会时，我拒绝了。我看到了他的嘉宾名单，很多熟人，很多诗歌圈里的老朋友，我想象了一下见面的样子，立刻就感到了恐惧。而我曾经是一个多么喜欢朗诵会、多么热爱诗歌的人啊。

很多年里我都不再和诗歌来往，唯一的例外，是在北京见了武穴诗人曾曙光。我甚至不知道为什么就答应了见他。一个北京女人开车带他来亦庄，几乎没走什么弯路，我们就在小区里碰面了，并且很快就变得熟稔和亲切起来。曙光身上有一种兄弟般的朴实情怀，有一丝江湖豪情，又有一点来自土地的内在庄重。我们喝了一点酒，互相倾诉身世，差不多想要造房子做邻居了。第二天早晨，我才发现自己喝醉了。

曾曙光算得上我的老乡，因为武穴在历史上属于蕲春的版图。曙光的个人经历中，有很多几乎只有我才能理解的东西，就像我自己曾经那样生活过一样。也许是因为这个缘故，我才那么认真地读他的《旅馆》诗刊，才会对他的春睡美旅馆那么着迷。如果有一天，我能去太湖的春睡美旅馆喝上一杯，肯定能暂时忘记自己的前辈皮囊。谁说怪叔叔就不能重回青春呢？

《旅馆》诗歌中有一种浓厚的、来自底层的慵懒。在我们这个时代里，诗人尤其是那些混不出名堂的诗人，注定沉淀在底层。这并不意味着他们的诗歌只能写在旅馆的旧床单上。很多优秀的诗歌，从来都弥漫着底层的黑暗，并试图发出人性的光亮。就像另一个武穴怪人古河，很多年前，他从武穴跑到蕲春，据说专门找耀旭，要看我的长诗《黄山》。那时我还以为他是个女人。后来从博客中不断看到古河的故事，了解到他的玩世、狷狂和谦卑。他虽然始终把婊子之类的脏话挂在嘴上，总是给女诗人发小字条想要和人家睡觉，总是为挣了一点小钱而沾沾自喜，但我仍然能感受到他的才气和热忱。有时候，我甚至被他诡异的才气慑服。因为我知道，像我这种有着语言洁癖、又被体制内的生活严重阉割了的人，是早就失去了那种张扬的力量的。我在自己的阁楼上，其实是想念着草野的。

曾曙光“发明”旅馆主义，可能和他内心的那种庄重有关。一个旅馆老板的庄重，对于世界来说本是无关紧要的。但一个诗人的叛逆和自我轻贱，其实同样无足轻重。选择什么样的姿态，与个人经历、与他喝过的水和走过的桥有着神秘的因果关系。当这些旅馆诗人麇集在春睡美旅馆里，试图与世界隔绝并自说自话的时候，当他们沉迷于那些温暖和不乏色情的意象，并试图在时代的空洞和个人的贫乏中找到意义的时候，它就让我想到我的当下。我是如何沉沦的，我的兄弟就是如何沉沦的。我如何在洪流中力图避免崩溃，他们就同样如此。我这样思考的时候，似乎就解开了一个困惑：为什么曾曙光要把我列入旅馆的黄色名单。以前我以为我又被别人当成了前辈，现在看，可能是被他们当作了同类。

二

很多年前，又是很多年前，我在游历黔东南之前，顺道去了一趟阳朔。我只待了一个晚上，住在一家叫作无名堂的客栈里。我就是在那里和旅馆主义发生联系的。

阳朔一日，似乎并没有什么重要的事情发生。我在客栈外面的摇椅上晒太阳，无聊地抽烟斗，看来往的女人。人一旦走进旅馆，就完全不是她平时的样子。在不必要的矜持之外，又多了一份对外界和他人的好奇。旅馆中的奇遇，多半都缘于矜持的碎裂和好奇的茁壮。当你试图走进他人的时候，你就被进入了。你刚产生一个剽悍的念头，你也被进入了。你转身走开的时候，你仍然被进入了。旅馆是一个情感的悖论和陷阱，它让你兴奋，又让你疲劳，它让你无限接近，又始终被拒绝。而旅馆的色情，那种美学上的含混和多义性，就来自没有终点的歧途。每个人都知道没有明天，时间和因果链条就被搁置，只有丰富的、甜美多汁的当下在枝头摇曳。这就是旅馆的白床单为什么给人特殊感觉的缘故所在。

从我在阳朔的短暂经历看，旅馆的确是“充满春意的”，有时甚至的确是“喜洋洋的”，但我注定是一个无法在旅馆盘桓太久的人，它让我迷失。我从那里走向荒野，在偏僻到无以复加的世界尽头，旁观一个又一个陌生族群的奇异生活，听他们的大歌，喝他们的浊酒，并为漫长而艰难的旅途所困，几乎忘记了情欲。然后，以更快的速度，我回归自己的日常生活，就像一滴水在漫游了海洋之后，又回到了水缸里，沉静得没有一丝波澜。这是一件多么奇怪的事情啊，无论你走了多久多远，无论你在另一个世界如何迷醉，你总是会很快醒来。而你所看到的事物，你受到的触摸和轻抚，你体验过的危险和奇幻，最后会变成一股梦的味道。

三

我的楼上又有人家开始装修，这是我最害怕的事情之一。由于我的非人类生活，我总在应该出门的时候待在家里，在别人醒着的时候睡觉，于是别人的劳作也就成了我的梦魇。装修的噪声就像一首有魔力的歌曲，一旦开始就停不下来，你会不断地唱，直到发疯。

城市生活最不可思议的事情之一，就是家这个概念的徒有虚名。你住在别人的脚下，同时也在别人的头上。你睡在自己的床上，有人在你的胸脯上走动。你洗脸的时候，有人正在你头顶冲洗马桶。当越来越多的人离开土地时，城市就变得日益逼仄，生活也更像牢笼。你困在其中，饱受煎熬，却不知道为什么不能离开。有时候，恩赐看上去就像是诅咒。

春节前，我三天两头地跑花乡，买回来好多种花。深紫色郁金香和蓝色风信子的根茎，俗艳到极致的日本海棠，缤纷不可一世的瓜叶菊，还有一棵结满果实的柠檬。我又从超市买回一台榨汁机，榨橙汁的时候往里面加几片柠檬，味道简直妙不可言，所有在餐馆里喝过的鲜榨果汁都成了浮云。表妹送给我的两盆小吊兰，长得茁壮而且姿态曼妙，还开了很多羞怯的小白花。当然最不可言表的事情，是柠檬在落雪的日子又开了几朵花。我家的柠檬似乎和雪有着奇怪的缘分，无论第一场雪来得多晚，多让人焦躁，柠檬总会在那个特定的日子幽静地吐放香气，似乎它并不是一株植物，而是有思想、有记忆、有特殊期许的人。当女人在这些花旁边手舞足蹈、热泪盈眶时，似乎城市也不是那么不可忍受了。

很多年里，我一直受着耳鸣的折磨，吃过中药，扎过针灸，都不管用。耳鸣成了我的秘密伙伴，我大脑周围的金属之花。它迫使我放弃了一本长篇小说的写作，让我不敢下太多围棋，甚至让我不愿意待在太过安静的地方。但在老家是个例外。乡下的夜，安静得只能听到以太的呼吸，但耳鸣似乎也消停下来。我想，梭罗跑到瓦尔登湖隐居两年，肯定不全是因为他的那些哲学思考和鸡婆观念，而是有着特别的因由。只是他不说，我们也就无从得知。在瓦尔登湖那样的仙境，甚或只是我老家桐梓那种粗陋的地方，没有噪声而只有万物的歌唱，没有复杂社会机体带来的欲望涌动，只有人和自然的相互吐纳和赞美。乡村生活因为效率低下而变得缓慢，每一天都拖沓得像一个世纪。我曾经在一户人家旁边看他们打豆腐，虽然不过一支烟的工夫，但似乎好几个世博会都开过了，好几次火灾都扑灭了，好多个乞儿都回到了母亲身边。如果人们像我一样迷恋乡村，又经常在两个世界里穿梭，肯定会产生同样的惊讶：这是同一个传说中的中国吗？

我想念慢的生活，我想念无所事事的岁月里鸟的飞翔和蚂蚁的爬行，我想念那只叫作黑豆的狗。我的一个朋友告诉我，所有的问题和困惑都应该在当下解决。我经常思考她的这句话，也知道她是对的，可我做不到。我借居在城市里，和陌生人住在一起，呼吸着废气，吃着闪闪发光的漂白蘑菇和燃烧的面条。我爱的人和我曾经爱过的人都在这里，我可以暂时出逃但无法长久离开。

四

郑枫给我寄来了她的新书《天使爱巴黎》。

大概十年前，经龙少爷介绍，她从广州来到我的单位做暑期实习生。一个大眼睛的南方渔家姑娘，穿着一双拖鞋，在北方干燥而炎热的大街上奔走，脚后跟都磨破了。后来她不知怎么就去了巴黎，在那里待了一两年的时间。她在那里遍访名人墓地，给天空拍照，给我写一些简单的邮件，有时发来她写的天才而梦呓般的小说，之后就失去了联系。

《天使爱巴黎》写的是那些曾经在巴黎生活、最终在巴黎安葬的天才们的故事。我并不陌生。有一段时间我迷恋传记，读了很多关于雨果、萨特、波伏瓦、加缪、毕加索、阿波利奈尔、高更等人的故事。在某个特定的场景里，在一个琐碎的情节中，许多伟大的名字同时闪闪发光，让人惊骇。有时我暗自思忖，当这些人在巴黎的咖啡馆里高谈阔论，或者在某个女人的家里争风吃醋时，他们是否想过，他们将会被看作伟大的人物，他们身边的人也将不朽？与伟大的艺术家和天使同行，是什么样的感觉呢？

很多年前我就已经明白，我生于凡俗并且生活在时代的背阴面。我很少在自己的生活里遇到天才和不朽，或者我碰到过，但因为眼光愚钝而没有察觉。这曾经让我悲哀。命中注定是一个凡人，这本来不该是什么问题，但它的确曾经是我的问题，是我的苦恼所在。我之所以没有因考验自己的翅膀而从楼上跳下去，是由于凡·高不在我身边。

城市给我的最大恩惠，是让我得以认识很多人，而我曾经对他们的生活充满好奇。我渴望走近他人，但往往不能得逞。在某个传说里，我曾经在教室里向北岛发问。我也的确曾经在西川的家里，与很多诗人围坐在地上，朗诵自己的诗。我被介绍给贾樟柯，然后带着唐师曾去看他的《小武》。我见过音乐家、变性的舞者，与杰出的戏剧导演一起吃火锅，和电视主持人插科打诨，同作家、诗人、摄影家、摇滚歌星打嘴皮官司。有那么一段短暂的时光，城市的确是迷人的，而我也饶有兴致。慢慢地一切都变了，他们都还在那里，我自己却灰头土脸地藏了起来。与其说我厌倦了，不如说我自惭形秽。当我对自己的伟大期许落空的时候，我对世界的期许也落空了。

据说王小波埋在昌平或者更远的某个山上，不大可能有某个穿拖鞋的姑娘去那里造访他。未来的某一天，我们都将死无葬身之地，因为我们一无所有，所以我们注定被遗忘。

五

《旅馆》诗刊收了几首我的蕲春老乡何君华的诗，其中一首的开头写着："谁都不会在意我的诗歌 / 只有你，我的父亲 / 你视若珍宝。"这几句话读得我心里发疼。

我父亲大概从来没读过我的诗歌，我也从不把我写的诗拿给他。我不想用我的诗难为任何人。诗歌曾经是人和世界的纽带，但在我们的时代里，诗歌把我们从世界中驱逐出来。如果你是一个诗人，你就什么都不是。

某一年，我的老乡、一个很优秀的诗人和诗歌鉴赏者耀旭，从老家的一个文学集子里看到了我的长诗，立即为它写了很长的评论文字，并把它推荐给很多人。他带着一些年轻人去拜访我的酒鬼父亲，而我父亲以为他们是去收电费的。

那年我回老家时，耀旭在漕河镇最著名的红楼请我吃饭，当地所有的文学达人都被邀请参加。我母亲听说有人因为诗歌请我吃饭，非常好奇，一定要去看看热闹。席间，一个退休的县级干部对我父亲说，你儿子当个诗人比当县长强多了。那时候，我父亲红光满面，那是他第一次为儿子是个诗人感到骄傲，而我则比任何时候都更加羞愧。

那似乎是个春天。在去见耀旭的路上，我看到一辆板车上拉着一棵李子树。一棵平躺的李子树，开着小白花，在灰尘弥漫的漕河街上行走。没有人知道它的名字，但它拥有比我更真实的荣耀。

2011 年

当季节闪耀而过

美国有个叫希尔弗斯坦的老家伙，他画过一本书，叫作《失落的一角》，讲的是一个残缺的“圆”满世界寻找属于它的那个“角”的故事。这个寻找的过程十分曲折，好在“圆”的运气不赖，最后还真让它找到了，它终于变得完满。不过，完满的“圆”惊讶地发现，它由于太完整了，竟然无法歌唱！在经过一番思考之后，“圆”又轻轻地放下了它的“角”，继续开始了它的歌唱、漫游和寻找。

这不是一本复杂的书，但是，它很容易让人“着魔”。沿着希尔弗斯坦大叔的手指，你会遇到一些你可能从未思考过的问题，比如，什么是残缺，什么又是圆满？人生和爱情真的存在归宿吗？当你在茫茫人海之中真的找到了与你契合的“一角”，之后又该怎么办呢？如果说，男人和女人的相遇是幸福，那么，幸福过后会不会就是迷惑与虚空？

多年以前，我读三毛的书，在感动之余，总会遇到一个困惑：倘若大胡子荷西没死的话，三毛的爱情还能成为神话吗？他们会像普通人一样生儿育女、劳作浆洗，他们也会有俗不可耐的口角，他们中的某个人甚至还可能移情别恋。在漫长的时日里，三毛的爱将和撒哈拉任何一个妇女的爱一样被磨损，最后只剩下一个空洞的外壳。如果真是这样的话，死亡倒成了爱情的祝福者——正是由于时间的戛然而止，三毛的爱保持了它的全部神圣性，在宿命般的残缺与破损中，爱情放射着熠熠的光辉，把生死两界都照得一片通明。不过，在我那般年轻的时候，在我还对爱情抱着圣徒般的渴慕却又对时间一无所知的时候，我既没有勇气也没有能力把这样的思考继续下去。

现在，当季节闪耀而过，我终于可以像浮士德一样感叹说，我经历了很多。在消沉的时候，我能摸到自己仍然新鲜的伤口，如果用谭咏麟的歌词来形容，叫作“我心被你撕走了一块”。那也许不是主动的放弃，而是生活的剥夺，或者是我意识到了歌唱的召唤，从而轻轻地把温暖的一角放了下来，无论如何，那残缺是真实的，那在午夜阵阵袭来的疼痛也是真实的。不过，在这丧失的过程里，生命似乎也结下了累累的果实，我并没有因为丧失而两手空空，也没有因为残缺而变得更不幸福，同样，我也没有因为持续的漫游而感到没有归宿。或许，我的归宿原本就不在他人的手上，不在盲目的赐予里，不在对于完满的形而上假想里，恰恰是在曾经被我忽视的地方——自我之中。无论那命定的一角是不是被我找到，只有当我意识到完满的时候，我才是完满的。

而幸福的秘诀，似乎藏在一种优美的平衡里：既不放弃世俗的温暖，又能坚持歌唱。这平衡也许很脆弱，但我相信它的确存在。

2006 年

害羞的鸟

一

我熟悉的东西正在变成我不熟悉的东西。我熟悉的世界正从我的身体里淡出。

我想看看关于德里达的电影，但是那张碟读不出来。我想找到那张《迁徙的鸟》，感受冰川融化的气息，但我只找到满手的灰尘。于是我听到了布谷鸟的声音，淡绿色，像嘈杂过后的无心独奏。我知道一年的时间过去了。两个无意义的词，“一年”，“过去”。我对词语的狐疑正在加深，这不可能是一个美妙的倾向。

如果我失去了言说，比如在内心滔滔涌动的自言自语，比如奔跑，比如在纸上随意写下的意义含混的句子，如果我失去这一切，仅仅以一种盲目的感官与生活接触，我的世界会变得更加荒凉，还是更加温暖？我会拥有唯一的花朵吗？如果我主动放弃这一切，就像冬天的布谷鸟，我会变得更癫狂，还是更具有人性？那条路本来是清晰的，如今重新变得模糊起来。我本来一直在走，如今却踏上了边界。

毫无疑问，我会煎好两个鸡蛋。树的气味从楼群四面散开，我对天空丧失了敬意。

今天会有雨水落下，淋在那些我不知其名的淡绿色花朵上，淋在尘土之上，也笼罩着我的睡眠。今天那只鸟只叫了一声，就离我而去。

二

我试图把布谷想象成一种害羞的鸟，因为我从未见到过它。它的叫声让我想起家乡的麦地，五月的麦地。海子自杀之后，这样的联想已经带有障碍的痕迹了。走在清晨的麦地里，露水和着麦花扑打在衣服上。在恍惚中，那种体验如同依偎在女人的怀抱中，泛着红晕的乳头就在脸边，浓郁的体香让人昏昏入睡，却又始终保持着一份清醒。那份清醒是为了告诉自己身在何方，是为了避免遗忘，为了把美丽的“此刻”从遗忘的河流里拯救出来。

除去声音不谈，鸟儿在我记忆中划下最深印痕的地点竟然是在陌生的苏格兰。与古城斯特林遥遥相对的山上，有一座高塔，是用来纪念苏格兰民族英雄、《勇敢的心》的主人公华莱士的。他用过的那把剑真长啊。下山的时候，我看到路边的树林里有些倒伏的大树，上面长满了青郁的苔藓，那些苔藓让我意识到时间是多么新奇的体验。你看着过去的事物，却仿佛置身于现场，我不知不觉地离开大路，向那些树走去。就在那时候，我看到一些美丽而精致的小鸟，它们翠羽红冠、步伐轻盈，它们的鸣叫就像水滴从古庙的屋檐落在花岗石台阶上。那是伯劳鸟，精灵一样的鸟，在这无限肃穆的山上，在见证着“流血的梦魇”的地方，怎么会有这样的鸟儿生存着呢？它们似乎并不特别怕人，它们害羞，却又不经意地流露出大方与矜持。鸟和长剑，是那个地方留给我最深印象的两样事物，它们彼此铭记，从相反的方向，它们让对方的形象变得更加具体和清晰。

三

有时我惊恐地想，既然我从来也没见过布谷鸟，那么我是否真的见过我自己呢？那个站在镜子前的裸体男人，那个脸色疲倦、如在梦中的男人，那个剃了光头又留了长发的男人，那个在喝醉之后号啕大哭的家伙，真的就是自我吗？在语言中，他看上去那样陌生，仿佛一种从未谋面的、叫不出名字的植物。我摸到了自己的手臂，我意识到自己的头脑在飞快地转，我感觉到了自己的欲望，可这些只不过就像布谷鸟的叫声，是感官的幻象，是间接之物，并非真实的自我。我一定不在这些东西上留驻，我在别处，在不可触摸的地方，在我自己的隔壁。

这是多么奇怪的念头：自我在我的隔壁。墙的存在让我意识到了自我，如果没有墙，如果我和自我重合了，自我可能就消失了。也就是说，当我再也意识不到自己的时候，我就变成了纯粹的事物，我行走而不自知，我漂移而不自知，我生生灭灭而不自知，我消失了。这个过程可能蕴含着大的欢喜，不过，谁敢冒险一试呢？我害怕失去关于自我的意识，就像我不敢吸毒，就像我对一切能够控制我的事物感到恐惧，就像我不敢走入无人的狭隘山谷……可自我与布谷鸟并不是一回事，自我内在于我，布谷鸟是一种外在，甚至可能是一种幻听。我没有看见我自己，是因为我被自己遮蔽，那我看不见布谷鸟，又是被什么遮蔽了呢？也许，是它和我的羞怯。

你离我越近，就离我越远，你看到越多，就忽略越多。有时我多希望像鼬鼠一样活着，我的洞在世界中央，但存在着无形的边界。当我走出洞穴的时候，只有头顶的明月照耀着我。月光不会打搅我的羞怯。

四

对我来说，做一个园丁，比做图书馆管理员更合适。

眼盲的时候，凭借着植物的气息，我仍然能够了解它们的忧喜。它开花了，它陷入躁郁，或者它正随着晚风翩翩舞蹈。但书本不可能凭借目光之外的感官所了解，它太隐忍、太自闭，也太贞洁了。

尽管布谷鸟是羞怯的，但它从高远处飞过，发出嘹亮的声音，几乎能被千里之外的人听见。它清晨叫，夜里也叫，从睡眠叫到失眠，它的声音是汹涌的气息，是凌空高蹈的波浪，是灰烬中闪烁的火苗，所以，它虽然羞怯，但也放荡，虽然避世，但也疯狂。凭借着最后一缕歌唱，我可以摸到它缤纷闪亮的羽毛，摸到它羽毛上飞快滑落的水滴，觉察到它细小身躯的战栗与温暖。如果布谷鸟像一本书似的躲在书架后面，我将永不能发现它的美、它的激情、它的欲望。

2004年

纸年月

一

一个很久未见的朋友打来电话，说是翻出了我在1993年写的一张字条。只一句话，已让我有恍如隔世之感。

我从不知道人可以在遗忘与疏离中走得那么远。

从坝上草原回到北京，心惊胆战地回到屋子里，回到电脑前。不到两日，后背又开始疼起来。对城市的陌生感又多了一分。从地铁王府井站走出来，是东方广场的巨大购物中心，我在里面胡乱地走。母亲和孩子，男人和女人，空调和星巴克，两个年轻而漂亮的售货员在低头说着什么。人们就在这里，世界也在这里。他们隐藏，然后出没，装作从来就在这里的样子，仿佛这个巨大的集市就是他们的家园。生活在城市里的人没有家园，就像迷途的羔羊找不到乳头。而我也是迷途的，等到我终于找到出口的时候，竟然已经走到了东单大街。

其实我不知道自己要说什么，只是感觉必须写字，写什么都行。

过去，很多年前，我经常在纸上涂抹，心情会流泻在笔触里。心情糟糕的时候，每个笔画都会非常拘谨和生硬，但有些时候，心里光风霁月，写出来的字就会像风中摇曳的树枝一样自然和流畅。生活在我周围的人都知道，我从来不让扔掉任何写了字的纸头，除非是我自己撕掉的。于是，一年年过去，积攒在身边的纸张就多了起来。有时会翻出来看，为所谓的写作感到脸红，有时又会惊奇于自己的天真或深邃。人在某个片刻是有可能天真的，你会天真地笑起来，没来由地不好意思，根本不知道为什么就不好意思了。那是天性的遽然复活。至于深邃，那从来不是困难的事情，当你在一条长满野草的小路上越走越远的时候，你的身边就再也没有任何同伴。只有你和敞开的世界，只有真实与空旷，只有浩瀚的天空与来去的风，那是一种幽深至极的孤独，你甚至来不及喊叫。

写得最厚的一摞纸是《脆弱》的手稿。500 字的大稿纸，微微发黄，纸面略有点糙，钢笔写上去有一种涩的感觉，就像在水中走动一样。这样的涩，会让写作变得从容。那十个月里，每天都会把大稿纸铺开在桌子上，蘸着阳光与内心的激情，写下大约两千个字。从来不多写。我不愿意写得太快，每当我写得快意淋漓的时候，我总有罪恶感。

书出版之后一年，我答应一个朋友，把《脆弱》的手稿送给她。我知道自己不会再有手稿了，从此写作会在显示器上完成，所有的情绪都会变成没有个性的比特，我觉得这厚厚的一摞手稿应该是珍贵的。我想送给她一些珍贵的东西。在我最困难和消沉的时候，她在远方鞭长莫及地关心着我，因为我喝醉了而忧心忡忡，因为我的颓废而满怀疼痛。她从远方来到北京的时候，除了送给我酒，还带给我一本《圣经》。我知道她的意思，她每个星期都去唱诗，她也希望我能从上帝那里得到精神安慰。可我不能。我不知道上帝在哪里。当我阅读霍金的书的时候，我还经常为上帝找不到居所、实际上也没什么事可干而暗自发笑。不过，我倒是一直带着这本《圣经》，里面夹着《脆弱》封面的几个小样。我想我带着的是一种温暖。没有什么比温暖更重要的了。对我这种人来说，丧失已经成为习惯，但没有比温暖更重要的东西了。

她终于没有带走手稿。不知道是因为那些纸太沉了，还是因为她没有地方可以存放。日子里经常搁不下几张纸，这样的体会是很多人都有的。于是有锁，有猜忌，有不安和隐秘的忧愁。于是，那些纸就那样埋在灰尘里。我知道，每当屋子里安静下来的时候，纸上的每一个汉字都在歌唱。

翻开《圣经》，约伯说：我虽说话，忧愁仍不得消解。

二

这个夏天的北京异常闷热，让人想到马尔克斯那帮人笔下的拉丁美洲。空气中有豆大的水珠，它们悄悄潜身于石头、木板、织物甚至金属之中，把整个世界泡得松软。当你艰难地呼吸着潮湿的空气时，你怀疑自己的灵魂可能也长了绿毛。

晚上到酒吧里和朋友谈出版的事，到了之后才知道是崔健的生日聚会。上次在仓马古道和老崔同桌吃饭，发现他的头顶有点秃了，我对一个朋友慨叹说，英雄也难免有老的时候。心中不无苍凉。我刚上大学时，崔健强势出道，夜深时分，从北京到武汉，大街上到处都是

《一无所有》的嘶吼。崔健和一个波涛汹涌的年代紧紧联系在一起，是年月中最坚硬的骨骼，那些年我只知道在纸上写诗，不停地写，我的各种硬皮本子都使劲夹着长长短短的句子，我的灵魂在纸上笨拙地飞翔，而我自以为是优雅的。

过了零点，大家开始起哄，崔健就上去唱了两首歌。“望着那野菊花，我想起了我的家，那老头子，那老太太，哎呀。”他唱得很平静，很沧桑，始终低着头，不看酒吧里的人们。光线从右后方打在他的肩上，一顶黄军帽挡住了他的表情，只在他使劲弹吉他的时候，才能看出他的脸上竟然有酒窝。这个老先锋的脸上竟然有酒窝，这让他看上去多少有些天真。外国女人在使劲鼓掌，中国女孩的眼里水波荡漾，崔健仍然很平静，既看不见他的刀子，也找不到任何伤口。但他的确是个英雄，虽然时代的急遽变化让他丧失了共鸣，但他仍然是个英雄，他的强硬与柔情曾经像血一样洗刷着我们的灵魂，我们无法忘记这一点。就算我们已经牛 × 成腕儿，我们也无法否认，自己曾经在草坪上整夜唱着他的歌。

崔健和伊沙打笔墨官司的时候，我曾经写过一篇很小的文章骂过崔健，类似于现在所谓的拍板砖，而且是黑砖，因为崔健不知道我是谁，不知道我为什么加入他们的乱斗。那时我对崔健有些失望，觉得他放弃了自己的音乐中最昂贵的东西，最为我们所珍视的东西，那就是愤怒。但是，一年年过去，当我慢慢深入时代精神的内核，我发现要保持一块红布的力量是那么艰难。不是崔健放弃了什么，而是时代强硬地拒绝了什么，而崔健仍然在坚持。这时我才知道，自己对崔健的愤怒多少有些盲目。是的，激情总是盲目的。于是，我在仓马古道的饭桌上向崔健道歉，我告诉他，他是勇敢的。

而这个晚上，当人们在台上唱歌的时候，坐在我斜对面的崔健让人感到孤独。他斜着身子，像面目苍老的鲍勃·迪伦。

凌晨回到家里，一边大口地喘气，一边打开电脑，收到了余世存转发的电子邮件。一个叫茉莉的写了一篇文章，报道了国际作家议会在巴勒斯坦的言行，比如萨拉玛戈说，以色列在巴勒斯坦所犯下的罪行可以和奥斯维辛相比。而北岛则对阿拉法特说："自童年起你就是我心目中的英雄。我想知道经历了如此漫长的岁月和重重困难，你是否还保持着当年的理想？"文章指出，作家们的言论在西方世界引起一片喧哗。

作家始终是国际社会里一股奇特的，甚至有些魔幻的力量。早在1936年西班牙战争时期，大批诗人和作家参加了反抗运动。洛尔迦的死更是激起了世界作家的广泛愤怒。在整个20世纪，作家都对政治表现了浓厚的兴趣和参与意识，其中尤以法国作家为甚。苏联入侵捷克的时候，法国许多作家和诗人都发表声明，退出法国共产党，阿拉贡甚至扬言要自杀。在萨特、杜拉斯的传记里，都非常详细地讲述过法国作家对政治的干预。

不过，在我看来，作家和诗人永远都是政治的门外汉。他们只在离开政治之后，才会明白，无论目标多么正确的政治行为，其细节总会是肮脏不堪的。就像北岛不明白阿拉法特年轻时是个恐怖分子一样，诗人不了解正义和理想的局限。他们懂得那些形而上的事物，但似乎不明白为了抵达天堂需要付出的代价。这让我想起了《生命中不能承受之轻》。在政治力量面前，作家和诗人的行为总像婴儿一样可笑。

但是，无论你怎么取笑北岛的政治言论，你也难以忘记他那些金声玉振的句子："落叶吹进深谷 / 歌声却没有归宿。"在他踏上巴勒斯坦土地的时候，他的确找不到人类良知的归宿。

三

对于个人来说，写作的合法性需要不断地求证。你为什么要写，为什么要这样写，始终是个问题。

我曾经孜孜不倦地写诗，写了很多年，但我为什么要写诗呢？我给自己找到的理由是，写诗不像写小说那么辛苦，只用写寥寥几行字就够了。我住在氧气厂宿舍的日子里，活得像韩波一样窘迫，用煤油炉做饭，用电炉取暖，同屋的青工邋遢得要命，可我仍然每天坚持读书和写作。那样的日子几乎没有任何诗意可言，可我还是在纸上不停地写，并且不知道写作的目的是什么。那时候，汪国真暴得大名，一个做导游的北京女孩劝我说，你写他那样的诗吧，我觉得你完全能写得出来，你也会出名的。我只能苦笑。那时候，写作几乎是生命的营养，我必须从写作中寻找自豪感，但是，写作让我更加困窘。

被写作限定的人生充满了荒谬感。上初中的时候，我就认为自己很有才华，我给不知道是巴金还是茅盾写了一封信，然后，每天都怀着隐秘的期待，盼望有人从北京来接我。那时候，乡下很少能看到小汽车，每当田野上有一辆汽车开过，我就以为那是来接我的。我一定会被选中，至于选中了做什么，我没有一点概念。现在，我想象那个坐在山坡上的瘦孩子，不禁充满了对他的怜惜。他穿着白色的确良衬衣，脸上的表情若有所思，眼睛里弥漫着盲目的期待，同时又被期待折磨着。他是那么孤独。

上到初二的时候，公社医院里来了一个年轻的医生，是刚从大学里毕业的。他英俊潇洒，意气风发，每个举动都带着来自“外面”的气息，让我心折。他给我出了个题目，要我写一首诗，我几乎是不假思索，就写出了一些貌似哲理的句子。他大为惊异，从此他就叫我作家，而我则投桃报李，叫他专家。他结婚的时候，点名要我一起去接新娘，在大卡车里，我是最小的一个。新娘的家在蕲州镇附近，那里比较富裕，所以，他们就很有些看不起我们这些山里人，设了很多机关来刁难新郎官。在大人们忙着解决那些棘手问题的时候，我一直在猜想新娘的模样。我看到了一个明艳的女子，她伸出手，对大人说着什么，似乎是在指责。我觉得她就是新娘，因为她很漂亮，也带着浓郁的“外面”气息，让我心生爱慕。但是，等到后来新娘子上车的时候，我才知道她是新娘的妹妹，而新娘本人看上去晦暗得多，也显得老很多。我对这桩婚姻很不满，我不明白专家为什么不娶那个妹妹，那不是更般配吗？为什么大人做事总是如此荒唐呢？几年后，我上了高中，听说专家跟一个年轻护士发生了一段恋情出了事，被发配到一个更闭塞的山区去了，他的妻子跟他离了婚。

后来我远走高飞，再也没有见过专家，但我一直记得我们那奇特的友谊。在充满了幻想的年龄，我虽然没有等到北京来人，却收到了意外的馈赠。他是我在少年时代的偶像，是通往未知世界的一道门户。而我们之间友谊的根源，在于我会写诗，有令人惊奇的天分。但我现在知道，我不过早慧而已，没有任何天才的迹象。

四

我又感到了莫名的悲伤，仿佛在冬天里被剥光了衣裳，丢弃在荒野一样。我到底要拥有多少东西，才能感觉到温暖呢？我如愿以偿，在夜晚睡去，在白天醒来，可当我睁开眼睛、意识到这是一个饱满的清晨时，我却不知道该做什么，我无端地怀念起无法怀念的事物来。一些破碎的词句在空气中飘浮，婴儿、风一样的手指、荔枝和芒果，我感到无法克制的悲伤。

很多年前的某个夏天，我认识了加拿大诗人 Tim Lilburn（蒂姆·利尔本），那时我二十多岁，他四十多岁。那时的我正处在一个富有激情又找不到方向的年龄，仿佛一只喝醉的鸽子，在青春的深处粗野地飞着，内心弥漫着没有目的的张狂，做任何事情都会倾尽全力。那是一个没有任何财富的年龄，贫穷而敢于挥霍，仿佛自己拥有世界上最雄厚的宝藏。而 Tim 看上去已经有些秃顶，他的光芒正在变得沉着，他笑起来的时候，就像大地上金黄的阳光一样，温暖而富有深意。

Tim 爱上了一个中国女孩，那女孩碰巧是我在北大时的老朋友，于是我们在北京认识了。按照他自己的介绍，他有爱尔兰血统，在加拿大一个名字很复杂的内地省份当大学老师。他喜欢玩冰球，业余时间观察候鸟，当然更主要的精力仍然是用来写诗。他出过几本诗集，得过加拿大的诗歌奖，有一年还差点获得了总督文学奖，最后很遗憾地输给了一个写小说的。不过他告诉我说，他比那小说家写得要好，我哈哈大笑地表示了赞同。和 Tim 一样，我也认为诗歌天生比小说优越，而诗人自然也比小说家优秀，这样的推理毫无章法，但蕴含着一种内心的道理。那几年里，Tim 好像前后来过北京三次，都是为了看望他的中国女孩，而我，也得以无数次和他一起聊天。我走进他们的屋子，他高兴地喊着橡子，然后我们拥抱，有时只是轻轻地打招呼，但他会问："Beer or coffee（啤酒还是咖啡）？"年轻时的我对咖啡不屑一顾，尽管 Tim 自己煮的咖啡很香，可我总是选择啤酒。无论是夏天还是冬天，无论我健康还是疲劳，我总是选择啤酒。

和我不同，Tim 的内心有着无法被打败的诗歌自豪感。他不是因为时代气质而选择了诗歌的事业，而是他天生就是一个诗人。他喜欢自己写下的那些句子，刚认识他没几天，他就给我朗诵他的作品，并且要求我朗诵我自己的。虽然我参加过很多次诗歌朗诵会，但我还没有在私下里读自己作品的习惯，于是多少有点不好意思。Tim 则不然，他读诗的时候非常投入、非常自我，一旦进入他的诗句中，他就是一个完全不再羞涩的人。虽然我听不懂他的英语诗，但我能够听得出那些声音是纷乱而和谐的，能够触及问罪背后的神秘气氛，那是另一个开阔而徐缓的世界，沙丘和麋鹿，树枝上的伤口与光斑，世界被语言照亮，或者说，被语言剥去了伪装，露出了它的婴儿皮肤，它的天真与淫猥。我曾经试图把他的诗翻译成中文，但那实在太难了，我顶多是借助词典，大约明白了他的诗在说着什么，但要把那译成合适的中文句子，实在无法办到。而 Tim 居然和他的中国女孩把我的一首长诗《黄山》翻译成了英文，并且打算发表在加拿大的《斜坡》诗刊上，这让我觉得匪夷所思。

认识我的人都知道，我从来不谈论诗歌。我认为诗歌是一种隐秘的勾当，是夜深人静的时候从事的强盗行业，是不能拿到光线下讲述的，所以，每当圈子里的人大谈诗歌的时候，我要么用开玩笑来敷衍一下，要么就干脆逃开。但是，跟 Tim 在一起的时候，我竟然和他大谈特谈关于诗歌的七七八八，并且不感到厌倦。我们谈论我们彼此知道的所有英语或西班牙语诗人，谈我们自己的写作感受，甚至是某个句子，经常累得那个中国女孩够呛。她实在太累了的时候，就一撇嘴说，你们自己聊吧，我懒得翻译了，于是我和 Tim 只好傻笑，他喝他的白兰地，我喝我的啤酒。那时候，为了能够和 Tim 交谈，我试着开始练习英语口语，而 Tim 为了他的爱情，早就开始学习中文了，不过，遗憾的是，Tim 和我一样，只在使用自己母语的时候得心应手。有一次我去上地看他，他的女孩不在，我们俩就借助字典聊天，他说完话之后，用中文把个别单词再解释一遍，而我费力地说起了英语。一整个下午，我们谈得兴致盎然，但我完全不知道，我们彼此是不是领会了对方要说的意思。晚上，中国女孩回到家，她问 Tim，你们谈得怎么样？ Tim 告诉她，谈得非常好，交流得非常充分，但又保持了诗人的孤独。

印象很深的一次长谈发生在另一个朋友的家里，那次有四个人，Tim、他的女友、天波和我。Tim 是第一次到北京，而我们另外三个人是北大时期的老朋友，都写诗，天波还曾经是我的诗歌老师，他是一个天才，英文又极好。我们喝了很多啤酒，在一起说了一夜的话，至于到底都讲了什么，我是完全记不起来了，但在我的印象里，我们那次是完全放弃了自己的孤独的，我们深入自己灵魂的深处，无论是创伤还是渴望，无论是喜悦还是暗疾，都舍得和盘托出。对我来说，那是异样的经历，那样的倾谈是永远不可能与另一个人进行的。我需要的是 Tim 那样一个人，我信赖他，而他又对我一无所知。Tim 后来告诉他的女友，那天晚上，他一直在暗暗颤抖，他也从未那样交谈过。

和 Tim 在一起的是一些美好的日子，他宽厚，像一个大哥哥，他自己也把我和他称作诗歌兄弟。那时北京还不是很开放，Tim 出入居民楼的时候，小心翼翼地用大围巾把自己的外国长相包裹得严严实实。下雪的时候，我带他去圆明园玩，向他控诉英法联军的暴行，他则告诉我，烧圆明园的时候他没参加。我向他介绍西川，他们很快成了好朋友，在西川位于老中央美院的宿舍里，Tim、西川、莫非、王家新等人轮流读自己的诗，我也读了《黄山》的片段。后来，Tim 还通过加拿大的有关机构，把西川请到了加拿大做诗歌访问。

Tim 送过我两瓶加拿大最好的白兰地，我一直没舍得喝，到现在还存放在酒柜里。我曾经想过，等我出版了一本像样的书，我就开那瓶酒，但是，无论是《脆弱》还是《水果》，都没能让我动一动开酒瓶的念头。很多年前，我告诉 Tim，我将要写一本小说，Tim 当时很不解地问我，你是因为想多挣一些版税吗？在他看来，除非你很在意版税，否则没必要写小说。但在我来说，那时我感到写诗没有出路，我写不出自己渴望写的东西，我感受到的、我思考的东西太多，也太芜杂，抒情诗根本无法蕴含，我被憋得太难受了。就像我今天感到悲伤，并不是因为 Tim，但我最终想写一点什么的时候，却想起了这个加拿大鬼子。

Tim 最终还是和他的中国女孩分手了，他再也没有来过中国，我也就再也没有见过他。我给他写过两封英文的信，写得很吃力，他却赞扬我，说我的句子很好。1995 年的夏天，一次新疆之行结束了那些纷乱的日子。在那拉提草原，我喝得烂醉如泥，半夜往冰雪大坂狂奔，吓得三个哈萨克人夹头夹脑地把我抓起来，关进了一间小屋子里。回到北京后，我换了工作，试图活得人模狗样一点。又过了一些年，我爱过的一个女孩放弃我，去了加拿大，也在一个名字很复杂的内地省份，那里冰雪满天，冻得她的小脸老是红扑扑的。

前不久，Tim 得知我在自己的书里提到过他，就通过前女友转告我，如果下次再说到他，一定要说他是一个诗人。

所以，在这里我要强调一下：Tim Lilburn 这个加拿大鬼子，他没有烧过圆明园，他不是医生，不是绿党，他是一个诗人。

五

一个人要活到什么年龄，才可以拥有回忆的权利？当回忆以一种文化行为出现的时候，时间仿佛出现了一个空洞，你的财富从那个洞里源源不断地流泻而出，而你已经没有能力去阻止。

在这样的凌晨，我感到自己接近疯狂的边缘，于是我刷牙，让自己坐下来，我的背后是淡青色的黎明，狗开始叫了，有椅子搬动的声音，邻居的孩子会开始练习敲军鼓，一切会重新开始，与上一个日子没有任何不同。地上有雪，有杂乱的脚印，我已经分辨不出哪些脚印是我的。我走过很多地方，见过很多人，我的脚印被抹掉了，没有人会在意我的痕迹，没有一个人的脚印会被在意。我在岁月里疯狂地唱啊、唱啊，谁会在意呢？

从很早开始，我就发现自己对爱情无能为力，与此同时，我发现自己丧失了纯真。我在做任何事情的时候，都会分裂出另一个我，他从旁注视，不断地行使他的审判权和解释权，他讲述一切，嘲笑一切，含着与生俱来的善良与血性。我爱自己，我爱着自己，可我不再纯真，因为我生来具备了自我审视的能力。不断地自我注视导致了矫情，而所有的不幸是不是都由此开始？

我在初中开始写诗和小说。我写过一篇有关风景和爱情的小说，很短，里面有摇曳的竹林，雾气弥漫，一个美好的女子在山道上走，她要去看她的男人。我不记得那小说里发生了什么事情，但我记得那种感觉，那些景象会聚成一种强烈的感觉，如露水一般凝结在记忆深处，所以，我忘记了小说里的故事，但仍然能够回想起那感觉，那犹如一道反光，或者短暂的声响，它消失了，但仍然存留在脑海里。

我的表哥那时是初中的语文老师，他读到了这篇小说，他知道它带有明显的模仿痕迹，但还是在班上朗读了它。他夸奖了这篇小说，但不是当着我的面，因为我不是他那班上的学生。同学们把他的夸奖传到了我的耳朵里，这让我很是振奋。

初中是异常艰苦的日子，在我的各种文字里，都有关于那段生活的描述。我患有严重的神经衰弱，却并不知道那病就叫作神经衰弱，我只知道自己经常头晕，没完没了地做梦。即使睁着眼睛，脑子里也会反复放映一个梦境，一队没有面孔的黑衣人敲着小鼓在墓地里走，他们只是不断地走，既没有目的，也没有来由。只要我有稍微的紧张，那梦境就会出现。我的内心充满了复杂的力，既温顺，又叛逆，既曲意逢迎，又刻意暴动，而就在那样的日子里，我开始了幼稚的写作。我在数学课上写小说，课间的时候，同学们会来争抢我刚写完的片段，虚荣心促使我放弃了功课，选择了永恒的事业——文学。我的所有文字都来自想象，没有生活痕迹，没有任何血肉，所有的内容都来自我仓促读的各种文学杂志，我读到任何东西，就会马上写进自己的小说里，改头换面，没人看得出来。我在作文里写春天，把校长和老师都惊呆了，为此专门给我办了一堂讲座，要我向全校学生传授写作技巧。我的文学生涯竟然是以这种可笑的方式开头，让我现在想起来啼笑皆非。那些大师，他们是如何学会写作的呢？他们的早年也像我一样贫瘠和窘困吗？

初中的时候，我写过好几篇爱情小说，我渴望爱情，并且不断梦想它。一个实习教师从日子里匆匆走过，她的艳丽和芬芳却把我照亮了。她来自县城，到山村中学当实习老师，我和她并没有任何接触，但她的美让我哭泣。我必须拥有那种美，我必须抵达美的生活，没有美是不行的，没有爱是不行的，而如果我想要拥有那一切，我就必须出人头地，而这意味着唯一的道路，就是做个优秀的学生，考上好的学校。运气和野心帮助我走出了鄂东的那片丘陵，当我许多年后回到县城时，我无论如何也不能想象，我的美人就出生在那个尘土飞扬的小镇上，并且可能仍然在那里生活。她变成了什么样子？她知道她的出现改变了一个人的生命吗？在《水果》里，她被命名为一道强烈的光，那光是生命的营养。她在哪里呢？是几个孩子的母亲？谁娶了她？从岁月的哪个段落开始，我能够拯救她，使她免于湮灭？

一切都是那么徒劳。

我的表哥皱了一下眉头，很温和地说，不要老是写这种东西。我知道，他说的“这种东西”指的是爱情。我的确太小了，太幼稚无知了，以那样的年龄来讲述爱情，的确包含着令人不安和难堪的成分，但我当时并不明白为什么。当我不明白什么事情的时候，羞耻素会迫使我接受。我在《脆弱》里生造了这个词，羞耻素，那是道德律令内化而成的一种腺，它流淌在血液里，让我丧失了纯洁。

表哥后来放弃了教职，到政府当干事。他不会喝酒，不会抽烟，也不会打牌，所以，当他变成一个发胖的中年男人时，他仍然没有混到副乡级。我把自己的书送给他，他什么也说不出来，再也无力指责我了，但对我而言，他永远是我文学上的导师，是兄长，是生命里某个时期的“君主”。我从未亲口告诉他我对他的尊敬，为的是怕他难堪。像我一样，他也是一个羞涩的男人，皮肤之下不是骨骼和肌肉，而是局促。为了应付生活，为了应付城市和乡村，我们迫使自己世故和老练，逢人说人话，逢鬼说鬼话，为了一点小小的尊严，不惜付出极为昂贵的成本。幸好，我们还拥有许多隐秘的东西，短暂而弱小的爱，遥远的温情，不为对方所知的关注……无论它们多么琐屑，无论它们是否转瞬即逝，那都像黑暗中耀眼的火星，映得岁月一片光明。

对我来说，写作并不见得是必然的、必须的、命中注定的。何以见得我必须老死在一行接一行未必有意义的文字里？只不过，我在写作中感到欣悦，当那些句子以优雅或莽撞的方式从我的手指下涌现的时候，我会感到惊奇，意识到身体深处的神秘创造力。写作让我感到快活，写作就像性爱，会带来安恬的表情和沉静的睡眠。我需要它，如此而已。

2005 年

与火星无关

昨晚在酒吧里，意外地见到了苔绿。的确是一个意外。

苔绿是一个名字，“有约”里若干陌生的名字中的一个。有很多“名字”，不知道他们从哪里来，不知道他们怎样活着，也不知道他们会停留多久，在散漫的时间里，他们只是以“名字”的方式存在着。直到某一天，名字和名字意外地碰到了，然后，就意识到所谓的真实仍然在时间里蛰伏着，它是会苏醒的，只是需要机遇。

那个叫不出名字的酒吧在麦子店。和三里屯一样，麦子店也被命名为时尚生活地带，不过，我总觉得麦子店显得更加诡异。那家酒吧在一家日本料理的隔壁，门面很小，进去之后，楼上却是别有天地，不仅有很多开放式的小包间，还有一个很大的露台，酒吧里的人以老外居多，还有一些时尚的、露着肚脐的女子。空间在这里被切得非常零碎和均匀，到处都是隐藏着的阴影，所以，它体现了麦子店特有的诡异，弥漫着时尚和情欲的双重气氛。

我到那家酒吧里，也是为了见一个“名字”，叫绝色台北，她曾经写过一个帖子，名字是《哀悼乳房》。很少见到这样的文字，“那曾经柔软的、温暖的、有弹性的、美丽而充满诱惑的、与我左侧傲然对峙并勾勒出完美弧线的我可爱的右乳啊！在你死去的五百多个日子之后，我仍深深地为你哀悼”。在这样的一句话背后，隐藏着多少泪水和悲哀呢？这样的痛楚是男人无法体会的。不过，在酒吧里，绝色台北明眸皓齿，笑意盈盈，仿佛身上洒满了细碎的阳光。她的确是个美丽的女子，就在丧失了右乳之后，她的生命仍然是明亮的。

不过，酒吧里的气氛有些尴尬。当不同圈子里的人混杂在一起的时候，大家就都有点不自然。光线昏暗，适合最熟悉的人轻松而散漫地待在一起，得意而忘形。如果你还必须去想坐在对面的那个人的名字，一切就都变得呆滞了。

今天仍然看到木槿在开放。以前没有注意到，它的花期很长。在老家，木槿和紫薇一样，是野生在路边的花。没有关于紫薇的任何传说与教诲，但木槿有一个不祥的名字，叫打碗花。据说，若是折了这种花来玩，就会打掉饭碗，在儿时，那可是一件非常糟糕的事情，少不了屁股要挨上几巴掌。木槿的花形是碗状的，单瓣，好看的紫色里略略有点偏蓝，有浓密的黄色花粉，没有什么特殊的气味。我想，之所以会有那样的传说，一来肯定是因为它的形状，二来必定是某个先人爱惜那花，不愿意它被淘气的孩子摧折，所以想出了那么个吓人的故事来。打碗花这个名字的确叫人恐惧，所以它才得以年年岁岁地开放着，不过，它身上附带的魔力也让人恐惧，许多年里，我看到木槿总是敬而远之的。花儿就像女人一样，因为不同的气质而得到不同的命运，所不同的是，女人还能够选择，而花儿则只能被选择。但这个区别又是非常细微的，毕竟，所谓的选择，这个存在主义的经典词语，只在很少的时候才会有效。就像《黑客帝国》里那个黑人女先知对救世主尼奥所说的那样：你早就做了选择，剩下的事情是去理解它。

理解你在晦暗的岁月里茫然做出的选择吧，理解你自己吧，这就是所谓选择的真正含义。

天真凉了。走在安静的夜里，树影轻轻晃动，忽然从中就得到了些许的快乐。这是清淡的快乐，仿佛三两片绿茶在沸水中翻腾，带了一点点惆怅。在凉意中，我突然了解到，自己已经放下手里的新书有两个月之久。在创作的激情冷却之后，《七日或美臀》只剩下了一个空洞的意念、一个想法，原本丰盈的一切突然散去了，似乎我只拥有一个光秃秃的名字。当我构思它的时候，它是丰满而魅惑的，似乎时光的每一分每一秒都可以变成美妙的语言，但那是以旺盛的火焰作为背景的。火焰所到之处，一切都是金子，一旦火焰熄灭了，土仍然是土，木柴仍然是木柴。这个消散的过程令人啼笑皆非。好在《迷狂》是坚实的，不光是文体坚实，它的内容也是坚实无比，不会被任何主观的因素带走，需要考虑的只是如何更有力地呈现。什么是有力呢?那就是充分地理解你所要写的内容、你经历过的生活、你周围的人和你自己。当你有足够的理解力的时候，你也就能够有力地呈现了，这就好比雕刻，除非你理解了那块大理石，否则你就不可能创造出任何东西来。

前两天，8 月 29 日凌晨的时候，火星大冲，据说这是六万年才可一见的奇观。自从天文学被普罗化之后，总有几万年一见的事情降临到生活中，比如狮子座流星雨。短暂的生命一旦与几万年这样的词遭遇，人们总不由得心头鹿撞，感觉到莫名的超越，似乎纷乱的日子并没有带走任何东西，我们仍然得以与古老的星辰对视。这显然是一种错觉。

我累了。睡吧。

2003 年

后《水果》时代的开始和青春的终结

吃了一个胡柚之后，我放上了肖邦，同时打开了杰克·凯鲁亚克的《在路上》，准备读一会儿书就睡觉。我没关灯，打算就这么亮着灯睡觉，只有在极度悲伤时我才这么干，但我今天并不悲伤。

写完《水果》之后，我并没有像想象的那样轻松，反倒更加沉重，或者说更加迷惑。这本书写得不算辛苦，但先后写了一年，它怎么能花费我那么多的时间？我应该继续写作吗？在网络时代，写作是如此一桩司空见惯的事，写作每天都在不同的地方发生，很凶猛，很持续，很尖锐，到处都是文字——文字还有什么意义呢？至少可以这样提问：我还要继续写小说吗？什么是小说，什么是中国小说，写小说的意义是什么？如果写作只是为了安慰自己，让日子稍稍容易一些，那么，我可以接着写诗，尽管很可能我根本就找不到诗歌那轻盈的翅膀。我也可以写那种耸人听闻的文字，四处张贴，搞得满城风雨，让大家都知道我才华横溢，那是一条很轻松的道路，我知道自己善于操持那样的文字，可我为什么还要固执地写小说呢？编造故事和人物，张冠李戴，无事生非，把一切编得不像是发生在自己身上的事情，不让读者看出真实的我——这一切有什么合法性吗？

几乎就在写完《水果》不久，一场胃痉挛开始折磨我。起因是这样的，下午四点的时候，我在团结湖商场旁边的肯德基吃东西，像小说里写的那样，我吃了一个鸡腿、两根鸡翅、一包小薯条，喝了一杯红茶。七点钟，我到三楼的食堂吃晚饭，本想少吃一点，但不知道为什么又吃得比较多，好像还吃了两个小馒头。夜里十点多，去隆福医院旁边的小胡同里看几个朋友，在小饭馆里喝了几杯啤酒，顺便吃了几根羊肉串（顺便说一下，味道很不错）。接着到一个朋友家打麻将，女主人面目清秀，鼻子高挺，整个人很像是透明的，她说话的声音和腔调与我那个在斯坦福的前女友很有些相似。早晨回到办公室睡觉，上午十一点多的时候，猛然觉得有谁用力揪住了我的胃囊，迫使我拱起身来，跪在小床上，嘴里全都是涌上来的清水。接着奔向厕所，但什么也没吐出来。我知道自己的胃终于挺不住了。它被我混乱、破碎、随心所欲的生活折磨得像一团破絮，所以，它开始折磨我了。

屋子里有很多酒。大路货的杰克丹尼斯，人们并不常喝的摩根船长，我从苏格兰带回来的一瓶真正的苏格兰威士忌（从酒厂里买的），野力干红，罐装啤酒，还有小瓶的红星二锅头。不过，我一滴酒也不敢沾了。我必须跟自己的胃讲和。盼望太阳升起，世界重新活过来，我想看到阳光穿过窗帘，均匀地洒在屋子里。吃过晚饭之后，我蜷在沙发上，昏昏欲睡，耳边是儿子的嘀嘀咕咕。他一边写作业，一边不停地说话。他的体力活动太少，精力太充沛，只好不停地说话。听着他的嘀咕陷入昏睡是很幸福的事，以前并不觉得，以后也很难轻易地享受到。

有一天晚上，写完《水果》中的一段，我猛然醒悟了。灵光乍现一般，我知道了自己为什么要写《水果》。这不是故弄玄虚，的确是突然的领悟。在此之前，我一直认为自己是在试图寻找性感或情欲的来源，水果只是一种象征物，但那个晚上我突然了解，《水果》的写作是一次自我治疗，就像《脆弱》是一次驱魔一样。《水果》所治疗的并不是单一的伤口，而是复杂得多、混乱得多，其混乱程度丝毫不亚于《脆弱》中的一切。既有来自爱情的沉痛，也有来自历史的噩梦。几乎是在一种完全无意识的情况下，我写出了“我”遇到齐景公的那个章节，那其实是一个真实的梦，我觉得它很有启示性。那些细节完全是由梦境提供给我的。我觉得梦是真正的写作大师，写诗的那些年头里，我曾经做过写诗的梦，词句完全像泉水一样流淌出来，既不凶猛，又完全自然和流畅，但醒来后怎么也回忆不起来。写作也许就应该回到梦境中的那种纯真状态里，完全放弃思想。不过我没有把握，也许那只适合写诗，写小说是另外一码事。

对于写小说这件事来讲，我不够有力。我感觉自己总是滑动在水面上，我只看到了水，看到了水的骨头，但是没有摸到礁石。我不够耐心，不够沉着，这实在是够糟糕的。我把小说写得没有样子，《脆弱》还比较做作，《水果》就彻底不做作了，想怎么来就怎么来，一点没把文学概论之类的东西放在眼里。这是一种挑衅。对于读者，这更是一种挑衅。我并不在乎招惹了谁。

凌晨或傍晚的天空别有韵味，在微光中，天空是深奥的蓝色，接近未来的那种色调，不是很炫目、很亮，却非常幽深，有金属之美。在那样的天空下，冬天散发着质朴的香味。所有的树叶都落尽了，林子变成了一幅文人山水画，疏朗，空阔，删繁就简。用如此简单的形式塑造美是非常困难的，既需要力量，也需要运气，还需要有很好的观众。一些乌鸦在低空飞翔，鸽子在窗户上方扑扑扇动翅膀。海明威怎么就成功了呢？他有时那样干燥，只适合大学教授和正在写高深论文的博士研究生阅读。我只记得他在小说里不断地喝酒，他写到性爱，一个年龄小一些的女子对一个老女人描述她的野外性经历，有炮火，他们做爱，感觉到整个大地都在震动，于是老女人教诲她说，一个女人一生里只有很少的时候会在做爱的同时感觉到大地震动，那是罕见的，你爱那个男人。诸如此类。我现在已经很擅长编造这样的教诲了。我在《脆弱》里提到过羞耻素和性爱狂欢期，在《水果》里说到了中性的身体，这都是很重要的，但人们似乎并不太注意。

写完《水果》之后必定会发生一些什么吗？比如说那场莫名其妙的胃痉挛。我想象胃黏膜像牵牛花一样裂开，在晨风中轻微地抽搐。可是，这和《水果》有什么关系呢？我翻看纳博科夫的时候，看到他贬斥法国新小说派是“充满了青春色情的无病呻吟”，我觉得这正是《水果》的写照。毫厘不差，如果有人要问起《水果》是怎样的一本书，我就会对他说，那是：

充满青春色情的无病呻吟

它感伤，在某种意义上浪漫，悲哀而多汁，有着华丽的皮肤，吸引你深入却又丧失了方向，几乎没有情节，只有一个果核。随便翻到哪一页，都是甜美又甜美的、略带酸味的果肉。它不是小说，的的确确是一枚关于青春记忆的水果，摆在竹制果盘里，放在花园摇椅边上，供一个疲倦的人打发他短暂的黄昏。

天很快就会亮了。耳朵里有大地的隆隆声。那声音在白天隐秘和纤细，但在夜晚，是那样粗壮而清晰。

2001 年

以写作的名义或者那些花儿

写到第 60 页，女主角还没有正式出场，想到这一点，我在早晨嘿嘿坏笑起来。我笑得很响，不过没有人听见。

写作遇到了以下一些问题：

抽象的问题是，怎样克服写作中的幻灭感？难的不是写什么、怎样写，而是不被写作本身抛弃。当我敲下一行又一行字，有时被某些细节弄得气喘吁吁的时候，突然一个怪念头会涌上心头：你讲述这些事情有什么意义吗？你为什么要写？你怎样才能把自己的写作和别人的区分开来，以显示其意义？如果你的这些言语与无节制的叙事时代所溢出的那些语言没有什么不同，那你又何必如此辛苦地写呢？

没有沙龙，没有俱乐部，无法朗读，隐秘的劳作，没有欣赏与喝彩，甚至刻意地拒绝欣赏，这必将抽空写作的虚荣感或者说自豪感。所以，为什么写作竟然成了问题。在寂静的时刻，咬啮心灵的便是这样的可怕提问。写作向自身索要意义。

具体的问题。当作家开始写一本书时，他需要一个女人。早晨，当我打开电脑，脑子沉浸在细节之中时，另一个难题不断侵袭过来：

今天吃什么？在“非典”肆虐的日子里，这更是一个绝顶困难的问题。所有的饭馆都已经停业。我为自己提供了如下食品：大前天，第一次蒸米饭，尖椒炒肉片（我在买肉的时候饱含泪水，切肉的时候已经号啕大哭，给肉片洒上酱油的时候，泪水刚刚挥发干净，炒肉的时候，泪痕已经被酱油的污迹代替了）。前天，把三个鸡蛋打碎，放入烧滚的花生油中煎炒，倒入一小碗剩饭，用锅铲搅拌一番，再洒上盐水。昨天，买猪肉萝卜馅包子一斤，吃了一半，蘸料为陈醋和辣椒油。今天的食谱大致是尖椒猪头肉、两个馒头，已经准备在冰箱里了，可暂时无忧。如果有一个女人，我就可以把这个忧烦完全托付给她。她会代替我了解，我将在什么时候饿，什么时候需要补充营养，她会比我更清楚诺玛特的货架摆设。当然，女人的用处不限于此。我需要找一个人发火，在我遇到困难的时候。我有时苦于找不到与众不同的语调。所有的词语都是陈旧的。这都让我烦恼，我需要发泄。当然，女人的功用仍然不限于此。我在熬了一个通宵之后，累得实在睡不着，我需要一双温柔的手，它抚摩我的头部，按摩脊椎的第三节或第四节，带来一种温馨的气息，给我宁静，还给心灵以秩序。我会靠在她的怀里沉沉睡去。不限于此。女人意味着很多，非常多，接近无限。

临睡前看了一张碟，希腊电影《永恒的一天》。一个年迈的诗人回忆他的妻子。他的妻子能写非常优美、深情的书信。她感到寂寞，当诗人沉浸在遥远的事物之中时，她感到被抛弃与被背叛。做诗人的妻子意味着献身，不是献身于看得见的战争，而是献身于寂静。这对女人是不公正的。

出场的人物太多，所以需要记笔记，不然会在下一章忘记已经出场的人物名字。在盲道上瞎走的时候，脑子里突然出现一个场景，回家后要赶紧记下来。这很重要，暂时要记在脑子里，回家后千万别忘了。忘记是经常发生的，最可怕的是从梦中醒来，而那些优美的词句已经消失无踪。没有比这更可怕的事情了。醒来，或者睡去，大脑的过渡状态导致事物的丢失，永久性的、无法弥补的、不再重复的丢失。这很要命。

我曾经打算写一本非常畅销的书。我基本了解畅销的诸要素。但在写的过程中，另一种要求占了上风：写一本有意义的书。换一个说法：写一本诚实的书。诚实意味着，不为着让读者产生各种高峰体验而撒谎。让他们每隔五个自然段笑起来。让他们在第十一章痛哭。诸如此类。这并不难做到，但这会导致撒谎，编造不符合事物进程的情节，改变人物性格，捏造可能性。总之，它会导致不诚实。

不过有可能达成某些妥协。坚实的叙述风格，强烈的抒情性，总体上跌宕起伏的情节，少量的、犹如科普著作中的方程一样的抽象思考。只要不过于随心所欲，仍然有可能与读者达成谅解。他们得到了需要的，我也给予了我拥有的。

昨天早晨，我在树林里遇到了一些花。先是在游乐场旁边看到了蔷薇。蔷薇让我想念一个女子，其实她已经从我的生命中消失。我记起她在六月里悲伤的样子。然后是月季，先是三棵或者四棵白色的月季，我走得很近，闻到了熟悉的香味。我老家的院子里就种了月季花，它一年能开多半年的花，我很了解它。白色的花适合远看，这和所有纯洁的事物类似。过于逼近会损害纯洁，不仅会发现许多细微的缺陷，连纯洁本身也受到了惊扰：因为观看者本身就不纯洁。不过，时至三十五岁，一个中年男人有能力走近事物，仍然让事物保持纯洁的状态，微笑，忽略某些细节，虫孔，枯萎的花瓣，花蕊里的蚊蝇，这是可以做到的。如果在远处是纯洁的，那么，逼近之后也不会是污损的。中年人有能力为事物保存最美好的本质。（我不得不把自己归纳到中年的行列里，这可不太妙）。接下来是一大群、好大的一群红色的月季，花开得像小山一样，枝条错落有致，姿态曼妙，静止的舞蹈也不过如此。花色浓淡不一，几乎世界上可能出现的全部红色，都呈现在这些月季花里，沉着的、明亮的、热烈的、羞怯的、性感的、洁净的……各种各样的红，无限繁复的红，都被这些月季表达出来了。没有任何艺术作品能够比这些花更有力地表达出生命之美。绝无任何艺术有此能力。我在花丛中站了很久，明白了所有关于花的隐喻的来历。醉入花丛宿（如果可能，我现在就搬一张床过来）。花间词（写到如这月季一般，那艳丽与冶荡还用得着说吗）。什么花下死（为什么必须是牡丹？死在这一丛月季之下也是很壮烈的），做鬼也风流。

用什么东西能把这些花的美保存下来呢？数码相机肯定是不行的。像素的限制，必定导致细节的无限丢失，最后，所谓的月季花不过是点点朱红，俗艳得一塌糊涂。摄像机也不行，在做三百六十度移动的过程中，每一朵花都不见了，而代之以那些花。而我需要的不是那些花，而是每一朵，我可以渐次欣赏、击节赞叹的每一朵。为什么一涉及花，我们就追求起每一朵来了呢？雨果和加缪一定是最有发言权的。

前几天吃了阿莫西林，但喉咙的炎症不见好转。昨天晚上，舌头两侧开始不舒服，似乎是长了舌疮。喉咙有痰。原来我又上火了。我没有想到会上火。“非典”闹得太凶，我已经忘记了人还会上火。春天过去了，身体里火焰凶猛。大街上每个女人都那么迷人。

我听见了鸟叫。

2004年

| 第四辑 |

你呀，流浪狗

在不动的光里

好莱坞也能拍出一些不错的小众电影，像伊桑·霍克自导自演的《切尔西大墙》、阿尔·帕西诺自导自演的《中国咖啡》之类。两部电影讲的都是艺术家和作家的事情。他们大多生活无着，靠别人的救济过日子，创造着永远不知道能不能为人接受的作品。他们中相当一部分人并不为人所喜欢，眼睛中有着猥琐的光，遇到险峻的挑战时往往退缩不前。尤其是在物质忽然极大丰富的中国人看来，那些衣着褴褛、整天不知所云的家伙，实在很难说有存在的价值。但在少数时候，当他们在画布上信手涂抹几笔，在琴弦上拨弄出好听的声音，或者在肮脏的小酒馆里朗诵诗歌的时候，似乎有神圣的光芒从他们的身上映射出来。

阿尔·帕西诺扮演的作家有些神经质。他住在布鲁克林区的半地下室里，因为不肯向客人鞠躬而被法国餐馆的老板解雇。虽然他看着女人时眼神异常清澈，但又经常为了一些小事大发雷霆，最终把漂亮的女画家从身边赶跑了。在寒冷的冬夜，他去一位老朋友的家，两个沦落的人围绕着一部新书稿吵了老半天，最终不欢而散。他们不停地说到钱，说到写作、生活和女人，那种试图向生活屈服但又不情愿、不可能的窘迫心态，像畏缩在雪野中的小动物。从他们自己的回忆来看，他们本来可以过上比较好的生活，本来可以像神秘的泉水一般把好女人吸引在自己的周围，但他们仿佛受了诅咒，仿佛被自己本性中可悲的东西困住了，只能越来越孤独、越来越贫穷。

看这样的电影，你会油然而生一种优越感和恨铁不成钢的心情，似乎，如果你自己处在那样的境地中，一定会顽强地改变自己的境遇，从荒漠般的生活中找到勃发生机和青云直上的机会。但冷静下来一想，你不是那样的艺术家和诗人，你的心里没有大大小小的窟窿，你没有被永恒而凄凉的光芒笼罩，你怎么知道自己能不能活得比他们强呢？除非你也受到过诅咒，除非你的身上也被幽暗而有毒的光线照射着，否则你永远无法体会那种强有力的无力感。

我在年轻时发狂地写诗，也认识了很多诗人。前不久搬家的时候，整理自己的旧书和手稿，发现了很多有趣的东西，很多凌乱的、破碎的、激烈的诗章。它们让我想起那些已经消失无踪的日子，想起很多已经被生活的尘埃彻底掩埋的人。坦率地说，我们时代的诗人里，让人感觉舒服的家伙并不多，真正有才华、掌握了汉语的精髓、可以傲视世界的人更少。跟他们在一起吃饭、喝酒、朗诵和交谈的时候，你总会从他们的脸上或者眼睛里看到一些不自然、不洁净乃至邪恶的东西。那时，我虽然也和他们一起混，但心里多少有些瞧不上。我总觉得诗人或艺术家应该是另外一种样子。如今，我觉得我那时的想法也许是错误的。

我活得越久远，就越是不认识自己。当我看到失恋的人絮絮叨叨、无法自拔的时候，我会觉得很厌烦，但轮到自己失恋的时候，我比天底下那些最可怜的家伙还要不堪。我看不上那些无力把握自己命运的诗人，看不上那些底子很差却又玩命想要出人头地的作家，但我自己也好不到哪里去。当少年时的梦想被这个物质年代揉搓得面目全非的时候，回过头来看看过去的那些年月，才发现自己也是典型的志大才疏。我没有写出什么像样的东西，没有照顾好自己的父母和孩子，没有承担起世界委托给我的责任。我甚至怀疑，选择写作这样的人生目标，完全是出于虚荣和自卑。我对金钱和名声没有强烈的欲望吗？我内心没有卑怯的情感，就像隔年的土豆在屋角暗暗发芽吗？我用爱回应了别人的爱吗？从我的手里流出来的文字比那些糟糕的、因为糟糕而获得赞美的作品又要好多少呢？我自诩清高，也许竟是没有胆量去实现自己的野心。我心里有那么多秘密和痛苦，但从中并没有诞生出颂歌。

从来没有像今年这样深入劳作和贴近死亡。我坐在阳台上，喝半凉的咖啡，抱住自己的双膝晒太阳，但心里仍有无法驱除的寒冷。许多笑容像花朵一样在天空凋零，许多话语从时光的玻璃之外反射回来，仿佛刚刚被那些可爱的、但已经枯朽的嘴唇说出。我总觉得她们的死与我的懈怠和卑劣有关，我不能正视，也无法接受。我多想再最后看你一眼，但我为什么竟没有动身？我装修房子、买瓷砖、修理水龙头，日复一日在家具城和建材市场转悠，似乎那里有我失落的青春之梦，有可以填满忧愁的美丽容器。我从没有像这些日子一样勤劳而耐得住琐碎，但我错过了最重要的事情。我本来可以握住你泉水一样的手指，我本来可以从你疲劳而脆弱的身体里唤起生机。如果我去了，如果我做了什么、说了什么，一切也许不同，也许还有救。为什么我竟被野蛮的生活围困，在怠惰和冷漠里越来越软弱无力？那些轻盈而锐利的光、骄傲而迅捷的风都吹刮到什么地方去了，再也回不到我的四肢和筋脉里？死亡如此陌生，就像我读了一千遍却又忘记了的诗句。

我拒绝接受死亡，我无法承认死亡来过，我不认识它。虽然我知道，死是的确存在的，死是存在的反面或是确证，但我仍然难以把死亡体验为真实：从远方传来你死亡的消息，就意味着你再也不在这个世界上行走了吗？你的笑没有了？你不再说话、思考和气恼了？你那些隐秘的心事从此再没有人知道了？你活过的那些年头、那些辛苦又驯服的日子就风化成一阵烟了？你不再温暖我了？你走过那么多的地方，和那么多的人交谈过，但你和一个静止的苹果相比，谁更真实呢？倘若我不承认你不再存在，倘若我深信你还在某个我不了解的世界存在着，倘若我还能感觉到你落日一般的微笑，我就不知道什么是死亡。

但死亡仍然让我感到恼怒。日日夜夜，恼怒不止。那些曾经爱过你、追逐过你的人，他们似乎并不像我那样悲伤。他们在这里和那里，都很忙，忙于尘土。我想找个人说说你，你在死亡那堵峭壁的两边有什么不同，我想找个人哭诉，但我找不到，我也不敢说。我怕别人的哀悼和劝慰只是出于礼貌，我怕自己说出的话迎风变得虚伪。于是我了解一切哀悼仪式的意义，那不是为了追怀亡者，而是为了让活着的人得以宣泄内心的恐惧和悲恸。那是以死亡的名义为活人举办的小规模心灵沐浴。但那是需要的。是需要的。

这世界有太多的疾病、痛苦和死亡，有太多的贫穷和不公正，我做点什么，才能让我好一点，才能让世界好一点，才能让我深爱着的人们幸福一点呢？当初我为什么选择了最徒劳的事业？写作不再是永恒的了，文字和氤氲其中的神秘激动，灵魂那丰富而神奇的香味，精神与不朽事物的接近，都不再是永恒的了。我半途而废的诗歌毫无意义。如果我是一个农夫或木匠该有多好，如果是一个乡村医生该有多好，如果是一个银行家或物理学家该有多好，我应该做一些与物质接近的事，我应该试着去改变这个世界或者拯救我身边的一亩三分地。如果我把手里的诗歌送给你，它会减轻你的疼痛吗？不能。诗歌走向世界的道路遥远而又虚幻，它若不是如此徒劳，我们就应该送一支合唱队去达尔富尔，送一批诗人去伊拉克和阿富汗，送所有写作的人去医院当义工。

我仍能从生活里找到快乐，但由于死亡，快乐让我感到羞耻。这是我闷闷不乐的原因所在。我的阳台铺着地中海一样的温暖瓷砖，我的窗户有双层玻璃，电脑旁边放着一盆铁线蕨，美丽的影子在我身边走来走去，我仍然想从贫瘠的生活里寻找意义，但我知道不朽是不存在的。我活着你就不朽，但我也会死，我活着也会一不留神就忘记你。什么样的怀念才能让美丽的人永远美丽着，什么样的镌刻才能让脆弱易逝的生命不朽呢？

你离开的那天阳光灿烂，今天天气阴沉，整个大地都是阴沉的。我顺利地度过了一个又一个黑夜。在那不再有死亡的另一个世界里，不动的光照耀着你，照耀着你们，你们拥有永恒的黎明和白日，拥有不会凋零的玫瑰。

而我只能徒劳地重复另一个徒劳的诗人的句子："在不动的光里我动着双唇，也许我甚至高兴于想讲的话并没有讲出来。"

2017年

最爱

谁出了这么个题目啊，随便想一想都会头疼。

在伦敦开往剑桥的火车上，为了驱赶“异乡”这两个字对我的折磨，我打开手提电脑接茬种植《水果》，那些熟悉的汉字让我心情平静了许多。在很多时候，写作这个行为本身就是一种巨大的安慰，无论是一手夹烟一手拿笔，还是笨拙地用两根中指在键盘上打字，当那些“字”带着与生俱来的意味跳入眼帘的时候，当某些出其不意的东西以“字”的方式进入的时候，人真的可以放下很多东西，拾起很多东西（我这样说着的时候，一种气息让我想起了普里什文）。当然，我说这些，不是要告诉自己，写作是我的最爱，不是的，写作只是一种代偿，或者说是精神的意淫。

在我这个岁数，眼看着对自己的伟大期许慢慢落空，勇气和热力正开始摆脱我，我最爱的大概已经不可能是未来将要到来的东西了。无论是炽热的爱，还是莫名其妙的名声，无论多么激动人心的事物和事情，已经很难从梦境的角度打动我。我是说，在我这样一个年龄的斜坡上，对我而言，最爱的是那些已然消逝的东西，并不见得非常特别，只是因为被时间毁灭了，便进入了我最爱的花名册，比如天空的蓝色，那种只有仰卧在故乡的草根上才能看见的蓝色，比如夜空的浩瀚（别跟我说西藏的天空比我童年的夜空更浩瀚，你也许是对的，但我未必同意），比如一朵无名的花和一个被我忘记了名字的女孩，比如那些疼痛，就像把双脚放在余火中一般，就那样缓慢地烧着，疼痛一点一滴沁到骨髓。瞧，我喜爱的那些东西在时间的向度上交织着，构成了我的病态（假如世界上还有健康和纯洁的话），我对这种病态是有迷恋的，这也许就是自恋？一个活的循环或是一个死结——这样思考着的时候，人很容易就崩溃了。把这样的思考过程讲述出来，对倾听的人无异于摧残。

大部分时间在感受，很少的时候在表达，表达其实就是把最爱的东西吐出来，从时间的巨大胃囊里，我吐出最爱的东西，就像一个表演喷火的民间艺人。这个过程是艰难的，并不专门去感受，只是反复被刺激，心灵却总也不见结痂，于是在别人已经漠然的时候，我还在白色的堤岸上凶猛哭泣，无耻地哭泣，这可真有点难为情。但是，当我把那些猛然看上去不属于我的事物讲述出来时，我就很世俗地自得了，是啊，我总算能从疼痛与呕吐中贡献出一点什么了。

那些“字”，那些“字”以微风、快枪或者烟火的方式组成起来，就能解脱最爱对我的羁绊了。我是敞开的，因为时间也是敞开的，一个尽最大可能残废了自己的伟人（他的名字是霍金）教我怎样思考时间，可我总是迷失在时间的腹股沟里。

终其一生，我不得不从最爱中解放我自己，解放美。

2001年

我的伤心不值钱

中午出门的时候，阳光还像一把钝刀，等我向着西方更西处挺进时，天空已经开始昏暗了。赶路的人说是要下雨，开车的人也说要下雨，我倒觉得是有别的缘故。我从火车站出来时，看到不真实的阳光洒了一地，就觉得这样不好。按照最普通的语法，这时候应该下雨，大的雨水从高天上泼下，但只打湿我一个人——雨水打湿我的头发，打湿我的眼睛，打湿我空荡荡的嘴唇，打湿我胸口被多次低级格式化的硬盘——如果情形果真如此，我会觉得比较好受，我会从此相信天遂人愿这句鬼话。可惜，没有雨，连一滴穿过洛伦兹曲线飘然落下的鸽子尿都没有，这让我很难原谅上帝还有我自己。

火车吞吃铁轨的声音从夜色中浮了起来。火车站长满了乱草。

卖站台票的地方长着芭茅，大厅里长着野蒿，转过一大片凤尾蕨，通往二楼候车室的楼梯全都是苦艾。苦艾的气味真苦，我好像只在九年前闻过这种苦味。我要说我在七年前也闻过，我可能是骗人。当然我的确经常骗人，这样说来，我可能真的在七年前也闻过。不过我还是坚持我只在九年前闻过，九年前，苦艾的气味熏出了我的眼泪，我的眼泪一直沿着铁轨奔流，流到了四川，流到了长着冷杉的高寒地带，人们还以为那是雪水化成的清泉呢，其实那是我的眼泪，我一直也没把这事告诉有关的人。不是不想说，是怕有关的人伤心，怕有关的人也流出类似的眼泪来，就像今天一样。我很愿意自己伤心，因为我的硬盘被多次格式化过，我希望别人的硬盘完好如初。很多时候，我们流眼泪不就是为了让别人欢笑吗？

二楼的洗手间里长着一种叫卷耳的草，据说《诗经》写到过。不知道诗经时代的洗手间是个什么样子。洗手间与食品摊之间的过道上，长着茂密的锯齿草，这样走在我身边的人就遭了罪，因为走在我身边的人穿着短短的连衣裙，白色带细花，有紫色的、藕色的、浅蓝色的、粉色的，还有棕色的细花。其实我记不清是否有粉色的花，现在我觉得可能有，那就算有吧，我们一般都是这样处理自己的记忆的。白色的裙子如果比较短，那么小腿自然就会露出来，那么皮肤也就会被锯齿草的锯齿拉伤。锯齿草不会有什么感觉，走在我身边的人也许会有短暂的痛，但我的心狠狠地被拉伤了，我差点要因此痛恨整个世界。别的男人也有这毛病吗？就是因为锯齿草拉伤了一个人的腿，就痛恨整个世界？我有这毛病，我对某个人很宽容，但对世界不宽容，就像我今天可以容忍有人从我身边走开，却不能容忍阳光像钝刀一样霍霍闪亮。我在某个人哭泣的时候痛恨星星。我在裙子枯萎的时候痛恨花朵。好些人认为我不正常，我也无所谓。

第三候车室的草比较乱，有开着憔悴小花的荠菜，有伤心的水芹，高大的芦苇撒下它的毛絮，我还以为是飞扬的尘土，不过也没准儿就是尘土。我没太多心思注意尘土与芦苇。这里的野葛长得挺怪，跟人似的，一排排一队队，仔细打量一番，就能发现它们还有眼神。一起从二楼下来，看到一楼的快餐店里开着连天蔽日的荷花，真让我没想到。我真没想到一个人的时候长草，两个人的时候就开荷花。草都到哪里去了呢？我估计这个世界对什么都做了两手准备，就像刀锋与刀背似的。这样一想，我就很释然，如果我此刻看到了荷花，我就准备在下一个时刻忍受荨麻，我认为世界不大可能只为我准备荷花，它可能还要为别人准备一些荷花。它在为别人准备荷花的时候，稍稍有点疏忽，我就得面对荨麻了。同样，我也不大可能总只有荨麻，世界它一不留神可能就听任荷花连天开了，开得我们心如鹿撞。我们的不幸可能在于，荷花开放时我们一点心理准备都没有，用普通的话说就叫措手不及，我们经常因为这个而丢掉了昂贵的百合。

快餐店没有空调，可乐有国产的味道，苍蝇飞翔的姿势好像翠鸟。你听我这么说话，就知道我不是一个人，你就知道我不可能总不是一个人。我不可能一个人坐在人来人往的快餐店里却目中无人，我也不可能一个人在那样热闹的地方自说自话，在最伤心的时候我也做不到。我总会无法克制地考虑别人对我的看法。但是，不是一个人的时候就不一样了，我什么都不在乎，让牛蒡和番茄竖起耳朵听吧，让苜蓿掩饰不住羡慕。好几次我的眼睛都湿了，但什么都没有流下来，因为如果你流泪会让别人也流泪那就还是忍住不要流，因为你基本上过了用眼泪表达内心洪流的阶段，你也过了只有通过折磨别人才能表达爱之剧烈的阶段。眼泪快要流下来时，你就说点长长的句子，比如“你也过了只有通过折磨别人才能表达爱之剧烈的阶段”，说到这样长而复杂的句子时，你的心就会平静一些，听的人也懂事地微微一笑，这时，你再用手指把眼角的水抹掉，这就不算流过泪了，你就算是通过了情感商数的测试。

写到这里如果你的心里不好受，你就抽根烟，顺便想想一个词语，比如“握”。用手攥住东西叫握。攥着一段腐朽的椴木叫握，攥住一只手也叫握，握跟握是不一样的。握住一段木头你会想起雨水，想起时光，握住一只手却会直接导致雨水，会让人仇恨时光。没有人能长时间握住别人的手，因为火车喜欢吞吃铁轨，时光喜欢吞吃爱情，阴影喜欢吞吃新鲜的疼痛。这样想着，想不了多久你就又想起了穿白色短连衣裙的人，想起了细花，想起青草已经掩埋了又大又硬的石头，顺便就掩埋了你。你不得不提起行李，即使别人不提醒你，你也会背起一个包，提起另外一个包，还想再夹着剩下的那个包。不过，别人不会允许的。别人心里也有同样的雨水。

听蓑衣草说，九号车厢的空调出了点毛病，要是别人怕热就坐到八号车厢，我觉得没必要，因为不是所有的人都怕热。况且你看，这是不是多少有点怪？九年前我闻到了野艾的苦味，九年后九号车厢的空调就坏了。为了不怕热，我就在汽笛鸣叫之前看看加州的驾驶执照，顺便看看执照持有者的照片。聪明人听得出来，我肯定是借看驾照的机会狠命地盯着照片，不过就算被聪明人看破了，也没什么丢脸的，因为我不是总有机会看别人照片的。挨着一条白底细花的裙子，我时隔四年看起模糊相似的照片，时隔三年看一个面容，时隔九年看一个微笑，如果我无法克制地表现出了贪婪，也会轻易得到其他乘客的原谅。如果我站在车窗外不肯离开，我也会得到行李托运车的原谅。如果我的眼睛不可救药地湿了，我也会得到空气的原谅。如果我在出租车上一声不吭，我会得到司机和流行歌曲的原谅。如果我仇恨阳光，我会得到想象中雨水的原谅。如果我的头脑被一根细细的线掏空，我会得到脚后跟的原谅。如果我狠命地抽烟，我会得到打火机的原谅。如果我写到这个地方再也写不下去，我想，我会得到你的原谅。

2004 年

月光照着我的骨头

几个月来我活得很激烈，像一列迷失方向的火车。在强大的惯性下，生命依然在疾驰，眼前是不断地别离、别离、别离，大地的苦痛是我的苦痛，星辰的悲欢是我的悲欢，就算炉中的劈柴行将烧尽，它好像也不打算在任何地方停下来。

几个月来，我的心像一段衰老的江堤，清水拍它，浊水拍它，隔世的浪也来拍它，在一次次的咬啮下，它丧失了自己的形状。它像烈火中的锡一样融化了，随时准备放弃最后的界线，随时准备沉入水底，与泥沙和砾石一同忍住呼吸。

在酷热的夏夜，我在铁路以北的荒地上游游荡荡，与野草为伍，与昏昏欲睡的蚂蚁为伍，与一切植物所散发的味道为伍。有时我看见头顶有一轮明月，心里便矍然一惊。当我沉湎于内心的离合悲欢时，看惯人间色空风暴的月亮又不动声色地圆了。

有一个片刻，月光是锋利的。月光的每一道细小的芒刺都带着寒气射入我的身体，并随着血液在体内游走。来自高天的月光有着绝世的寒冷，有不可思议的夺魄的力量，我感到自己似乎变成了月光的附庸。

在这样的月光下谈论别离是一种过错，在这样的月光下流泪也是过错，更不用说在这样的月光下暴跳如雷。

月光慈爱，如果你的心是慈爱的。

月光冷酷，如果你心里有一块坚冰。

你无法读着这样的月光无动于衷，你会在透澈的月光下变得晶莹剔透。

只在这样的时刻我才感到自己是水。更多的时候我是火，是暴怒的、焦躁的、傲慢的火，是火之上的蓝焰，是蓝焰中心无声的风暴。但在如此明月的映照之下，我的灼热不知不觉地消退了，心底的温柔像夜花一样暗暗绽放。所有我见过的明月，我在骨头深处珍藏的星星，我血管中流过的全部河流，都在这个片刻涌到心头。所以我说，如果从我的身体里抽走月光，我就什么都不是，我就变成了一个形而下的空壳。

月光是我骨头上的一层霜。这霜也会燃烧。

1999年

苹果花与“非典”

一、苹果花

“除了阅读，没有什么能让内心归于沉静。”我在上午写下了这句话，又在下午对此提出了怀疑。通向沉静的道路也许并不像我想象的那样少，只是，我需要在某个时刻对事情做出结论。做结论的语气有时让我着迷。

阜石路边的苹果花开了，这也许意味着什么，也许什么意义都没有，只有一个空的水罐。在塞车的间隙，我用一个遥远的凝视抚摸那些花儿，那被精心修剪过的枝杈，和那些粉色的花瓣，想起了高尔斯华绥的某本小说。在苹果树下应该有一些不同寻常的东西，它也许和女性有关，与一顶白色的帽子和朦胧的眼神有关。向上，眺望，蜜蜂翅膀上颤动的内心生活。如果内心生活被一种奇异的力量取消了，那我手里还会剩下什么呢？那些不断损耗的食物，深夜里取水的喷洒车，大型拖车上的挖掘机和它得意的履带，耗尽了电力的刮胡刀，送水的外地男孩……越来越长的罗列让讲述失去了弹性，让琴键疲倦。

在严酷的事件里也有诗意的踪迹，面对历史时，你会无法自持地微笑。在新月形的古巴比伦土地上，全副武装的士兵在搜寻，而那个梦想着复兴阿拉伯帝国的狂人却踪影全无，全世界的星相学家为此哑口无言。对于这场由钢铁、火焰、鲜血、谎言拼贴而成的游戏来说，没有比这更为震撼、更富有诗意的结局了——结局自身被无限期地延宕，真相被藏匿，剩下的只有空荡荡的言说。整个世界都被蒙在了牛皮鼓里，而少数人导演了历史。这种残酷的迷人游戏仿佛古罗马或者春秋时代的某个事件，没有任何典籍能够提供答案，答案被时间消化掉了。真相也许是存在的，但由于了解真相的人是如此之少，而且愈来愈少，于是它变成了一种可疑的东西。所谓历史，经常不过是内心生活的材料，是奇思妙想的酵母。

和开花的苹果树相比，我也许是所有的事物中最迟钝的。

起初我只想讲述一棵树，当车开动的时候，我却开始想念一个人。

二、无根的玫瑰

我坐在这里，看着远方，空空的躯壳让人害怕。

我似乎一直未能进入自己的年龄，在某个地方，我是拒绝长大的孩子，有着宽阔的脑门，却并不拥有锐利的喉咙。

那个春天里，一场来历不明的疫病像爱情一样席卷大地。像传说中的爱情一样，它脚步迅捷，又令人惊恐。一开始看到戴口罩的人，只觉得有几分好笑，但是，当戴口罩的人越来越多，当街道上飘忽着一张张空洞的人脸，便再也笑不出来。此时，恐惧如同由众多灵魂捏成的雪团，晶莹、透明、寒冷，在血管里辘辘滚动。

在地铁里，一个女人咳嗽了几声，所有的目光就齐刷刷地落在她脸上。询问、质疑、责备、厌恶、同情、惊惶、探究、审判、好奇……所有的目光烘烤着她，让她顷刻间变成了一块鱼干，挂在了恐惧的锈铁架子上。那女人开始为自己辩解，她咕哝着，她自言自语，她甚至提高了声调，她说："我想忍住，可是越忍就越想咳嗽。反正我没病。"但没有一个人搭腔，终于，她忍受不了寂静中的巨大声响，忍受不了无法自证清白的处境，匆忙逃下了地铁。

恐惧让世界变得松散。各种不安的传说四下传播，就像这个季节里无处不在的花粉，樱花、碧桃、丁香、海棠，在夜晚和清晨，它们播散着清香，却不知道到底毒害了谁。人们聚集在一起，桌子上点着粗大的薰香，角落里煮着一锅醋，窗户大开，不知道怎样才能驱赶隐藏在世界各处的病菌。人们不停地讨论，交流信息，散布谣言，在大声说话的过程中，内心的恐惧似乎暂时退缩了，恐惧像一只乌龟缩回了它的四肢、它狡猾的脑袋，装作酣睡，它的壳在时间里变得越来越坚硬。在乌龟之上，人们互相走开，彼此质疑、逃避，退回到古老的硬壳里。

每个人都有自己的普鲁斯特，或者说，每个人都是自己的普鲁斯特。内心生活把人从自己的现实处境中拯救出来，并且许诺了一个更为美好的世界。一个生活窘困的诗人可以把自己想象为王，恋爱中的王，一个濒临失明的女工也可以把自己想象为踢踏舞大师的私生女。每个人都安然享受着造物主的馈赠——你虽然始终被捆缚着，你却是自由的，无论那捆缚着你的是贫穷还是衰老、是疾病还是丑陋、是卑微还是残疾，你都拥有一个更为宽阔、美丽、温暖和骄傲的世界。在自己的世界里，你是一切的君主，安排四季，与玫瑰相遇。

尽管那玫瑰是无根的，可那又有什么关系呢？它毕竟是玫瑰。

三、诗意的踪迹

出门越来越成为可怕的事情，但是，人们并没有因此疏离。随着形势日益严峻，政府即将实行强制隔离的措施，而法律专家们在现有的条文中已经找到了相关根据。按照这个措施，一栋楼里一旦发现一个病人，整栋楼就将被封闭，如果一栋楼里都是传染病人，那么整个社区就将被封闭。这就导致了一种迷人的人际关系。你的前景不仅取决你自己，还取决于你的邻居，你的幸福与他人有关。这是一种典型的存在主义。

事实就是这样，在无论怎样严酷的情境中，都可以看到诗意的踪迹。所谓诗意，就是让事物显得不像它自身的东西。隔离令的本意是要让人群相互分开，但它同时又让人们的命运相互靠拢，彼此需要。人们不得不彼此关爱，隔离的地方需要由他人提供食物和水。这也与爱情有相似之处，爱情把你变成了不像你自己的事物——亲爱的，你不再是你自己，你是水，你是空气和面包，是长着透明翅膀、会说四个国家语言的天使，你是七曜星或者别的什么星星，唯独不是你自己，所以，我能在任何地方看到你，触摸到你，感受到你。

2003 年

你的生日或长流不息

很久没有写字了，昨天晚上临睡的时候，脑子里突然跑出来两句话：我已经不再纯洁，但内心的火焰仍然声势浩大。我不知道这样的句子从何而来，想要向我表明什么，但我知道，在肉体的深处，语言的洪流始终未曾中断，那条凶猛的大河、诡异的大河、充满了戏谑意味的大河，也许只是循着某个缝隙，进入了岩石的内脏，在不知名的日子，在险峻的悬崖上，它可能会怒放。

四月是残酷的月份，五月里有惊喜与悲伤，整个六月里，我在内心摆放了九朵雏菊，向着西北方向，仿佛是一个初学魔法的孩子，七月有血光之灾，我在八月恢复了平静，估计九月里会挂满乡愁。是不是像所有写作的人一样，我对生活有一种戏剧化的期待？如果减去那些突如其来的事情，我会不会像一匹呆滞的马，在晨雾的草原上游游荡荡，并且丧失方向？

从五月的某个日子开始，确定无疑的事物重新变得蒙昧。亲爱的，我不知道你是否真的存在过，不知道你小小的忧伤、小小的美是否真的曾经在我的怀中歇息，一天与另一天，此时与彼时，去年与今年，呼喊与喘息。我路过了你，还是路过了一个惊险的寓言？我不忍心说你是虚幻，是一个用语言编织的神话，就像我不忍心说破清晨的美丽光线。你还记得我对你说过的那只猫吗？那只薛定谔的猫，当我们不去观察它的时候，它就是既生又死的，它同时存在于两个世界里，只有当光线照亮它的时候，它的蒙昧才会坍塌，变成一个确定无疑的幻象。想一想这只猫，我心里就好过许多，就能够止住内心的叹息。倘若一只猫的死活尚且如此难以分辨，我们又何苦去寻找所谓的真相？

言语所到之处，就是真相，也就是遮蔽，也就是美，也就是坍塌。当你在海边流连的时候，风吹走了一切，我站在了出发的地方。一年，是一个循环。我向你扬起右手，手掌中有新月形的伤痕。

我骄傲，但讨厌自悯。我最近经常冥想，但幻想是有罪的。我看了很多电影，仍然不听歌剧。我在脑子里回忆肖邦，想起的却是《爱尔兰画眉》。我给你写过100封信，打算还写10封。我如果许过什么诺言，原谅我，那也许不作数。但你始终是我内心无法被剥夺的幻象，一朵花，孤零零的，比物质要高，比思想渺远。无论有多少人怀疑你，我仍然相信着。无论你对自己有多少误解和摧折，我仍然在浇灌。

在一切悲剧之上，我浇灌着美。

2003年

漫长的夜

你以为永远不会改变的事物，最后变成你永远不能了解的事物。多么饶舌啊，这些话，这些词语，这些纷乱的心思。

许多意象复活了。霜中的树，逆光的花朵，夕阳下一只无名的鸟，就像一颗白棋在黑棋的海洋里，活着，却无声无息地死去。

我想安顿好所有我爱着的人，但我一无所有，连仅有的金沙也从手掌中漏掉了，甚至没有真实的苦难。从哪一天起，我就活在幽暗的地底下呢。从哪一天开始我拒绝拥有和接受，拒绝相信和坚持，拒绝向着最软弱和最温暖的事物靠近呢。从哪一天开始，我给了自己一个诅咒，让自己远离了浩大的河流。从哪一天开始，我看着墙壁上的斑痕打发时日，直到白发从梧桐树的顶端披散而下。

我说我悲伤，你信吗？我说我一眼就看到了大路的尽头，你信吗？我说我了解命运但不相信命运，你信吗？我说我驱散你，是为了让你站在坚实的大地上，你信吗？我流放了自己，踩伤了大地和它的花朵。

不。我不难过。迷失在河堤上的那个孩子已经老了，他拒绝再哭。

我带你去翠湖。雪地上只有雪的影子。从雪到云朵，大地铺展开来，仿佛是迎迓着我们。脱光了衣服，躺在结实的冰面上，我们头挨着头。你是我的影子，我是你的影子。冰在融化。鱼儿在心脏里游泳。光阴被分成细小的颗粒，在我们周围撒成一个圆圈。天空弥漫着虚无的火焰，就像我们心底那些苦涩的欲望，它舔着你的乳房、你晶莹的毛发，它在你胸口上烙下花纹。多少牛和羊在血管里走动，多少乌鸦飞翔在飞翔里。除了漫无边际的思想，我们没有任何接触。

我带你去翠湖。最年长的杨树率先发芽，芦苇在混浊的泥水中摇晃。阳光吹过。我在你怀里吃樱桃。永恒而短暂的樱桃，肿胀而轻盈的樱桃。我在你怀里吃樱桃，婴儿在我们的手臂里沉睡。寂寞而喧闹的樱桃，迷乱而沉静的樱桃。我在你怀里吃樱桃，九十九条车辙空无一人。甜蜜而心酸的樱桃，仇恨而依恋的樱桃。我在你怀里吃樱桃，脊背上长出了一根尖刺。荒芜而茂盛的樱桃，永恒而短暂的樱桃。我在你怀里吃樱桃。

我带你去翠湖。荷叶上升起狂喜的大花，蚊蝇在草丛里酣睡。从一只笨重的喜鹊写起，一直写到光线中飞舞的尘埃。从春天写到夏天，从今天写到永远，一首诗却始终在荒废。

我说我拒绝被宽恕，你信吗?

但是，我到底又爱过谁呢。路上，树上，桥底下，天空里，我一直在想，我到底又爱过谁呢。我猛烈地哭，放肆地大笑，爆炸一样地呕吐，我心里的花落得满世界都是，可我又爱过谁呢。那些最寻常的疑问仍像毒蛇一样缠绕在脚踝。在很早的早年，看到诗歌里写着，唐璜把自己的头枕在爱人的双乳之间，一边做着梦，一边想着什么时候离开。看到歌尔德蒙从一个女人走向另一个女人，怀着纯真的爱情与欲望，最后在瘟疫到来时，仍然回到至善。哪一颗种子发芽了，哪一颗果实最后长成了摇曳的大树。我多想对你说，原谅我，假如语言不是如此徒劳无益。

我还没有找到命中的大路。

我从大路转向小路，最终在一棵银白色的树下迷失。

我在寂寞的山岭间独自闪耀，独自凋零。一个伤心的坚果被松鼠叼走。

第一滴泪落在我的头发上，第二滴泪落在我手背上。一场大雨滂沱而下，而我心里的茅草已经烧成了熊熊烈焰。你不可突围，生下来你就被困在这里，困在一根潮湿的椴木和一朵雏菊之间，困在生锈的铁丝网和诗篇之间，困在你自己的爱和绝望之间。你不可突围，一斗烟丝正在熄灭，月亮升起在淫荡的电视塔上，夜晚再也没有星星呼啸而下，山顶上的雾霭徒然蔚蓝。你不可突围，你是一只秀美的野兽，你是穿过碎玻璃的指尖，你是血液中的一声鸣叫，你在我的怀抱里，你在雪原。

2007 年

汉字玫瑰

人们说今天是节日，应该收拾泪水，应该带上玫瑰，所有孤独的人都应该在今天试着恋爱，可是，我怎么就找不到节日的感觉呢？坐在灯下，翻看我一度最喜爱的《海标》，我发觉自己对“爱情”这两个字眼反应是那样迟钝。我于是知道，我又一次老了。

不知从什么时候开始，不知是不是因为孤独，汉字成了我手中唯一和命运对抗的武器。汉字是我的水，我的毒药，我的长矛和盾牌，我的光线和阴暗的栖息地，我的呼吸和我的埋葬之所。在一个人开始懂得虚荣的年龄，我从汉字得到了虚荣；在我学会伤害的时候，我又从汉字得到了安慰。汉字曾经是我手里的一杆快枪，我自以为是在作战，但最后往往发现，我不过是所有愚蠢可笑的老骑士中的一个。今天，在这个被很多人看作节日的日子里，我只想用汉字浇铸一枝玫瑰，作为最后的献礼和最后的倾诉。

应该说，那曾在我内心涓涓不息的话语现在是断流了。我一度以为伤口会永远新鲜，但现在看来并非如此，在路途上，在山顶，在散发我童年芳香的枯草中间，在石头与沙粒之上，我望着远处神秘的山峦，沐浴着寻常的光线，似乎从中得到了某种安慰。日子缓缓淌过，时间的雾在我脚下弥漫，从生命深处凝结的露水仿佛清凉草药一般贴在伤口上，于是，像一首糟糕的美国诗里说的一样，我听到一扇门在内心很远的地方徐徐地关上了。

这已经不是第一次的体验了，狂喜和剧痛都不再新鲜，所不同的是，对生命的追问已经退隐了，我不再从爱的沮丧中寻求生命的真相。也许，并不存在什么真相，也许连生命本身都是幻影，那么，爱情又能算得了什么呢？谁能了解上帝创造了爱情是为了向人类剥夺什么？当我手抚山顶上那新鲜的石碑，死亡的凉意像一根铁棒慢慢打进我的皮肤，爱情的痛苦突然变得微不足道。

在我步态悠闲地踏进网络之前，我自觉完满，而且自以为了解爱情，了解命运，了解人性深处的秘密，然后，命中注定，我就为自己的“完满”付出了代价。那些有月光的夜里，我在抗拒中发现了自己性格中的疯狂。大雪里，我曾拼死要改变自己的预言。最后，我发现自己不得不走在古老的道路上，而且，我不得不向打败我的命运寻求安慰。只有在这时，汹涌的怨恨才似乎平息了，我的眼睛才重新变得清澈，你的影子于是再一次恢复了最初的模样，像天地初开时的第一朵玫瑰。

我又能从你遥远又遥远的影子里得到抚慰，从你的美好里获取信心，从点点滴滴的往事中找到幸福的火苗，而这一切，是一度彻底丧失了的，在大悲大喜的风暴搜刮着我时，我曾经怎样怀疑你的名字、你的姓氏、你眼睛中的光亮和嘴唇上的苦难，我连你的泪水都不再信任，而我自己也在怀疑中尝尽苦楚。也只有在现在，我才明白自己犯下了多么严重的过错。

所有的人都会在自己的岁月里遭遇爱情，以及爱情的幻灭，有的人从此游戏生命以求自保，但有两种人无法逃脱爱情的反复舂打，那就是浪子和诗人。在我的身上，是浪子的成分多一些呢，还是诗人的狐臭更重？我真的并不清楚，我唯一知道的是，我在爱情中尝尽苦楚。很早，在我知道人世艰难之前，我的心好像就在无限的甜蜜和尖锐的痛苦中衰老了，而每当我以为自己可以俯瞰人间恩恩怨怨却心无所动时，那可怕的犁刀就来翻耕冻土了。记得当初我手捧一杯咖啡，看窗外的泡桐花坠落的样子，那是怎样悠闲，而后来的剧痛又是怎样撕破了人性的外壳。

我不再那样急切地要知道真相了，就让那混沌的继续混沌吧，混沌中也许有生命的大秘密。我不想再知道爱情是什么，不想明白为什么有那样多缠绵悱恻的情书和爱情诗篇。如果爱情真是虚幻的，那人类就是走在错误的道路上了，而所谓的智者也都不过是谵妄。如果爱情真是上帝最伟大的馈赠，那我不懂为什么爱情总要伴随无尽的痛苦。这里面一定有深奥的秘密，而这秘密不是现在的我所能承受的，所以，我宁愿接受那雾一样的混沌，那石英颗粒一样粗糙的混沌。

燃尽了，我们的血，现在宁静的是灰烬。我想起了自己的一首老诗，那么多年过去，那些简单的句子依然灵验，不能不让我怀疑时间的线性。说尽了，我们的话语，连水的嘴唇也变得枯干。可是，这是一个节日，我们不能一起过的节日，我仍然希望你能看到这朵汉字铸成的玫瑰。它的光泽幽暗，它的芳香沉静，却挟带着我曾经发出过的全部光亮，那劈柴仍在大地更深处熊熊燃烧。你还能看见那火吗？你能否看见那疯狂火焰中最寂静的焰心？

今天是节日，从今天起，我要学着把你忘记，但要找回平和与善良。

2000 年

我为什么这样庸俗

很深很深的深夜，翻来覆去地听动力火车的《背叛情歌》，一直把心头荡漾着的水波听得平平静静。我就是这样听歌的，不把一首歌杀死决不罢休，不把身上的每一个细胞听得麻木决不罢休。没有什么歌能经得起这样听，就像没有什么女人经得起这样爱一样。

有时很久都不听歌，飘进耳朵的任何音符都是噪音，但是，某一天，忽然就会被一段简单的旋律打动，就像被一个灿烂的微笑击中了一样，我会呆呆地站在太阳下，望着一个背影久久出神。我没法说清到底是什么打动了我，我搞不明白几个音符放在一起怎么就勾动了我的魂魄，把我隔世的记忆唤醒，把我心上的老茧洞穿。这可能是永远的秘密：我为什么被你打动了。

听到《背叛情歌》是在一个夜晚，那时我正在穷极无聊地看一个垃圾电视剧，看到结尾时，这首歌响了起来。我怎样形容自己当时的感觉呢？就像一只正在晒太阳的无辜的青蛙，突然被轻微的电流刺中了心脏，我的全身爆发出难以觉察的颤栗。当那个我不知道名字的家伙唱到“永远背叛永远，泪水背叛双眼，爱到深渊我还不改变”时，我猛地张大了嘴，心里有一千个渴望都朝着哭泣狂奔，却又有一万个理由压抑着，于是我只能像一个傻瓜、像一个被莫名的事物拉住了绳索的木偶一样，张大了嘴，发不出一点儿声音，眼泪却糟糕至极地落在牛仔裤上。说到这里我不能不提一句，没有比牛仔裤更适合吮吸泪水的衣服了，当我惊愕地低下头，我看到泪水疾速地被蓝白色的牛仔裤吸干，只留下几个颜色稍深的斑点。

我知道自己有些莫名其妙，因为，也许只有这首歌了解我内心翻腾着的一切，它既不为人所知，对别人来说也无关紧要，但是对于我，我的内心就是我的全部：渴念、悲哀、回忆、不远处隆隆作响的瀑布、一个难以剔除的影子、沸腾的毒药、最古老的缠绵与怨恨，正是这一切让我看上去平静却内心疯狂，也正是这一切让我在听到“诺言背叛诺言，刀子背叛缠绵”时无法自持。我懂得爱情，也懂得爱情中全部的无奈，可我忘记了怎么去讲述。我的思想是深的，我的语言是浅的，我的灵魂是遥远的，我的脚是沉重的，如果不是有这种看似庸俗的歌曲，我永远也不知道怎样去解放我自己。

而现在，当我把一首歌杀死的时候，一些久远的诗句浮了起来——阿莱克桑德雷说：“在你的皮肤下面有一场梦未能进行。”米沃什说：“不是需要她，而是需要整个大地。”

1999 年

鼻血

一

一个人究竟能在什么程度上理解他人的痛苦呢?

电视上，孩子在悲伤地哭泣，父亲的脸上满是悲愤，这样的景象会让我的眼中充满泪水，但是，我真的懂得了他们的痛苦吗？他们对生命的悲愁和无奈，真的是我能够体会的吗？我看那张荷赛获奖照片,《科特迪瓦叛军处死一个有抢劫嫌疑的人》，一个强壮的黑人跪在地上，一把手枪对准了他的脑袋，他的眼睛充血了，悲伤和怨愤像水中的怒火一样在眼睛里烧灼。我只与他对视了一瞬，就被深深地震撼了，可是，我仍然不觉得我理解了他的痛苦。当个体生命面对类似死亡的巨大体验时，没有人能够真正懂得他，那些本质的痛苦，比如爱，比如死亡，都是本体性的，是他人无法体会、无法代替和无法讲述的，这就是生命为什么永远孤独的原因。

二

坐在周庄双桥边的茶馆里，我迎风喝茶。我一个人，陪着满天飘飞的细雨。

那时候，我真的希望有一个女人坐在我身边，一个美好的女人，我和她不说话，只是对视和微笑，我们将彼此明了内心的一切。在旧漆桌面上，我的手会盖住她的手，轻柔而温暖，就像夜深时的一句叮咛。她不在这里，而我也没有因为孑然一身而自悯。

来来往往的游人看我，下面的河湾里，不时有几只游船缓缓驶过，船上的外国人也好奇地打量着我，而我还能够泰然，甚至没有自我审视。在那个瞬间，我突然发现，已经不经常自我审视了，那种迫使生命分裂的、对自我的不间断观察，不知从什么时候开始间断了，变成了滚落的水珠，不再能捆缚住我，而坦然就从那时回到我的身上。我经历过漫长的精神分裂时期，无论我做什么，另一个我就在远处冷冷地打量着，等待着出笑话，他再来收拾残局。永远担心出笑话的念头，永远的不肯定，永远的胆战心惊，培养出一个更理智、更残酷的超我，一个他者，他像放风筝的人一样控制着我的生命。我不知道他是什么时候开始退场的，但我知道这一定与写作有关。当我把生命的一部分病态倾泻在韩波身上的时候，当书店里再也找不到《脆弱》的时候，当我彻底忘记了要自我治疗，治疗就奏效了。许多年里，我一直在和不幸的少年时代对抗，对抗由疾病、窘困、紧张、道德压迫所导致的神经衰弱，对抗深入骨髓的所谓羞耻素，我一直试图回到天然、完整、像没有剥开的鸡蛋一般纯洁无瑕的童年。阳光普照，大地花开，我光着脚在巨大的樟树上奔跑，我一直试图回到那里。

摇船的本地女子在唱歌。她们用吴侬软语唱着那些耳熟能详的小曲，但是，竟然传达出了一种格外的情调，好像歌中的情感必须借助方言才能淋漓尽致地表达出来。她们的嗓音简陋而天然，没有丝毫技巧，但我觉得，和庞大的合唱队相比，她们的《茉莉花》好听得多、动人得多，因为她们真正理解歌中曲折幽婉的情绪，就像理解一个儿时玩伴的情思与忧伤。很多时候，音乐其实与发声学无关。

起身离开的时候，我看到周庄的柳树已经返青。那最初的绿色让我产生错觉，好像我坐了很久很久。

三

作为当代中国的一个小知识分子，有时我找不到自己的立场。比如，我写过很多文章，呼吁关怀弱势群体，呼吁给外地民工以国民待遇，同时，我却对身边的外地人抱有很深的警惕和反感。类似的矛盾无所不在。“9·11 事件”发生的时候，我的第一反应是幸灾乐祸，但我很久都没敢承认这一点，因为，当我看到美国普通民众的悲伤，当我看到铁丝网上的玫瑰，我为自己的幸灾乐祸感到羞愧。但我无法肯定，当美国遭受下一次袭击的时候，我是不是一定不会感到窃喜。美国有很多值得人类骄傲的东西，但是，我不喜欢一个没事就往别人的国土上扔炸弹的民族。我不喜欢，所以就会因为灾难而窃喜，这虽然不正当，却是非常自然的反应。

反对战争，是我的一个基本立场。我不是投机者，不是嗜血狂，不是政客和军火商，以我朴素的历史观，我反对一切可以避免的战争，即使为了避免战争要付出巨大的耐心和代价。但是，让我深感羞愧的是，我知道自己的内心一直隐约希望伊拉克战事打响，我知道它必然打响，我盼望着它打响，因为这样一来就有很多的热闹可看。电视上将不再只有愚蠢的电视剧和综艺节目，各种冒牌专家会纷纷登场，政治家开始频繁旅行，女人开始值夜班，半岛电视会播出美国战俘的惊悚表情，地雷会在沙漠里开花，网民也将不分昼夜地争吵，种种意想不到的事情就这样从一只蝴蝶开始发端，我的生活将不再枯燥。我无法控制这个疯狂的世界，却可以从世界的疯狂里取乐，我承认，我的确有这种下流的念头。同时我也要声明，这种隐秘的快感并不会掩埋我的正义感。当我看到伦敦市民走上街头的时候，我也会为中国人的“安静”感到羞耻；当我听到伊拉克儿童的哭声时，我的眼睛也会弥漫泪水，巴格达的每一处废墟都加深了我对美国的恨意。

我有自己的立场，但在内心深处，它有时是模糊的。这就是知识分子的可恨之处。他心中有更高的道德，也有自作主张的癖好，他有时超然，有时摇摆，总而言之是难以捉摸。

四

萨特说：“我对理解人怀有激情。”看到这句话的时候，我内心似乎有什么东西被触动了。如果说“他人即地狱”暴露了哲学家古已有之的夸张习性，那么，萨特这句普通不过的话，却披露出他作为一个存在主义者的精神底蕴。怀着激情走向他人，“我”才可能不断地自我确认，与世界之间也因此减少了隔阂。

一段时间以来，我从现实生活中脱身，龟缩到网络之中，以一个匿名的形象不断向他人走近。在庞大的碧海银沙聊天室里，我日复一日地沉潜，与不同的名字对话，深入许多陌生人的内心，和他们分享往事的阴影与喜悦。最后我发现，我不仅没有减轻他人的孤独，也没有减轻自己的孤独，相反，这孤独有所加深。

一个四川宜宾的姑娘，大学毕业后留在北京，做室内设计，她和她的男朋友同是恋袜癖，两人在一起做性爱游戏的时候，拍下了很多照片。后来，她发现自己的男朋友经常和别的网友幽会，而她建立家庭的梦想也一再破灭，于是便想与他分手。她的男朋友不依，经常在聊天室里跟踪她，公布她的姓名和电话，扬言要把她的裸体照片寄给别人，但她不为所动，仍然坚持要分手。一个多月之后，我在网上碰到她，问她过得怎么样。她无奈地说，她又和男友住在一起了，虽然生活得很不如意。我以为我很理解她的无奈，她一个人在北京，无依无靠，如果她不想受苦，就只能继续和那个男人在一起，虽然不可能拥有完整的爱情和生活，但至少他们在某个方面（何况是人性中比较难以启齿的方面）会有共同语言。

还有一个高大而丰满的东北女人，喜欢抽烟，声音沙哑，唱感伤情歌的时候动人心魄，我和她说了没几句话，她就向我倾诉了自己几乎全部的过往，她的真诚有一种沁人骨髓的力量。不久，她过生日，邀请我去她的网上生日会。到了那里之后，我才知道她还有着别的名字，有一群来历不明的爱慕者，在没有底线的网络世界里，她和我一样，以不同的面目与他人交往，每一次交往都是真诚的，但哪一次也没有显现自己的全部。从她的身上，我体会到了匿名的可怕力量。在匿名的环境里，人可以走向真诚的极致，却无须付出灵魂。像我们曾经体验过的数字经济一样，网络上的友谊、爱、性、关怀、温暖、同情、悲悯也先天地带有泡沫的胎记。我并没有做戏，但我的确是个戏子，这是毋庸置疑的。

“你在人群里歌唱，我能够轻而易举地辨认出你来。只要你一出声，我就知道你在。但最可靠的仍然是你在说话，你和我，在幽暗的空间里，在时间与欲望的交汇点上，在树枝与月亮之侧，你和我说话，不知光线在悄悄移动。你的声音也是幽暗的，仿佛一张松木的桌子，你咳嗽，喝水，上厕所，咕哝，有时喘息，仿佛一只性感的鸽子。顺着你的声音我能抚摸你的羽毛，你陈年的伤口，你扇动翅膀的姿势仿佛要离开。如果我吹起口哨并且摇动花朵，你可能会落入陷阱。对于你我这样的人来说，早晚是要自投罗网的，而这一切的发生，只需要一次月圆，或者一次遥远的潮汐。

“我总想确认你性感的来源，为什么你的声音能牵动记忆？我想触摸你的乳房，像孩子一样触到它，或者像动物一样凶猛地践踏，我想沉浸其中并且忘记姓名。或者在你的身体里漫游，如同一个醉汉，你虚拟的温度让我欲罢不能。我摊开手掌就能得到答案，但我始终藏匿着它，不愿意读出声来。你和神秘与渺远的事物有关，和浸透了松木桌子的光有关，和亲吻有关，你是一块母性的泥土，在你深处有隐秘的火焰和暴虐的水流。

“此刻我想深入你，但不知道你的姓名。”

如果萨特发现自我和他人都是如此面孔模糊，他还会对理解人怀有激情吗？

我想他会的。理解他人是一种来自生命的渴望。除非理解了他人，否则就无法理解自我。但是，理解在何种程度上能够发生呢？

五

或早或晚，人总要面对自己的欲望，不是那种来自血性的低级情欲，而是与生命有关的欲望本身。如果说，我也像萨特一样，对理解人怀有激情，那么，我不得不承认，有时我也会抵达自己的困境：我究竟是对理解人性有激情，还是对理解女性有激情呢？我已经翻越了人生那些最重要的关口，站在了岁月的斜坡上。从我立足之处，我可以放肆回望自己曾经走过的每一个地方，可以抚触那些血迹和伤口，同样，我已经可以比较准确地预言自己的未来。在斜坡上，借助风的翅膀和一块无辜的石头，我站立的姿态如同一个半神，除了我自己的肉身性，除了我那无法摆脱的肉欲、性欲、情欲，以及欲望本身，它们拖累着我，要将我重新打回深渊。

像每一个步入中年的男人一样，我也有过自己的“肉体的狂欢期”(《脆弱》第 229 页)，在这个时期里，我由一个象征主义者变成了玩弄博喻的大师。那个本体仍然存在，但是，唯一的喻体在朝霞中散射开来，犹如盛夏时节爆裂的石榴——“一”变成了“多”。这是一个尖锐的时期，但丁和加缪在血管里战斗。但丁说：“永恒的女性引导我们上升。”加缪却以离经叛道的口吻引诱说：“重要的不是活得更好，而是活得更多。”于是我们开始穷尽身体的可能性，无休止地向身体索要快感、高峰体验、癫狂和生命真相，在不同的女人之间游历，就像黑塞笔下那个天真又无耻的歌尔德蒙。我们放弃了去追求本质，而是寻找差异，我们倦于了解生命的真谛，却试图以一个个辉煌的瞬间去遮掩岁月的无力。然后，在不知不觉中，我们终于燃尽了身体里的煤，差异的重要性消失了。你走近不同的女人，交谈、亲吻和爱抚，然后你发现她们几乎是相同的，都打着时代的烙印，都刻着原罪一样的伤痕，也都随着年龄的增长而暴露出吝啬与唠叨。与幻灭感同时升起的，是一种可耻的激情——我们又返回到青春的光亮中，渴望绝对与完美。

是的，没有谁像我一样，没有谁像今天的我一样，渴望找到完美的爱，渴望完整的陷落、沉沦和迷狂。我将赞叹她的美丽，在她的美好中深刻呼吸，我匍匐在她的大地上，那里坚冰融化、春水流淌，我会揪着自己的头发，老泪纵横。

六

去年一个人游历三峡的时候，在大宁河畔看到了一个古镇，叫作大昌，那里仍然保留着明清时期的风韵。木头的面墙和门板，翘檐与青瓦，石头铺成的狭窄街道一直通向废弃的码头。码头上，一棵百来年树龄的黄槲从城门的石缝里长出来，仍然生机勃勃。两只黑色的石狮子在“文革”期间被打得面目全非，而大宁河仍然安详地流动着，带着阳光和晶莹的细沙，仿佛一场没有尽头的酣睡。那个古镇在三峡的二期水位之下，现在大概已经被滚滚的浊水淹没了。一段历史会就此消失，除了生活在那里的人们，没有人会觉得少了什么。

前几天再去北京西部的爨底下，看到那个古老的村落还在，古宅客栈的夫妇也还在，时间在那里仿佛停滞了。也许是因为远离河流，爨底下得以保存自己的黑梦，瓦上仍然有苍苍苔藓，门角的石柱上，精致的雕花还是冷不防吓人一跳。那个石碾子还在，有个女子曾经坐在那里，脸上似笑非笑，她的明亮更衬托出木头的黝暗。她走之后，那里留下了一个空洞，但只有我一个人看得见。夜里，爨底下静得可怕，除了高山上的萧萧风声，一切都极度隐忍。当寥寥几盏路灯突然熄灭的时候，密集的星星呼啦一下子扑了下来，笼罩在头顶，仿佛冰冷的烟花，直欲让人眩晕。夜色是那样完美，寂静是那样完美，好像那村子并不存在于人世间，好像巴格达之类的字眼完全是错觉。如果时间只是龟缩在这个角落里，如果我再也不看电视、不上网，那场血腥的战争仍然存在吗？或者那只是一场游戏？这个世界上到处都有苦难，只要轰炸、抢劫、强奸、恐怖、饥饿、死亡不发生在我们身边，它就好像不存在。这就是人类的健忘，有意识的健忘。为了把那些灾祸拒之门外，拥有强权的美国人便不惜把集束炸弹、贫铀弹扔向异族的头顶，仿佛这样便可以高枕无忧。这也是一种可耻的健忘。

在爨底下的黑暗里，我想起了一个可敬的诗人，已逝的拉美大师奥克塔维奥·帕斯，他在十多年前曾经说过："要是像布什和萨达姆这样的人读读诗，世界就会美好得多。"他说这话的时候，已经七十多岁了，对于一个被政客和军火商控制的世界来说，老诗人的天真显得那么稀少、那么珍贵。遗憾的是，老布什和小布什都不读诗，他们只会反复祈祷"上帝保佑美国"，仿佛上帝持有美国护照一般。

七

大约六岁的时候，我的脚后跟被自行车的辐条打伤了，露出了骨头。几个月的时间里，我独自在家，面对着墙壁发呆。那时我发现，墙上的种种斑纹有着惊人的自组织能力，它们能变幻出各种各样的图案，其中主要是一个表情怪异的人脸。

十岁开始，我的腰的左侧经常剧痛。遵照医嘱，我不可以吃辣椒，不能喝酒，不可以做剧烈运动，甚至不能吃太多咸的食物。有一段时间，我只能吃甜的面条，而另一段时间，我每天要吃一只蒸甲鱼，如此翻来覆去地折腾，最后也没能保住我的左肾。

上初中的时候，我鼻子的左边（为什么又是左边呢）经常流血。不需要任何原因，有时只是手指轻轻一碰，殷红的血就会滴下来。人们传授给我很多止血的办法，比如用细绳勒住右手中指，用凉水拍后颈，直接拿棉花塞住鼻孔。猎人经常给我家送斑鸠，据说斑鸠肉是凉性的，可以治鼻血顽症。

诸如此类的病痛时时把我和人群隔离开来，提醒着我的孤单。我顺从地接受了它，就像我接受了漫长的神经衰弱。在那疼痛或者眩晕的长夜里，我明白了一个基本事实：来自生命自身的痛苦，必须由自己来承受，没有任何人能够替代。你可以理解我、同情我、怜悯我、爱惜我，但你无法代替我。从这个意义上讲，人的确是孤独的，而爱有时的确是一种徒劳。

所以，亲爱的，我是那么"理解"你。你日复一日独卧病榻，你忍受着化疗、激素、淋巴瘤、短暂失明、心脏早搏的轮番折磨。我以为我和你在一起，与你一同承受，其实，我所付出的一切都是那样徒劳，你仍然独自承担着自己的命运。无论我说过什么、做过什么，只要我有一丝沾沾自喜，就会有一滴鼻血落下来，落在你和我之间。

那惊心动魄的一点殷红，揭示出我的虚伪。

2003 年

光线移动

一

我一般在凌晨睡去，在正午醒来，这样的开头是很朴素的，它远不能和特朗斯特罗姆的诗媲美。那个高个子的瑞典诗人说："我在燕子中睡去，我在老鹰中醒来。"

如果有人在上午给我打电话，那么，当我捧着咖啡回忆睡眠中的梦境时，就会把电话里的内容当作梦来咀嚼。有人告诉我，话剧票有了。又有人告诉我，某个姑娘要结婚了。当我敲下这些字的时候，阳光透过阳台门的玻璃落在我的拇指上，仿佛一小片翅膀之类的东西。喝咖啡的时候，阳光还照着地板上金黄的橘子，而在这一小段时间里，它悄悄地移动过。每天，光线都在移动，就像星辰飞逝，会有很多新鲜的事情发生，会有很多老旧的事情重回心底，于是，在箭矢中，我们不得不承受双重火焰的烘烤。

每个时刻都有合适的音乐来对应。今天一直在听神秘园的《夜歌》。我拿着福柯的《疯癫与文明》，靠在墙壁上，当《夜歌》里那个悠扬的女声像萤火一样燃起的时候，突然心弦颤动不已。于是，整个脑子再也无法进入强烈逻辑性的语句里。激情的巨大秘密在于它像暴风雨一样强劲的速度，我们还来不及思考它的来源和去处，它已经消失无踪。地上有打落的青果子，有紧抱肩胛骨的花朵，有奔流的泥水，而造成这一切的风暴已经完全消失了。我这个一度崇尚疯狂的人，如今从福柯那晦涩的诗意里寻找起疯狂的起因来，这是时光移动的功劳。

二

背着笔记本电脑出门。走到公共汽车站的时候，一辆“大通套”刚刚开走。站在阴冷的空气里，心里一直在犹豫，是打车，还是坐地铁？就在这种无谓的内心挣扎里，时间一分分地过去，很多时候，我就是靠着这种不做结论的延宕缓解了选择的痛苦。不做选择，不行动，不仔细思索，不辩解，不争取，在很多时候，这是我生存的状态。

今天有雾，但正午的时候，阳光仍然清晰。我拉开门帘，阳光正好射在我从旧货市场淘来的小炕桌上。喝咖啡的时候，习惯性地到几个网站上看一眼，其中最主要的就是“有约”。我在“有约”已经待了一年多了，这个时间是很长的，我从来没有在哪个论坛待过这么长时间，而且中间几乎没有间断。前年，我刚上网不久，就卷入了网络上常见的几种麻烦里。网恋。版主之争。口水大战。在看不见的地方，上演着革命时期的爱情之类的传统故事，虽然现在看起来有些好笑，但当时是很认真的，被围攻、误解和出卖的时候，内心也是有很多悲愤、慷慨之气的。我一度对网络深深地失望，于是戒网。当时新浪摄影论坛的版主 JURA 为此还写过一篇纪念性的文字，被收入当年新浪摄影的十大新闻。当然，那次戒网并没有持续多长时间。我被一个“美眉”重新拉回到网络里，那时候，我几乎没有能力抗拒她的任何要求。不过，从那以后，我在任何网站都是以边缘人的形象出现的，直到后来有了这个“有约”。除了“有约”之外，我不再到任何论坛贴自己的作品，除了拍板砖和骂人。

我想，我经历了网络上几乎所有波澜壮阔和曲折幽回的事情，我了解网络的复杂之处。不过，这些并不是我想讲述的。实际上，我也并没有什么特别要讲述的东西，我只是被内心的气牵引着，被一种郁结的事情冲撞着，言说就是言说本身，并没有任何特别的目的。

曾有人问我，如果给你一个能实现的愿望，你会要求什么？我想了想，说，内心的宁静。对方大概有些意外，又追问了一次，我在内心再一次肯定了自己的答案。我的确是渴望宁静。虽然我还不到不惑之年，但我已经不止一次考虑过回老家隐居的事。当然了，在这之前，还有很多事要做，比如把儿子培养出来，又比如挣一点能够养活自己的钱。除此之外，似乎已经没有让我挂怀的东西了。我坐在死蚌壳一样安静的小屋里，坐在寂寞而漫长的午夜，俯瞰这个庞大的城市，并不觉得有什么能让自己留恋的事物。这与几年前的心境大大的不同。刚毕业的时候，在老家休假，给老师写信说，我在山头上远望无穷远处的北京，心里的感觉很像《红与黑》里的于连，那感觉是说，巴黎，我要与你战斗了。是啊，那时候还是很有豪情的，还想与北京对抗，现在呢，我体会到了内心的幽暗与冷湿，我意识到了微笑之外的孤独与荒凉。

福柯不厌其烦地论述疯癫与激情的关系，我在读他的书的时候，便一再想起自己的事情。那些事情刚过去不久，就像微温的灰烬。一个人能够重新唤起激情，也是一件很不容易的事情，能够爱，能够恨，是不容易的。很凶猛地爱，很狂热地恨，更是不容易。那时候，我就做到了。在那种狂暴的激情中，我走到了疯癫与死亡的门槛上，不过，我既没有发疯，也没有自杀，但那两种滋味其实是感受到了的。每一次这样的激情过后，人离生命的真实就越发地近了，人离灰烬也就更近了。也许，外界的光阴并没有移动很多，但内心的时间犹如箭矢，风驰电掣，转瞬就把青春拉到了荒凉的中年。

我知道自己是个脆弱的人，所以，有时我觉得自己不适合当个作家。站在车站那样的地方，心里偶尔会有疑问：也许还是应该写诗？写小说是需要残忍的，大的残忍，大的毅力，漫长的坚持，决不放弃的偏执。我并不是总有这样的气质。写大东西，往往是因为要表达的东西太多了，诗歌根本盛不下，不过，写大东西实在太煎熬身心了。

夜来临。熬夜的人是孤独的。我在网络上游荡，大多数时候不是为了寻找快乐，而是为了减轻孤独。

三

这一场大风过后，就是真正的冬天了。槐树和毛白杨的叶子还是黄绿色的，就被呼啸的风揪落满地。道路两边，穿橘黄色衣服的清洁工正在清扫落叶，他们把树叶抱上小推车，不知道要把它们送到什么地方去。

一夜大风之后，阳光是金黄而透亮的。阳光照着高楼，照着玻璃幕墙，照着风韵犹存的柳树，照着公园里那些晨练的人。在公园中心的水泥地上，那些跳舞的人很像是迎风摇动的花环。鸽子飞起来，翅膀是亮的，如同某种高超的思想。

好像是要跟自己作对，又在同学家里打了一宿麻将。曾经咬牙切齿地告诫自己，不要再打麻将了，然而，当所有该做的事情都无法吸引我的时候，便又不由自主地坐在了麻将桌边，在得与失的计算中暂时忘记一切。从很早开始，我就被强迫症折磨得很惨，我越是禁止自己做什么，就越是迫不及待地要做什么，很多错误往往都是这样犯下的。后来我发现，通过自我禁锢的方式，我根本就无法达到“我善养吾浩然之气”的伟大境界。本性绝不是软弱无力之物，本性是一股滔滔的洪水，它既可以冲决一切腐朽的羁绊，也可能成为内心的纵火犯，就看你到底怎么与它相处了。

白天睡觉，被剧烈的咳嗽折磨。午夜，走出大楼，迎着冷硬的风钻进出租车里。车过东四十条桥的时候，又看见了我和霍金的合影。我谦和地笑着，总是那么谦和地笑着，仿佛我永远面对的都是那个潮湿的世界，永远都不曾凌厉过。在英国的冬天里，我与潮湿和阴冷结为一体，在寒霜中畅快地呼吸，看着青色的云从夜空飞快地掠过，沉浸在一种古老的历史中不能自拔。不过，我总能记得起格拉斯哥那无比透亮的阳光，每一缕光线都被仔细地打磨过，每一粒光子都是一颗钻石，那样的阳光从云层中钻出来的时候，我心里的狂喜就像一群土蜂嗡嗡飞起，不能平息。一个中国台湾的学生告诉我，在格拉斯哥，阳光像金子一样珍贵。他刚刚到格拉斯哥大学的时候，教授就告诉他们，如果哪天有阳光，大家就不用上课了，尽情地去玩就是。这个小故事一下子就让我爱上了格拉斯哥这个陌生的城市，这个灰尘下落、阳光上升、浓霜像烈火一样在大地上烧灼的城市。我一下子就爱上了满地的绿草（在古语中，格拉斯哥的意思就是绿草如茵之所），爱上了格拉斯哥大学那古老与雄伟的建筑，爱上了诺克斯雕像旁的那一弯明月。第二次去英国的时候，我特意带同事绕道湖区，去看望格拉斯哥，不过，他们对那座过时的工业城市似乎并没有多少好感。

两次去英国，都是在冬天。在随时都可能飘落的雨水里，英国的光阴似乎短暂许多。还来不及沉湎，天色就已经昏暗，所以，那样的旅途就变成了一种追赶，不知道是追赶风景，还是追赶时间本身，那感觉与我现在的生命有些近似。一天又一天，不知道是追寻还是逃亡，但最后总是被时间抛弃，而我所获得的只有丧失。我想，最后总有一天，我会从丧失的深处赢得最宝贵的东西，但那东西是什么，我现在还不能明白，因为我丧失得还不够多，我手中还有不该保存的财富。如果不是出于狂妄的错觉的话，我可以说，我对自己的命运是有所察觉的，很早就有所察觉。在一首写于 1992 年的诗里，我说，“我活在自己的迷茫里／活在通往答案的漫长路途上／我随时准备偷越／正将我围困的一切界线／那珍贵的爱，毕生的积蓄／被我挥霍一空／用来购买新世界的签证”。我的困惑是，那个新世界真的存在吗？也许，我所渴望的不过是彻底的虚无。

我的电视机上摆着一个杯子，是我从苏格兰带回的。除去把手，那杯子的形状很像苗条的坛子，外面的釉色与中国的陶器明显不同。横纹是暗绿的，竖纹是褐色与宝石蓝相间。我们在下午三点到达乌伊格（UIG）港口的时候，天已经彻底黑了。除了黑沉沉的海水，除了那多嘴的海鸥，我们什么也没有看到。那里唯一还亮着灯火的是一家小店，女画家在卖自己的烧陶作品。真够幸运的，在那个黑暗、寒冷、凄凉的港口，还有一个美丽的守夜人。

那样的幸运，不是在所有的时候都会发生的。

四

脑子里每天都有各种怪念头。今天在地铁里打盹的时候，忽然冒出了这么一句话：你不可能永远尿在正确的尿桶里。措辞大致是这个样子，我不是很有把握。有时，做梦的时候，我会写下非常美（我指的是它的连续性和词语的韵律）的诗句，但醒来之后就怎么也找不着了。写诗需要内心有空白，任何杂念都会让诗歌溜走，就像怀疑会让爱情溜走一样。男人和女人，他们的爱情是什么时候终结的呢？是产生怀疑的那一刻。

打盹之前我在看报纸。《南方周末》。王蒙谈全球化对文化的影响。王蒙是个很奇怪的人，我在北京音乐厅见过他，身上有文化部长的余风。不像一个文化人、一个作家，更像个部长，这是挺悲哀的。文化人的标志是缺损，你会很轻易地摸到他的性格缺陷，他的偏激、他的局促、他的装饰，他有些羞涩，他说话结巴，那才是文化人。王蒙说话时，头微微上仰，上身与谈话者保持着一定的角度和距离，这是典型的官员姿态。王蒙在谈全球化时也保持着这种姿态，也许是为了显得比年轻人更年轻，他对全球化的到来几乎持全盘肯定的态度，颇有点与时俱进的味道。这个味道不太新鲜，倒不如李敖拍写真集，李敖的老来张狂、荒诞不经其实更有文化味。读过米兰·昆德拉的人也许还记得，他在某本小说里写过老歌德的故事，年迈的歌德把十八岁的小姑娘抱在腿上轻轻地摩挲，这个场景实在有些过于猥亵了。当然，我要告诉你，这其实是个编造的情节，是那个十八岁的少女在长大到有些无耻的年龄时，所杜撰的戏剧化情景。不过，就算它是真实的，那又怎么样呢？并不因为他是歌德，便不会做出摩挲的事情来。这与歌德无关，与人性有关，与人性的压抑与释放有关。

做了还是没做？是审判还是宽容？这是个很有趣的问题。从法律角度看，大多数存在疑点的问题都必须找到明确的答案，但在道德评判或价值取向上，很多问题都是模糊的、或然的、没有结论的。我们会说老歌德是个流氓吗？有的人肯定会，但更多的人似乎只会大方一笑。歌德是不是摩挲过一个妙龄少女，很难与他的个人品德联系起来考查，也就是说，摩挲这个情节，它在时间的深处并不是坚硬的、难以攻克的，什么样的光线照在这个情景上，就会出现什么样的判断，这取决于光线的幽默感。

我冒出尿桶的怪念头时，其实是在思考或然性的问题。我思考必然性、或然性对生命的抚慰。

打麻将时，夫子（在《脆弱》里出现过这个家伙，不过他在书里说的话都是我编造的）问我《水果》是什么样的书，我说，套用纳博科夫的话说，是"充满青春色情的无病呻吟"。他又问我，书里主要讲什么，我说，讲的是性感或者说情欲的来源。我也是顺口胡说，不过，差不多也就是那个意思。他的最后一个问题是，《水果》像《脆弱》一样深吗？他说很多人都读不懂《脆弱》。今天，在地铁里，我想起了《脆弱》里的一个片段，那不是故事，而是一个感慨。在谈到平行宇宙的时候，我叹息道，选择是多么无所谓！平行宇宙是关于宇宙结构的一个假说，按照我的理解，它指的是，当事件出现两个或多个可能性的时候，宇宙便会分裂，每一个可能性都衍化成一个新的宇宙，而无数个宇宙就那样平行存在着，谁都不知道谁。如果要对这个假想进行一番庸俗化讲解，可以设想有两个男人同时喜欢一个女人，这两个男人都很优秀，一个像苦瓜那样有钱，一个像龙少那样有才，这种选择的两难让那个女人痛苦万分。如果我目睹了她的痛苦的话，我就棒喝道：且慢痛苦！我会告诉她，无论她做出了什么样的选择，都不会有任何损失。在平行宇宙里，她其实跟两个男人（也许是许多个男人。因为一个女人一生会经历很多次选择）各自生活着。当然，作为物理定律的普遍有效性，她的不同的男人也各自和许多个女人各自生活在一起。她听了这样一番道理，痛苦会不会减轻呢？选择起来，是不是也容易许多？很难说。

知道了蠕虫洞的假想，你去伦敦或者广州仍然得坐飞机。知道了平行宇宙，你还是在两个人之间摇摆不定。自从有了量子理论之后，世界变得不那么确实了，因为物理学家告诉我们，事情的发生是由概率决定的，历史存在着或然性。它既不是必然性，也不是偶然性。必然性是说，人喝了水之后一定要撒尿。偶然性是说，你有一次在东直门的簋街吃饭，喝了太多的啤酒，于是尿在了一个报刊亭的后面。或然性则是说，你半夜起床，闭着眼睛站在黑漆漆的卫生间里，凭着直觉冲着马桶撒尿，那么，你既有可能尿在了马桶里，也有可能尿到了自己的腿上，甚至可能两者同时发生。不知道我这么思考抽象物理问题，是不是接近了真理。

真理是有花纹的，天色正在变暗，因为吃了一种治咳嗽的药，我的口干得厉害。我从十三层下到十层或者从十层上到十三层的时候，不止一次被落日震撼过。落日的美是由物理定律决定的，由折射、衍射和光谱决定的，但是，人们在欣赏落日的时候，并不需要了解那些定律。绚丽、凄艳、奔放的落日会把人带回到整体记忆的童年，在那里，落日是神圣之物的一次殉难。

我不是落日，我还没有放出最辉煌的光线，但因为是告别演出，所以也格外尽力。

五

坐在肯德基的玻璃墙边，感觉自己就是琥珀里的虫子，温暖而且永恒。

人们在奔波，情侣们在奔波，来来往往的汽车为了让世界更脏，不遗余力地喷放着废气，一个姑娘拎着香蕉从我的面前走过。我知道我没有任何表情，我不想讨好这个世界，我不欠它任何东西。

由于那层玻璃，由于光线的折射，两个世界叠合在一起。外面灯火绚丽，月光像落在泥土里的鸡蛋清一样，虽然已经面目皆非，但还能让人想起它纯洁的样子。里面是贴在墙上的菜单，相对而坐的人影，我从一个姑娘的口形，能判断她正在对同伴说些什么。通过反光，她也能了解到有个居心叵测的家伙正在注意着她。

光线并不总是为了照亮。在设计得最好的酒吧里，光线永远是昏暗而危险的。摇摇欲坠的光，崩溃的光，因为高烧而有些乏力的光，它们把一切变得暧昧，充满戏剧性。酒吧的光能把一张脸改造得异常完美，令你出神。你会张望，觉得这是一个完全不同的世界，它不是生活，是所谓远处的东西，异常遥远，却炯炯有神地注视着你。你可以放肆地展开，像酒精里的一棵老年人参，你打量着别人，别人也肆无忌惮地打量着你，每个人都在猜测对方的来路，目光里有着飘飞不止的问号，那让世界变得新鲜起来。酒吧里没有夜，当然也没有白天，那是一段悬搁在葡萄架上的时间，因为音乐和情欲而骚动，不指向任何可知的终结。在酒吧里，你既不可能找到石榴树上光的翅膀，也不可能找到石头深处的黑暗。

这就是所谓的戏剧性。戏剧性不是情节，也不是巧合，你在地铁里遇到了穿羽绒服的初恋情人，那不是戏剧性，只是巧合罢了，虽然巧合也能导致戏剧性。戏剧性是让你忘却生活的事物。搁浅，暂停，抽刀断水。突然脱离了时间，并且有希望永恒，那就是戏剧性。帕斯在灿烂的《太阳石》里写过，当飞机在头顶狂轰乱炸时，一对恋人却在残破的屋子里做爱，当我想起这个的时候，我觉得它就是戏剧性的。帕斯是第一个教我理解瞬间为何物的诗人，也是一个把光灌注在我的脊髓的诗人（当然，他不是第一个。这方面的导师是希腊的埃利蒂斯），他的诗里有最多的光，有戏剧性的碎片。从戏剧性不可逆转地向着生活滑翔，这是所谓伟大的写作者的特质。米兰·昆德拉的《生活在别处》里写到雅罗米尔的一次幽会，他的对象是一个红头发的姑娘，旁观者会告诉我们，实际上她长得很丑。正在他们要上床的时候，雅罗米尔想到了他的内裤，非常糟糕的内裤，像生活一样糟糕，没有丝毫的抒情性，它会破坏一场高潮迭起的演出，就像沙子破坏一次远征。那条内裤的出现，彻底打破了戏剧性，全面瓦解了美好的、崇高的、神话化的、合目的性的一切，把你活生生拖回到生活中，拖回到时间里，让你无法永恒。

有时人们会告诉你，你太渴望戏剧性了吧？那指的是你不切合实际。戏剧性是用来抵抗时间的连续性的，就像舞台上、银幕上的表演是用来抵抗生活的一样。你为生活里不大会发生的，至少不会如此密集发生的一切热泪盈眶，你哭了，又感到羞愧，就像你为自己的梦羞愧一样。你知道生活是一个暴君，他粗暴地索要你的一切，你脸上的光，你眼里的钻石，你手指上的风暴，一切，除了羞愧。时间永远在剥夺，除非你躲进琥珀里，出于巧合，你被一滴透明的、黏稠的、温煦的、瞬间凝固的、与上帝作对的、刚开始还柔软但最终会铁硬的、花言巧语的树脂抱住了。那真是惊心动魄的一瞬啊，你被一种美好的暴力从时间里解救了，仍然有光，而你已经永恒。可是，这又有什么用呢？不流动的永恒对于生命来说就是空无。不是空虚，只是空无。

这样的思考让我的头脑嗡嗡作响。如果太阳变暗，我们可以把窗帘拉开。如果夜来临，我们可以点燃灯火。如果情人走了，我们可以回忆。只有一种情况会让我们手足无措，那就是时间的悄悄流逝。我们也许可以指望一场残酷的轰炸，这样的话，我们就有希望与一个女人在倾斜的床上做爱，在失聪的世界里喊叫，当然，还必须有那样一个女人，在死亡的床榻上，她还有勇气展开自己的情欲。

此刻，这会儿，世界安静得惊人。既没有轰炸，也没有女人。生活在继续，你不要指望任何形式的永恒。

六

忘记是什么呢？是帮凶，是解药，是流动在此岸与彼岸之间的一条河。

你记得昨天的事，却不记得明天的事，因为明天还没有来临。许多事情都被你忘掉了，你却记得初中的时候，那个经常从你们班级门前走过的女孩。她穿着一件水红色的上衣，就像一朵洗白的桃花一样，她走过，有好看的眼神，从你的脸上掠过就惊慌地逃向麦地。野雉强有力地起飞，扇动了娇嫩的麦穗，扇动了你的梦，那梦比四月的大地还要青涩。

很难说清楚为什么要回忆。是害怕遗忘，还是为了忘记更多的事情？像记忆一样，遗忘也是有用的东西，它是敷在伤口上的一剂清凉的草药。时间并不总是残忍的，当它发现你已经不堪重负的时候，它会用忘却卸掉你心上的担子。你以为你能带着伤口走很远吗？它愈合了，这多少让你觉得有些可耻，好像不经意中，你已经背叛了自己的痛楚。

那年的中秋节，儿子因为太兴奋，睡得很晚。他有时会躲在桌子底下玩，当你发现他不声不响的时候，他竟是已经睡着了。跟我一样，他不喜欢放弃感受和思考，他想要自己的时刻是稠密的，于是，他总是下意识地躲避睡眠。不过，那天晚上他睡得实在太晚了，于是干燥性鼻炎又发作了。天色朦胧的时候，听到儿子的床上有轻微敲墙的声音，我几乎是条件反射般地跃了起来，蹦到了儿子的床前，看到他面色青紫、双拳紧握、两眼睁开，身体在不断地抽搐。随着身体的抽动，他的小拳头轻轻地在墙壁上敲着，一下，又一下。那种敲击是他在窒息的时候唯一能够做出的呼唤。

那完全是一个噩梦。我不禁号啕大哭。他妈妈给他做人工呼吸，吸出了很多瘀血。打急救电话，找车，送到医院里，把他放在白色的床上。他慢慢地醒来，很惊讶地看着他的父亲泪流满面，那个脾气暴躁的父亲、可怕的父亲、喜怒无常的父亲、疼爱他并且为他感到骄傲的父亲。他几乎从未看到过那个大人流眼泪，所以，他的眼睛里流露出诧异来。他丝毫也不知道发生了什么事情，他不知道我的世界差一点就彻底地粉碎了。他看着我，眼泪缓缓流出眼角。他不是痛苦，而是被我的泪水感染了。

我很担心他那宝贵的小脑瓜。在极度缺氧的时候，大脑是会坏死的。我轻声地问他，你还记得大斜定式吗？他说我记得。我说，那咱们俩复习一下大斜好不好？他说好。我念目外，他接着说小飞挂，我说大飞罩，他说靠压，我说挖断，他说打吃，大概一共三十多手棋的样子，我们就那样把大斜定式的基本变化温习了一遍。他记得很准确，表达也很清晰，于是，我知道他的脑子一点问题都没有。他的记忆很牢靠。

儿子不到三岁的时候，我因为受不了他的纠缠，于是用围棋来折磨他，而他居然就喜欢上了那种复杂的游戏。刚开始的时候，我教他正确的落子方式，中指在上，食指在下，他怎么也学不会。不几日，我突然发现他在棋盘上熟练地翻棋子，那姿势活像一个老棋油子，生生吓了我一大跳。三岁多的时候，他大清早就独自捧着厚厚的《李昌镐对局集》打谱，清脆的敲击声伴随着我凌乱的梦境。四岁多的时候，他开始参加那种不让家长入内的围棋赛，时常是满头大汗地走出来，穿过人山人海，到我的面前说，赢了。第一次比赛，他连一罐可乐都打不开，却拿了个学龄前第四名，台上领奖的人数他最矮。还没开始上学，他已经有点声名显赫的意思了。有时候看着他，我都有点心慌，我开玩笑地对朋友说，如果我再不努力，过不了几年，人们将只知道我儿子，而压根儿就不会记得我是谁。

儿子本来可以在围棋这条路上走得很远，不过，我低估了忘却的力量。七岁多的时候，他到英国陪妈妈读书，送他到那边的时候，我特意带了一副玻璃围棋和两本书，一再叮嘱他要好好看书打谱，不能让棋艺生疏了。九个月后，他回到北京，变成了一个有点羞涩的、开始换牙的大孩子。他看着我打谱，嘴里咕哝着说，这个定式我好像见过。我的脑子嗡的一声响。你好像见过？这是大斜，大斜千变啊。他说，是吗？他毫不经意地把我扔到了一盆凉水里。我让他三个子，测试了一下，发现这个了不起的业余二段连最基本的攻防变化都忘得一干二净。那时候，我真是困惑得一塌糊涂。怎么也想不明白，英国的水土到底是怎么养人的。

我还记得儿子出生的情景。护士从手术室推出一辆小推车，我上去看了一眼，发现里面躺着个婴儿，那就是我的儿子。他第一次看到我，竟然打了个哈欠。恍惚中，他已经是个少年，手里握着GAMEBOY，打电脑游戏时经常打出让我瞠目结舌的高分，日记本上让老师写满了很好、很生动之类的评语。而在这些年里，我自己又如何呢？鬓边开始有了白发，伟大梦想开始落空，缠绵在空幻的网络里不知自拔。夜里听音乐，往玻璃杯里倒上一点摩根船长，想念着不可及的东西，当曙光升起的时候，我被一个不知所云的梦折腾得腰酸背疼。像个孩子一样看流星雨，像孩子似的笑出声来，为打在手指上的阳光激动，目光在熟悉的汉字上掠过的时候，如同走在云里一样快感起伏。吃鱼头火锅，喝高度二锅头，把钱撒在酒吧里，坐在电线杆下自言自语。这就是我曾梦想过的伟大吗？

1915年，四十岁的里尔克写信给塔克席斯侯爵夫人诉苦说，一个女人对他崇拜得五体投地，被她的亲切热情引得心旌荡漾，同时又让他陷入苦恼。那个有着清澈智慧的侯爵夫人回信说，人是生来孤独的，也必须自己战胜孤独。她温柔地责备里尔克：“您这个天赐才华的人，您这个忘恩负义的人！您为何总是不断地打算拯救蠢丫头？她们应该自救。”

我为什么会喜欢*Nocturne*这支曲子？因为它有着神秘的忧伤。一只萤火虫从我的头顶飞过，我想抓住它，却无法如愿以偿。

七

今天是个阴天，有光，但没有光线。

出门的时候，破例没有穿那件厚重的羽绒服。这个冬天特别怕冷，早早地就穿上了“苏格兰飞人”，把自己紧紧地裹在鸭毛和防水布里面，无论是天晴还是下雪，无论是忧伤还是快乐。但今天没有穿它。唯一经常穿的西服，蓝白色牛仔裤，走在风里，丝毫不觉得冷，看着那些臃肿的人，只觉得奇怪，仿佛自己来自一个温暖的地方，还要走到一个温暖的地方去。

走在地上，每一步都很实在。我知道自己正走在大地上。不是那个诗意的大地，不是海德格尔所说的敞开的、澄明的世界，是琐屑的、破碎的大地，是石头和尘土，是水泥和沥青，是飘扬的塑料垃圾和匆匆忙忙的脚步。

我穿得单薄，是因为这个日子不同，我想让自己看上去干净。我已经很单薄了，在风里是近似透明的。在夜里透明，啤酒在肋骨间流淌，能够看到它浑浊的样子。我到底想说什么呢？我有时在傍晚走进超市，抚摸着那些水果、冻鱼、咸菜，看标签上的价格，心里感到温暖而踏实，但是当我从食物中间走出的时候，我又发现日子那种东西离我那样遥远，我仿佛是活在云上的，活在空气和流水之间的，我吃饭只是为了不让饥饿折磨自己，我上班只是为了不让自己轻飘，我不在这里，不在那里，不在星期一也不在星期二，不在星期五也不在星期六。我在哪里呢？这样地活着能算是一种确凿无疑的存在吗？

在麦当劳里，我慢慢地吃着东西，克制着对食物的恶心。吃得很慢，像是一次遥远的行走。我慢慢地走回住处，而词语在内心凶猛奔流。世界是灰暗的，如同被摘掉了婴儿的子宫，如同交配之后的公牛，疲劳，羞愧，黯然神伤，一语不发。脸色枯黄的一对夫妻在车站等车，鲜嫩的少年和少女从他们中间挤了过去，一个穿蓝色羽绒服的孩子抱着他妈妈的大腿，在央求什么。我看着儿子娇嫩的脸，看着他身上熠熠的光线，忽然眼泪涌出眼眶。多少次，在他玩耍的时候，在他哼唱的时候，在他打棋谱的时候，在他翻看彩色故事书的时候，我看着他，眼泪就从不知什么地方涌了上来。我不知道是什么东西触动了我。生命最初的光芒让人感动莫名，埋藏在基因深处的爱让我无法自已。如果不是做了父亲，我从来不知道自己能够这样清洁地、无求地、深刻地爱一个人，那爱就像蓝天下千年的积雪。

他长大了，他的光也在慢慢褪去。一个人的长大，就是他身上的神迹慢慢消隐的过程。他得意扬扬的神气不见了，他每天趴在小桌子上做家庭作业，有时他躲在储物柜里玩游戏机。他开始有了自己的烦恼，我所经历过的一切又开始降临他的身上，我对此无能为力。我想让他逃课，可他不敢，我让他偶尔不要做功课，而他宁愿熬夜，也要把弱智的加减运算题做完。那曾经奴役我的东西又开始奴役他了，我对此无能为力。儿子，我对摧残你的一切无能为力，我对我自己无能为力。我对背叛无能为力，对我血液中那些没被降服的东西无能为力。不是我不爱你，而是因为世界残酷、岁月漫长。原谅我，孩子。

十岁的时候，我站在家门口的小山坡上照相。阳光洒在我的前额上，我骄傲地微笑，我知道整个世界都是我的。对，我的。二十岁的时候，我躺在北医三院的手术台上，在护士把麻醉药打进我的脊椎之前，我对自己说，如果这次能活下去，我一定不再让任何烦恼困扰自己。三十岁的时候，带着累累伤痕，我开始写自己的第一本书。我注定会这样丧失。我注定会在黑夜痛哭。我注定会伤害爱我的人。

黑夜来了，心里却没有光明。

八

黎明于我来说，已经变得稀松平常。

我经常彻夜不眠，不是为了劳作，也并非为谁风露立中宵，而是太热爱夜晚的岑寂和黑暗。我磨磨蹭蹭，到网上转一转，再翻一翻书，一个华丽无比的夜就过去了。当我终于躺下来，疲劳得像一页被翻阅过一万次的稿纸，我的窗帘就亮了起来。白天最早是从窗帘到达的。从微蓝到灰白，再到浅浅的橙黄，黎明仿佛不是来自太阳，而是来自窗帘，是窗帘给了我光线和喜悦，窗帘掌握着昼夜的轮转、活着与死灭。如果根本就没有太阳，如果光只是幻觉，如果我的白天只是由窗帘分配的一段时间，那么生命多像是个噩梦？幸好，只要我愿意，我可以哗地把窗帘拉开，世界扑面而来，光斑在空中闪耀，有时是清冽的星星，有时是古老的太阳，没有什么是幻觉，只有幻觉自身是不真实的。

那年我们驱车去斯凯岛（SKYE），在饱吞了冷硬的苏格兰海风之后，最终住在了一个名叫波特里（PORTREE）的小镇上。第二天凌晨，我早早爬了起来，走到了临着海湾的悬崖上。白霜满地，就像是被冻僵的月光一样，有着能刺痛虹膜的六角形花纹。每走一步，草地上都会留下很深的脚印，脚印是绿的，而霜是白的。

现在我已经记不清那天早晨太阳升起的方向。太阳的确是从东方升起，不过我不知道东方又是在哪里。我要靠翻看照片，才能回忆起太阳是从悬崖对面的小山脊背上怒放的。一开始天空是冷的，有光，但很冷，海水也像是一块生铁。慢慢地，云彩激动了起来，岛屿和松树仍然黑暗着，但水面已经亮了起来，并且有了浅浅的玫瑰红。突然，我的前额一阵灼热，太阳已经像炉火中的坚果一样爆裂了。这种突兀的日出就像猝不及防的爱情一样，在我的心里留下了一个温暖的伤口。那伤口虽然很痛，却永远是星形的，不会溃烂，不会变得丑陋。

在那个高崖上，逆光使树是那样漂亮，简直无法形容。因为光和阴影的效果无法形容，所以，文字会有尽头，而绘画和摄影也赢得了自己的生存空间。

我和别人分享白天，但独占了黑夜。在夜里我是自由的。

自由不在远方，就在这间杂乱的、落满灰尘的小屋子里。我用毛巾擦地，灰尘细小而轻盈，在光线里浮动，有着独特的味道。自由不在灰尘落不到的地方。

屋子里堆满了各种各样奇怪的东西。占边波本威士忌，配料为水、玉蜀黍和大麦，加冰喝下后会让人轻微眩晕。《后现代艺术系谱》，前诗人岛子东抄西凑写出来的一本书，从中可以掌握大量时髦的术语，写在文字里可以吓唬人。雀巢咖啡红色的杯子，买咖啡的时候店家送的，刚好和我从伦敦带回的绿色杯子是天生一对。两个靠垫，深蓝色和棕黄色，我睡觉的时候用来挡光，写作的时候用来垫住后腰。文竹，在青花瓷的花钵里，多次想自杀却老也没能死了，和我刚好有隐喻关系。漫步者音箱，这是我不太了解的东西，我不知道它怎么能够发出我刚好希望听见的声音，低音让我的心脏震颤，高音很亮，像松针上跳动的晨曦，无论我多么好学，我也不可能明白，在那两个黑咕隆咚的箱子里怎么会流出伍佰的《暴雨》和肖邦的钢琴曲。藤条筐，每隔几天里面就会装满脏衣服，我之所以能够体面地出门，全靠了这个魔术师一样的筐。一幅国画，画的是正在开放的杜鹃，我熟悉那种花，三四月的时候，它们在山间溪畔全面开放，人生之中总会有奇迹。硫糖铝，消化道黏膜保护剂，当胃部突然痉挛起来的时候，这种阴险的药物似乎很有用处。菲利浦刮胡刀，在不到一个月的时间里，它就掌握了我下颌的弧度，显然比所有的女人都聪明。面巾纸，天知道它是干什么用的。

有时我靠在窗边，看着阳光从我身后打在这些东西上面，不免有些好奇，到底是谁把它们搬到这个屋子里来的呢？如果没有刮胡刀、威士忌和漫步者，生活会有什么不同？如果没有书，没有里尔克和卡尔维诺，没有博尔赫斯和米沃什，我会有什么不同呢？我会变得面目全非吗？

如果没有光照耀着这一切，如果永远是黑夜，我还会热爱黑夜吗？如果没有讲述，没有轻佻的、沉重的、急骤的、呆滞的、条分缕析的、精神错乱的讲述，我还有勇气去感受吗？

如果没有这深刻的懊悔，我是不是还能明白那些本来不可能明白的一切呢？

九

有时，我不知道自己的内心到底发生了什么。

我不是不敏感，但是从情绪到意识似乎有很长的路要走。往往要过好几天，我才会明确地对自己说，哦，我伤心了，或者说，哦，我是如此悲观和失落，但在我真正悲观的时候，我猜你并没有意识到。我就像一只昆虫一样，鞘翅上的光芒黯淡的时候，自己一无所知，直到有一天落在水边的草梗上，才恍然大悟。我内心发生的事情总是太激烈了，它完全遮蔽了我的头脑。相反，生活里的大事经常并不能强烈地震撼我，那也许是风暴，可也不过像内心的风暴一样激烈罢了。我在内心已经经历了一个人所能经历的一切。大悲大喜，红色的眼眶如同落日下的悬崖。

从童年到少年，我经常做梦，而且几乎没有做过美梦。有一段日子老是梦见蛇，水田里到处是游动的蛇，稻子的根底盘着蛇，蛇挡住了我的去路，我走到任何地方都会被蛇纠缠，无休止的惊恐和恶心，夜晚没有尽头。更小的时候，我梦见世界在坍塌，无论是桌子、椅子、门板还是石桥、山丘，甚至包括最深的大地内核，只要我落足其上，都会无一例外地陷落下去，我就一直在世界里那么飘啊、飘着，找不到任何坚实的存身之所。后来，当我稍稍强大的时候，我梦见自己撞翻了一列火车，世界为此向我索赔。

不知道蛇的出现是不是意味着欲望的最初萌动，但蛇带来了惊恐，它无法被光明清除。而那个坍塌的梦境一定是意味着没有归宿感，是精神无根的隐喻。与火车的对抗也许有自戕的意识？但生命力拒绝接受死亡。这一切都朝向一个关键词，那就是罪错。我是错的。

我做错了。我犯错误了。我是个错的人，有个错的性格，生在错误的年代和地方，有错的感受，长着错误的性器官，经常被错的念头占据。这是那个可怕的年代和可怕的环境所传达给我的一切。像《脆弱》中的韩波一样，我的血液里流淌着羞耻素。并不是真的做了错事，但就是觉得自己不对，内心充满了羞耻、羞愧，想一头撞死在大地上。

我没有放弃自己，没有在内心的风暴中彻底死灭，这是个古老的秘密，它并不只同我一个人有关，它与人类的基因链有关。像门格尔所说，人有对抗自己的先天语码，但也有与之抗衡的内在机制。我不担心自己会死，我对那古老的咒语和暗示充满信心。

他坐在红色塑料盆里，用胖乎乎的小手打着水，水溅在了我的眼镜上。

我小心翼翼地把喷头别在铸铁的水管上，把它卡稳当，不让喷头的滴水落在他身上，那水很烫。他随着我的动作观察了一番，说，别让那水烫着我。

我说不会的。我哪能让它烫着你呢?

他做了个结论说，你很细心，比妈妈细心。他三岁，可能还不到三岁。当然，妈妈也很细心，但你比她更细心。妈妈有时候就没有注意，结果那水就滴在我身上了，烫死我了。他一边说，一边拍打着水。所有的孩子都亲水。

我眼里潮潮的。毛巾落在他身上，落在那稚嫩的光上。童年的光和水光映在一起。

过了好半天，我缓慢地问他，有些事情只有大人才能懂，你怎么也会懂呢？我曾经问他什么是时间，他说，就是用钟表计算的东西。那什么是爱情？他说，就是像你和妈妈那样。他有一会儿没说话。在短短的沉默之后，他说，爸爸，其实我是个突发的人。

我以为我听错了。他不可能理解什么叫突发。那是不可能的。我问他，什么叫突发的人？

他低着头，面对着水。就是这样的，有的事情本来我不懂，但是突然就懂了。比喻说（他居然开始比喻了），你教我拿围棋子，可是我学不会，但是突然就会了。所以叫突发的人。

没有人能了解生命的奥秘，就像没有人能够真的了悟他的内心。

那主宰着我们的风暴往往不是来自周围，不是来自天空那阴沉的云朵，而是来自人类共同的记忆，也正是那古老的记忆激发着我们，给我们能量，给我们信心，给我们光。在蛮荒时代我点燃过火种，在洪水泛滥的时候我撑过一叶扁舟，我把敌人的头颅挂在了马鞍上。站在风吹草低的大地上，我曾经是无敌的，我对自己说，我的血对自己说，我曾经是无敌的，在同海藻、荆棘、猎豹与真菌的搏斗中，我曾经是无敌的。

所以，我活着。也决不会屈服。

十

一个自认为内心有火焰的男人，竟然对“清凉”这个词产生了迷恋和好奇，这也是一件奇怪的事。而所谓奇怪，一定是面对着镜子却看不透自我，看不透环绕在身边的一切，看不透迷雾。

游船在昆玉河上滑行，两岸的风景没有任何新奇之处，一切都是为假日来到北京的外地人准备的，包括表情厌倦的导游小姐。她似乎在昨夜多吃了腌咸菜，所以，她的脸看上去几乎没有舒展的地方。儿子抱着椰子喝了几口，就对椰子和风景同时感到厌倦了。他嘀咕着说，早知道我就把游戏机带来了。他说了两遍，于是我发现，沉浸在自我之中是不对的，我必须回到他所在的世界里，必须“陪伴”他——不仅仅是和他在同一个空间里，还必须和他一起感受，一起表达。我不能偷偷潜入自己的内心时间，把他孤零零地抛弃在这条没有丝毫美感的游船上。我踢了踢前排座位底下的蓝色布袋，问他，那里面橙黄色的东西是做什么用的？他想了想，提供了几个答案，其中一个是堵漏用的——他也许有一点害怕船会沉下去。人们总是很少向他人透露自己的恐惧，被人了解到内心的恐惧，也是一个人所能遭遇的恐惧之一种。我记得以前每次在长江上坐轮渡时，总会担心庞大的渡船漏水倾覆，总是忍不住要想，如果船翻了，我到底有没有能力从冰冷的江水里救出我心爱的女人？那时，我就会看她一眼，眼睛里充满了爱怜，而她对我内心的恐惧一无所知。

在一番思考之后，儿子终于找到了正确答案，那是救生衣。他问我，为什么救生衣一定要是橙黄的？我说，那是因为橙黄是特别明亮的颜色，容易辨认。穿着橙黄色救生衣的人更容易被发现，相反，如果你穿着蓝色或黑色的救生衣，就很可能与水的颜色混淆起来。他心悦诚服地哦了一声。他一向自诩为色彩大师，想必他是很容易就想通这个问题的。

为了不让他感到无聊，我四处寻找问题。我指着顶棚上闪烁的光斑问他，那是什么？他略一思索，说道，是反光吗？我笑着点点头，又问他，为什么反光会闪烁？他说，那我可就不知道了。我告诉他，因为水面在波动，从波动的镜子里反射出的光线自然也就在波动了。

游船到达了玉渊潭公园，那里花事盛大，到处都是高大的洋槐，满树的槐花筛下了光斑，也筛下乳汁一样的香气。我记得《脆弱》的第一段就是从槐花开始的："五月是哺乳的季节。槐花和尘土喂养着这个庞大的都市。"而这个开头的潜文本是艾略特的诗句，"四月是残酷的月份"。不知不觉，我又"离开"了他，走到了别的地方，我的世界到处都是交叉小径，而迷失，竟已成为一种习惯。和他不同，他的眼睛所看到的一切会抵达内心，而我所看到的事物会通往记忆，通往他人的记忆，通往我所能了解的人类共同记忆，并在那里激发出粼粼的波光。

这样的走神儿是灵魂的逸出，是对时间强制性的超越，对此在的背叛。我不在这里，不在你所能观察到的世界里，不在你所在的地方，既不在一朵花的精神里，也不在一只鸟的弧线上，我在此刻和彼刻间飘流，在以太里穿行。如果我能够停留在一个地点、一个呆滞的时间里，我就会是纯洁的和本真的，就像孩童那样完整，实际上，在每一朵花瓣上都有我心灵的翅膀。我不是太阳，是光的碎片。

十一

我失眠，昼夜颠倒，所以，我忽然拥有了许多个早晨。

我是楼下的早点铺里第一个吃早餐的人。在这个安静的小区里，似乎只有三种人是像我这样作息的：小姐、作家和联防队员。在吃早餐的时候，我发现在清晨的光线里，那些一动不动的阔叶树有一种静谧的美。这种美，我在广场上的灯柱、石头的地面和微秃的天空上也见到过。

鸟在头顶上叫。那么多的鸟，不知道它们的巢在什么地方。虽然有很多树，但从来没有看到过鸟巢。在我看影碟或下棋的时候，总是先听到鸟叫，然后才觉察到清晨的来临。坐在水泥墩上，我看到合欢树下有一层细细的白霜，俯下身去，用手摸一摸它，发现它是柔软的。昨天下午，从林荫道上走过的时候，我就发现了树下的这层白霜，这让我惊奇。难道合欢花有两次开放吗？先是细小的白色花蕊从花蕾顶端飘落下来，然后才是粉红色的绒伞？我和这花儿相处了这么多年，却一直不了解这一点，这让我震惊。难道树也和人一样，有着洋葱一样剥也剥不完的秘密吗？我跳起来，拉下一根树枝，白霜落了我一身。我看到对生的树叶上有很多极为细小的黄色小虫子，那白霜竟然是它们的粪便！

法国电影里永远有滔滔不绝的台词，也永远有看不厌的面部特写。苏菲·玛索总是让我着迷。童年的她一定经历了很多不幸，眼睛里才沉淀了那么浓郁的忧愁，再也没法融化掉。她笑起来的时候，就像合欢花在朝阳中爆裂，看着那笑容，一个乞丐也可以幸福起来。她太美了，所以没人给她好的剧本。有她的脸就够了，如果还觉得平淡，还可以让她褪掉衣衫，她有很美的乳房。她脸部的每一个细节都是美的，能感觉到导演在通过摄影机的镜头抚摸她。他竟可以这么做。用光线和镜头抚摸苏菲·玛索，我猜这是很多男人立志当导演的原因。

我对色彩和声音都有很好的领悟，但我最终选择了文字。很多年前，我画了一幅水墨画，叫《朝向天空的旅行》。那段日子，一种内心的焦渴让我辗转反侧，于是去买了毛笔和墨水，一点功底都没有，就在宣纸上涂抹起来。为什么一定要朝着天空去呢？这么些年过去了，我还在跟天空过不去，也许，我是想到天上去偷几块蓝颜料？

许多日子，内心会有声音。后来，那声音消失了，变成了某一段熟悉的旋律。最近经常响起来的是郑钧的歌：夜空的花散落在你身后，幸福了我很久。我在今天早晨找到了原因——它触动了我内心的秘密。硕大的花朵迎面扑来，从黑暗的天空兜头扑下，仿佛要把她和我带入幻境。这是内心的秘密，它一直潜伏着，像一粒幽怨的种子，像一粒阴暗的又有点幽默感的种子，它不急不恼地安睡在我心中，等待着一首歌来唤醒它。

一个人在你心中留下了多深的痕迹，取决于你们共同拥有多少秘密。那些瞬间为什么可以在时光里永远栩栩如生？诗人们为什么要捍卫“现在”？对彼岸的怀疑让人始终活在回忆里。

我和你去摇动那棵海棠树。是海棠吗？也许是别的什么树，到底是什么树，那根本就不要紧。我和你不约而同地去摇它，于是花瓣和雨水一同洒了下来，我们哈哈大笑。这个过程漫长而缓慢，在无限细分的时间里，如同一生那样漫长。你可以想象一支箭，想象芝诺的乌龟，也可以想象一首传唱千年的史诗。我们的手伸出去，在手的周围，空气因为被搅动而发出轻微的啸叫。最先是中指和食指，然后是手指肚和手掌，它们和粗糙的树枝有一次短暂的接触，虽然短暂（我在寻思，“短暂”这个词到底是什么意思呢），树皮的粗糙和雨水的潮湿却闪电一般掠向大脑。树冠抖动起来，它先是向后退缩，但很快反弹回来，接着又退缩并且再次反弹，它在空气中反复摆动，紧张而富有节奏，带着某种神秘的快意，并且筛下了花瓣和雨水。我和你的目光碰到一起，我们笑起来——从现在听过去，听不到任何声音，但关于笑的记忆是那样新鲜。

除了记录下这样的一些瞬间，我不知道电影还可以做什么别的。

生活里到处都有秘密。鸟巢，合欢树下的白霜，你眼里的忧愁，手臂上的伤痕。到处都是秘密，却无法了解和领悟。只有最狂妄的人才会说，宇宙也不过是一小段编码。奇怪的是，严肃的物理学家也会相信，人类最后能够用一个非常简洁的公式讲述世界的全部原理。这是可能的吗？

我失眠，可能是因为我很久没有写东西了。我这么想。

十二

“我被置于两个熟悉的名字中间而长眠”，我想大量喝水。

我因为出汗而想喝水，我因为干渴而想喝水，我因为内心蠢蠢欲动的火焰而想喝水。我准备戒酒，开始喝茶，这可能是一个美好而洁净的开始。我在凌晨三点开始喝酒，半杯杰克丹尼斯之后，我又喝光了半瓶葡萄酒，但还是睡不着，于是整个白天里，我的手脚一直麻痹。这不是一件好事，我被自己假想的癖好困住了：问题是，我真的需要喝那么多酒吗？或者那不过是一个可笑的姿态？我不想变成杜拉斯那样的酒鬼，在年老的时候只剩下回忆与鹤发鸡皮。有时，我觉得可以控制自己。

睡了三个小时，然后起床跑步。一辆深蓝色的桑塔纳从旁边开过，引擎盖上粘着几朵昨夜凋谢的合欢花，花的四周有雨水的痕迹。我跑过城市的边缘，从老头和老太太中间一晃而过，但是蔷薇花已经踪影全无。当你突然想起来要跑步的时候，蔷薇花已经开败了，你又能怎么样呢？任何鸟的叫声都无法治愈你。

蹲坐在马桶上看报纸。因为卫生间没有窗户，我只能看报纸。我喜欢带窗户的卫生间，从马桶上可以看见天空，那时候的天空往往是最美的。你可能在路上忽略天空，坐在马桶上却决计不会。你能看见最白的云和最蓝的绸缎，你能望见童年的蹄印，从而在一个瞬间滑入往事的河流里。而在没有窗户的卫生间里，你只能打开一张报纸，假想着不属于你的戛纳和伍迪·艾伦，而昨夜偶然看到的莎朗·斯通也跳了出来。她仰头大笑，身体从米黄色的裙子里跃跃欲出。那女人真粗俗，粗俗而美丽，就像美国本身。只有美国才会养育出这种粗俗而美的女人，这种尤物。

水开了，我开始泡茶。看不到你让我忧伤。我在洗杯子的时候想，如果你问我为什么，答案只可能是，因为看不到你让我忧伤。我看着那个标签，想着它的配料是玉米、黑麦、麦芽、酵母和水。

我喝水。他说，“在不动的光里我动着双唇”，而我想讲的话并没有讲出来。我在早晨读这本诗集，感觉芳香渐渐回到了我的身上。

十三

今天我要拿到《水果》的样书了，新鲜的、干净的、刚从印刷机上摘下来的书。一本新书真像一片刚刚摘下来的树叶，从叶柄处散发的气息让人心醉。

不过我现在一点都不激动。等到书终于印出来的时候，写作的快感已经被消耗殆尽了。好的东西都是特别容易消磨的，比如爱情，比如黎明四点的天空。天空最美的时候只在行将破晓的那一瞬，那时的蓝色丝毫不张扬、不炫耀，蓝得那么内在和沉静，接近年轻的黑。我想了好一会儿，才想出来怎样描述那种蓝色，对，就是年轻的黑。我觉得黑色在年轻的时候一定是那个样子。

屋子里乱糟糟的。如果不是有一份工作拖着我出门，我会以为自己正在腐烂。被迫出门的感觉真好，是走向生活，走向生命里最粗糙、最真实的部分，走向浑浊和重，走向无法自主和夹起尾巴做人。在照排车间里，看着各种各样的脑袋在电脑前忙碌，看着或新鲜或疲倦的微笑在闪烁，看着漂亮的同事一晃而过，我能想起自己也是客观的存在，有重量和体温，有可以触摸的轮廓，我“锈色可餐”的脸会让人想起一首老旧的诗歌。在人群中，我不那么自在，所以也就不那么恍惚，我会觉出饥饿和愤怒，也就是说，活得基本像个人。相反，当我在深夜突然发奋读起书来的时候，当我听着鸟叫却不可遏止地想要写点什么的时候，我仅仅是一个灵魂，轻飘、虚浮，一阵风就能把我吹走。

我现在特别怀念一种时刻。那时儿子还小，还在上幼儿园，到周末才能回家和我们住在一起。周六或者周日的上午，我还在睡觉，他就已经玩了好半天，以至于感到了无聊。他会一遍又一遍地跟他妈妈抱怨说，我真无聊，我真无聊。他每隔半个多小时就要蹑手蹑脚地走到卧室里，看我是不是已经醒了过来。他摸我的脸或者头发，轻轻地叫我，他想要我陪他玩。我会从睡梦中短暂醒来，迷迷糊糊地冲他笑，有时抱一下他的大脑袋，有时温和地叫他的名字，请他让我再睡一个小时。他总是非常体贴、非常爽快地答应我，并且继续去玩他的积木，或者听他那听了几百遍的儿歌。但在一个小时后，他会再次进来摸我的脸，他告诉我，十一点已经到了，你该起床了。他喜欢我醒着，喜欢跟我在一起做任何事。现在我非常怀念那不断被打断的睡眠。我能想起儿子的小手摸在脸上的感觉，就像一滴无心的露水，像飘下来的一片羽毛。现在我可以放心地睡觉，却往往睡不踏实。他在别的屋子里，握着他最喜爱的游戏机，我怅然若失。

曾经不顾一切地寻求自由。我愤怒地说，自由，这是我唯一需要的东西。于是我自由了。接下来的问题是，我用自由来干什么呢？我是比卡夫卡自由，比凡·高过得好，我可以自由地支配自己的时间、金钱、身体和智力，然后我感到了虚空。你离开大地的时候就虚空了。所以，朝向天空的旅行几乎就是朝向虚空的旅行。无所事事的时候，喝醉了坐在电线杆下面的时候，我觉得捡破烂的乡下女人也比我快活，因为她充实，她的生活的每一个部分都是坚硬的，不会被肢解，不会变得没有意义。我有了自由，却丧失了意义，这种自由实在太过浅薄，太表面化，太不人道。人也许并不需要那么多自由，就像不需要那么多食物和睡眠一样。

现在我打算睡觉。在睡着之前，让我回忆一下自己做过的事情。看了黑色电影《钢琴教师》，是分两次看完的。在网上搜索了有关《钢琴教师》的资料，知道那个女演员叫伊莎贝尔·于佩尔。我在想，如果这个会弹钢琴的老女人爱上了我，我就算彻底交待了。我可没有那个男学生的力量和勇气。他抽她，我不行。看到女人鼻子流血，我会发疯的。翻读了一下棉棉的新书《社交舞》，发现她结交的都是名人。她喜欢参加各种各样的派对。“17 岁至 25 岁之间生活极其动荡”。这一点很像尹丽川，大三的时候她和一个英国 DJ 谈恋爱，“过了一段疯狂而且荒唐的生活”。女人在动荡和荒唐过后，往往就要开始写作，当然，我指的是中国女人。我见过棉棉和尹丽川的照片，尹丽川比棉棉漂亮，于是就变成了下半身，而棉棉还停留在半真半假的美女作家阶段。女人写作起来比较方便，但也因此不那么幸运，男人读她们的书，太容易就想到她们的身体，这真是不幸。看了棉棉的文字和照片后我就想，她要是爱上我，我可就彻底交待了。

我还在清风下过一盘围棋，对手是个韩国人。下到后半盘的时候，他不知怎么就掉了，于是我也就退了出来。我的空不够，如果再不跑，就只能认输了。

十四

那些合欢终于死了。

说到“死”这个字，内心有折裂的声音，仿佛树木在狂风中爆炸一般。

那些合欢，那些陪伴我多年的植物，那些美丽的绿化树，终于被一种不知名的虫子杀死了。从此，在我的房子周围，在清凉而孤独的夏夜，不再有隔世的花香像精灵一样飘浮，不再有绒伞飘坠的凄艳与忧伤，我和我的过往岁月之间，一根隐秘的线也彻底地断了。

我感觉到自己的生命在走动，走向一个我不能准确说出它名字的地方。高中时期，我曾经在早读时爬到楼顶看日出，眺望冲积扇上那些遥远的树。那时，我和世界之间仿佛初恋一般，有着轻烟一般隐约、泉水一样甘甜的对话，无论看到初升的太阳还是看见雨丝飘落，总能在内心激起波澜。随着日子过去，随着光线从东到西的移动，随着爱的到临和消失，随着那些美好的身影融入天幕，一种坚硬无比的东西开始在血液中沉淀下来。坚硬的疼痛，坚硬的仇恨与反感，坚硬的怀疑和厌恶，让我和世界反目成仇。我躺在世界的怀抱里，却和它有着深深的仇恨。我的床上堆满了坚硬的荆棘。

我到底做错了什么？我让合欢树伤心了？这样深的爱，这样锐利的痛苦，难道还不足以让她了解我吗？还不足以留住她朝向死亡的脚步？最后的叶子枯黄了，轧路机的声音在夜里空空地响，无论什么歌声都无法抵挡它。我的心里铺满了沥青。我知道，那些合欢的死是我的过错。我放过了她。我放过了她。我放过了她。在这个充满了离弃的世界里，任何疏忽大意、任何漫不经心都会带来死亡。

我会在坚硬的绝望里期待复活，与我的合欢一起。在一个也许人世之外的地方，我和合欢生活在同一片土壤里，在骄傲的光芒中嬉戏。

2004 年

| 第五辑 |

似乎不能穷尽的蓝

我欲不悲伤而不得已

恍惚中听到窗外有雨声。我翻了一个身，接着睡，但是一阵清冷的风从窗户吹过来，让我感觉到凉意。电扇呼呼转动着，电扇的风是粗硬的，而从外面吹来的风是绵软的，当两种风吹在我的身体上时，我能分辨出它们的不同。

我想拉过一点儿什么东西盖住我自己。我怕冷，我又懒得动。我不想从梦中醒过来，我总是需要大量的睡眠，否则我醒来就什么也干不了，下棋的时候连普通的死活都算不清楚。有时，我睡觉的时间超过了实际的需要，就像我的悲伤超过了生命的需要一样。我侧过身，让自己蜷起来，像雪中的一条狗，心里突然就有一股悲伤的泉水涌了过来，整个人在刹那间变成了一缕阴暗的光线，吹拂在苦涩的大地上。

许多日子，莫名其妙地，血液中的悲伤会上升，会在月光中开出花朵。

我曾追问这悲哀的来源，追问这不可命名的伤痛从什么时候侵入我的身体，并做了那里的常客，但是没有答案。有时我能从自己的眼球感受到它，当我看着别人时，我能见到秋霜从对方的面颊蔓延开来。

一个人过早地读书，会不会是悲伤的起因呢？我在很晚的时候，几乎快把所有的书读成一本书时，我才发现读书并不是所有的时候都是有益的。弱小时不该读《茶花女》，迷惘时不该读卡夫卡，情窦初开时不该读李商隐和杜牧，而我刚好做了这一切，我做得更多，我所读到的东西根本不是我能了解和驾驭的，书页里的事物胀破了我。我记得自己是那样善于从书里吸收悲伤的东西。当那个公子哥儿在玛格丽特冰冷的身体旁呼唤着情人的名字时，我哭得比一条大河还要凶猛。每当悲伤在书里书外浮动，我的每一个毛孔就会张开，我会像一条章鱼一样，把悲伤一滴不剩地吸进自己的胃里。我消化它，把它运送到红细胞和白细胞里，它们像纳博科夫的蝴蝶一样在我的身体里翩翩飞舞。

死亡，还有死亡。那种恐惧和悲哀，我无法了解的生命边界。我最疼爱的侄子垂死时，道士在他幼小的身体上画各种符咒，灌他喝奇怪的水，泡着香炉灰和纸灰的水，然后他的皮肤慢慢变青。那时我上初中，我在大哥的屋里四处走动，幻想着我能够吓走死神，我以为一个身负使命的人是能够驱赶死神的。我错了。

我家的村子很小，几乎每年都有老人过世，所有的孩子都会去看葬礼，盛大的、隆重的、铺张得没有必要的葬礼。那有时不大像葬礼，倒像是一种狂欢。死亡把亲戚、朋友甚至仇人都召唤到一起，有人在哭，有人磕头，有人在一旁说笑。粗大笔直的抬棺材的“老龙杠”竖在一边，坟坑已经挖好，有人从远山上打回了猕猴桃的藤，它黏稠的汁液会让坟上的黄土更为板结。那场景总是让我发抖，但我不好意思走开，因为所有的孩子都在看，并且面带微笑，于是我也面带微笑，我也看，我的眼神里应该只有恐惧。没有人把我拉开，因为所有的人都在尽着自己作为狂欢者的职责，没有人告诉我死亡是什么，为什么一个活生生的人会突然从世界上消失，从此生活在土里。我爷爷躺在石灰里，他没来得及刮掉的胡子仍然翘着，他为什么要走？他不是一向认为我很乖吗？他不是认定我会很有出息吗？他为什么要走呢？他迈着蹒跚的步子带我去放牛，他站在河堤上的样子我还记得，我淘气时他愠怒的表情我还记得，可是，当我半夜被母亲从梦中叫醒的时候，他怎么就不再是“人”了呢？

每年清明节，家家都要上坟，给祖宗烧香磕头，农历七月十五日要给祖宗烧纸钱，除夕前的下午，要到祖坟上辞岁上供。我在纸钱做成的“包袱”上写各代祖宗的名讳，我从没见过的祖宗的名讳，我写了又写，从这家写到那家。我磕头，我磕头，一年又一年，我的新裤子旧裤子的膝盖处总有新鲜的泥土。死亡从来都是我生活的一个重要部分，甚至可以说，死亡从很早开始就是我迎风成长的背景，我是从死亡中长出来的一棵树，没有名字，靠天空的颜色和风过活，靠深夜的水声和梦境过活，我活着是个奇迹，我能讲述这一切是奇迹中的奇迹。

也许，我祖先的血液中就有悲哀的种子，谁知道呢？

也许，我的父亲把那悲伤的火烧进了我的骨髓。

总有一天，当我的身体消失，当我的脸消失，当我的眼神消失，当我疤痕累累的皮肤消失，当我的骨和肉消失，当血液和其中的酒精消失，当神经和其中的语言消失，那时候，也许只有悲伤留了下来，在天空和大地之间，在风的深处，你能看到它在人世的光线下闪着别样的光泽。

2001年

狗是两种动物

小时候住在农村，很喜欢养狗，关于狗的记忆非常深刻。有一件事一直记得很清楚。家里的母狗下了两只幼崽，一只黄色，一只黑白花。与乡下土狗不同的是，这两只小公狗姿色绝艳，浑身披满长长的卷毛，很招人喜欢。后来有一天，黑白花被发现淹死在了水井里。晚饭的时候，母亲炖了一小锅香喷喷的肉汤，饭上桌子的时候，母亲告诉我那就是黑白花。我既惊讶又难过，内心极度矛盾，但还是勉强吃了几口。一方面，那时家里的确极缺肉食，能吃到一口肉是非常难得的事。另一方面，我担心母亲讥笑我，因为在农村，不吃自家狗这种“做派”是很可耻的。

乡下的土狗，从来没有享受过什么人道的待遇。除了断奶时偶尔能喝几口米汤之外，绝大多数时候，土狗都要自谋生路，它们的“主食”其实就是孩子们拉在地上的粪便。虽然乡下人对自家的狗也有感情，但是，一旦需要狗做出某种牺牲的时候，他们从来都不会犹豫。过年的时候杀狗吃肉，或者趁价钱好的时候把狗卖给狗贩子。别人家的狗如果偷吃了自家的猪食，则会毫不留情地将它打到残废。狗的这种鸡都不如的卑贱形象，一直烙在我的脑海里，以至于当我后来进了城，看到城里人把狗当成家人一样看待，很久都不适应。在城市里，宠物狗有着明确的社会身份，它们会被登记、被细心喂养，定期打疫苗，遇到心理问题还会得到抚慰。一旦丢失了，主人会重金悬赏，甚至不惜以一套房子作为代价。狗在城市里所享受的这种待遇，其实比很多贫困地区的孩子高得多。这种社会现象堪称奇特，但它同时又是那么“自然”，没有人会觉得让狗享受人的待遇有什么不妥。

一方面是卑贱的、自生自灭的生物，另一方面又是高贵的伙伴、人类灵魂的忠诚密友。狗的这种双重性，反映出社会文明的渐进性和动物保护的复杂性，由此导致的社会矛盾几乎无所不在。爱狗人的“狗权至上”观念及生发出的诸多行为，经常给他人带来严重不适。我曾经在小区的电梯里看到，有人贴字条提醒养狗人看护好自己的宠物，别让它吓着孩子。但有人反唇相讥说：是你家孩子吓着我的狗宝宝好吗？这种把狗的尊严和权利置于邻居之上的做法，在城市中有着一定的普遍性，也最容易招致反感。同样的问题，在拦车救狗现象中也有充分体现。城里人满怀热情，从四面八方赶来拦住运狗车，拉狗的司机几乎感到了巨大的眩晕，他从乡下运过来的本来是一车肉食，进入城市之后却变成了一群不可冒犯的天使，还有比这更骇然的事情吗？围绕狗的两种文明如此激烈抵牾，导致原本清晰的伦理界限彻底坍塌，社会局部也由此患上了精神病，其表现是，赞成救狗和反对救狗的人完全无法对话，其矛盾也无法调停。取胜的，当然只能是强势的那一方。

不过，狗的双重性也给拦车救狗行为提供了某种合法性。从“重庆救狗事件”看，运狗车上不仅有从乡下收来的土狗，竟然也有打着耳标、身价不菲的宠物狗，甚至还有藏獒。大部分运狗车虽然都有合法手续，但在检验检疫方面有颇多瑕疵。尽管货主们在法律上是那些待宰狗的所有者，但他们并不能全然证明狗的合法来源。实际上，有不少狗都是从乡下偷来的。只要货车上有一只狗来源不当，或者有一只宠物狗，或者有一只狗未通过检疫，则拦截运狗车就可以被视为对违法行为的制止。只要这种制止不超过法律允许的限度，并且由执法部门接手处置，拦车救狗行为就具备一定的正当性。

狗的双重性，吃狗肉的道德违禁色彩，让狗肉产业链注定带有灰色特征。人们都见过猪肉上的蓝色印戳，但有人见过狗肉上的检疫标志吗？染病的家禽会被防疫部门统一扑杀，但谁又了解病死狗的去处呢？被用于食用的狗，绝大多数都不是专门养殖的，而是从乡间零散收购来的。这些狗出处不同、健康状况不同，却只要用一张检疫证就可以集中贩运到外省宰杀消费。那些喜欢大啖狗肉的人，只来得及品尝违禁的快感，根本就没有能力过问狗肉的品质，更遑论倒查其来源了。而所有参与这个产业链的人，谁又能说自己是完全清白的呢？拦车救狗把这个暧昧的产业链曝光于公众的注视之下，让整个社会都清楚地看到，狗肉除了“滋补”之外，还隐藏着极大的安全风险，这倒也算是一桩功德。

如果世界上只有卑贱的狗，拦车救狗就是对他人权利的无礼冒犯。而如果世界上只有高贵的宠物狗，则拦车救狗就光荣正确。狗的双重性，让道德和法律都处于尴尬的境地，拦车救狗也有了极大的争议空间。在民间还有着很大狗肉市场的情况下，拦车救狗行为面临的最大困境倒不是法律依据不足，而是它的“自噬性”。把所有土狗转化为宠物狗，需要极其昂贵的人力和花费，这几乎是不可能完成的任务。重庆的志愿者把一千多只狗救下来之后，并没有成功地改变它们的命运。有的狗死掉了，更多的狗处于悬搁状态，前景堪忧。狗是两种动物，由两种生活方式和两种截然相异的文化所定义。如果你不能让所有的狗都吃上狗粮，你就不可能完成狗类的全体拯救。而在理想的状况出现之前，拦车救狗充其量只是一种文化碰撞、一种价值启蒙。它的意义，不在于到底救了几条狗命，而在于推动了怎样的文化改变。

2013 年

夜翻家谱

在父亲的书柜里找县志的时候，看到了一卷老式的书，不用猜，那是家谱。

十多年前，一帮蔡姓老人组织重修家谱，据说他们跑了好几个省，才大致摸清了旧谱之后蔡姓族人的迁徙繁衍的情况。新谱依旧是木刻本，字体古朴，不少词句并不是很准确。我拿在手里的是彦五公这一支族人的分谱，总谱听说一共有十多卷，父亲一直想买，但因为种种缘故，没能如愿。

据父亲讲，这一脉蔡姓的先人原本祖籍山西，后来到福建做官，退休后，带着家眷北上归宗，但走到蕲春这一带，不知怎么就不走了。那时候的蕲春估计还是蛮荒之地，很难明白先人到底看中了这里的什么，也许是漫山遍野的大树，也许是一脉好风水。可惜，从后来的情形看，那位老祖宗的选择也许并不怎么高明，他的子孙中鲜有出人头地之辈。彦五公也许是个例外，家谱第一页写着他当过建昌府通判，大概就是江西某个基层法院的院长，不过好歹不是白丁了。他死之后，不知为什么出现了两座关于他的祖坟，两支族人都说自己那边的坟才是货真价实的。从这个方面看，彦五公的后代似乎不太团结，而且在史学与诗学两者之间，更偏爱后者。彦五公的后代还有一支迁到了陕西的白河县，大概是一路乞讨，走到了鄂陕交界处，就在那里扎了根。据说，那一支族人里出了不少进士和举人，也不知到底是真是假。

从家谱上看，彦五公之后的几代里，蔡姓家族的人丁非常不旺，往往一家只有一两个男丁，不少男丁还早早地就夭折了。问问父亲，他告诉我，族人原本居住在西山口的南侧，而村子现在的位置，过去则是一块泉眼密布、长满了巨大樟树的荒地。不知道过了多少年，族人发现山南的风水不好，不发人，于是砍掉了不少樟树，迁到了两山中间，在房子下面用木头架地龙防潮，这才人丁兴旺了一点。为了证明风水的重要性，父亲告诉我，我家东屋的位置上曾经修过彦五公的祖祠，挖地的时候，从毛谷石里往外冒血，估计是挖断了龙脉。那几年里，忠字辈的人接连暴毙，有时连抬龙杠的人都凑不齐。祖祠虽然勉强修好了，村子里却始终不得安宁，可能是请教了风水先生，最后把祠堂迁到了村子背后，这才又恢复了男耕女织的生活。

以前给孩子起名字一定是要请教先生的，所以，那些名字大致都很古雅，比如一龙、一麟、一凤三兄弟。看着那些生疏的名字，读着名字旁边寥寥的几句话，长子、次子、生辰、卒于何年及葬于何处，根本就无法唤起生与死的感慨，似乎他们从来就没有存在过一般。那时候，没有公路和铁路，没有电话，只有河水不分日夜地流淌，山歌在暗夜里像花香一样寂寞吐放。他们在白天侍弄庄稼，夜里，当灯草烧掉一截的时候，他们已经用木盆洗干净了自己，抱着女人温软而疲劳的身体入梦。在晨与昏的交替中，在黑翅凤蝶和萤火虫的飞舞中，他们的生命不知不觉走到了尽头，然后就是黄土之下沉沉的睡眠，是纸钱和香火。他们也曾是活生生的生命吗？从来没有被讲述过的生命是不是仍然是生命？唯一能够证明他们存在过的证据就是家谱及褪色的故老相传。而所有的女子在家谱上都没有名字，她们与门庭前的野花没有什么不同。

有个叫忠欲的祖父辈，在家谱上受到了格外的对待。他名字下面的赞语特别长，大致是说他孔武有力、生性豪爽、热爱结交。我向父亲求证，他说，这些话都是我那个负责修谱的堂兄写的，不过大致也是实情。忠欲公天生神力，抬大石条的时候，这边要用好几个青壮劳力，那边却只用他一人就行，他若是一使劲，还能把这边的人都压倒。冬天过河的时候，别人都要脱鞋、卷裤脚，他干脆就用两手倒立着走过河去。父亲还能依稀记起他的样子。至于他到底都有些什么事迹，却又语焉不详。

翻到家谱的后面，能看到我自己的名字。我是传字辈，名字叫传宗，看到这个陌生的名字，我不禁笑了起来。谱上刻的话不多，父亲却用小楷在后面添了不少字，把他引以为自豪的那些东西都写了上去，比如考上了北京大学，又比如留在了北京工作。不知道他写那些字的时候，心里是不是略有些失望。按照他的愿望，我是应该从政的，可我对政治的热情曾一落千丈，于是一头扎进了文字里。等到市场经济大浪淘沙的时候，我又没有及时跟进，眼见得发达无望，一生注定会成为普通人。我自己倒无所谓，我已经很满足了，经历了那么多喜乐悲欢，在短暂的年月里体验到了足够多的生命风暴，知道什么是荣誉与虚荣，也比家谱上绝大多数人要幸运，而且还能够用文字讲述发生在我的肉身与灵魂之间的许多事情，把我最珍贵的财富传达给别人。我难道不应该满足吗？可是，在我的身后还站着很多人，我并不仅仅是我自己的，那些责任让我沉重，让我步履蹒跚，不过，那就像风筝的线一样不可或缺。我之所以没有被风暴卷进深渊，就是因为那根线。

活得很重，但是活在大地上。

2001 年

小鸟会害怕松鼠吗

站在几十米高的悬崖边上，望着脚下清澈幼嫩的海水，心里一直在犹豫是跳还是不跳。父亲在不远处劝我放弃，他运用在电视上看来的重力学知识，再加上自己的推测，告诉我跳下去一定很危险，对身体尚未发育的小孩子就更危险。他似乎知道，我在做危险活动时总喜欢带着儿子。

海水很诱人，我从未见过那样的海，那么透明。沙滩上，一只老虎和一只豹子在吃一条鱼，那条鱼非常性感，身上有黑白相间的横纹，皮肤上闪烁着水光，每一根肌腱都活跃着思想。老虎和豹子似乎没有注意到我，或者是因为我饲养过它们，让它们完全丧失了警惕和愤怒。但走在它们旁边，我心里仍然隐含恐惧。

这就是我回北京的第一个晚上所做的梦。

家乡的天空一如既往地湛蓝，北京的空气一如既往地糟糕。我动身那天，野菊花忽然大规模开放，从门前的篱笆到旁边的小山上，到处都是黄色的精灵。纯正的黄，比所有的色情片还要黄。黑豆一直懒洋洋地躺在台阶上，躺在阳光里，对什么都不感兴趣，仿佛知道我又要走了。张楠说，她从早晨就发现了黑豆的异常。据母亲说，我九月初从老家离开后，黑豆一整天都不吃不喝。没人知道一条狗在想些什么。

去年秋天，我和张楠回老家，在院子里看见一只黑色的小狗崽。它在秋天的初寒中瑟缩着小身子，试图找点什么吃食，又随时警惕着危险。它知道这院子里有两个大嗓门的老人，动不动就挥舞着竹竿向它扑过来。我不知怎么就喜欢上了这个小东西，不顾父母的反对收留了它。它很乖巧，吃饱了就安静地睡在张楠脚边，高兴的时候还敢咬着父亲的裤脚撒欢。我用稻草和砖头给它做了一个窝，但夜里忽然听到它在窝里呜呜叫，似乎在想念什么。我起床，把它从窝里抱出来，对它说，你想找谁就找谁去吧。它沿着门前的小道一溜儿小跑，到桂花树下就停了下来，拉了一泡屎，又乖乖地回到我的脚边。我把它讲卫生的故事讲给张楠听，把她感动坏了。她说看着这个小玩意儿总会想起黑眼豆豆，于是，它就有了黑豆这个名字。

夏天的时候，黑豆生了五只小崽子，瘦成了皮包骨。我回家看到它的时候，差点要给联合国难民署打电话。母亲解释说，黑豆被我和张楠惯坏了，总想吃肉和骨头，给它白米饭都不吃，实在不符合狗的身份。我赶紧让大姐夫从漕河买了几罐过期奶粉给送过来。没想到小狗崽们竟然很喜欢奶粉的味道。喝了几次肉汤，嚼了几块骨头，黑豆的身体也慢慢有了起色。这次回家，五只狗崽只剩下一只，其他的都被父亲送人或扔掉了。留下来的是一只小公狗，很淘气也很神气，尾巴卷成一个小圆圈，成天不是和它妈妈打闹，就是欺负那只小猫。父亲说，它的名字叫黑豹。我坏笑着对张楠说，那好吧，那只丑猫就只好叫唐朝了。

早晨父亲打电话过来，说家里下小雨了。我没好意思问黑豆的情况。它只是一只狗，你可以惦记它，但不能公开谈论。在我老家，关心一只狗和谈论一只狗都是可耻的事。

春天的末尾，我有了个女儿。这次回老家，她刚好满半岁。在院子里，她晒着太阳，看小狗和小猫打架，听大公鸡每隔一个时辰就仰天啼叫，目光追逐着蝴蝶从一朵花到另一朵花。犯困揉眼睛的时候，我抱着她到旁边的小山岗听鸟叫，看阳光从树梢投下斑驳的影子。她很快就倒在我的肩膀上，沉沉睡去。在她还不知道什么是幸福的时候，我已经替她感到幸福了。在她还对世界一无所知的时候，她已经从古老的世界领受了恩赐。无论在阳光还是阴霾中，她都那么美丽，但在温煦的阳光中，她格外惊艳。

回家的第二天，张楠按惯例给她喂了一点米汤和小半只蛋黄，没想到她竟然吐了我一身。没有任何预兆，也看不出丝毫不适，她忽然就吐了。整个天空似乎都在那个片刻抽紧了。我担心了一夜。第二天一早，让母亲备了鞭炮和纸钱，几个人带着孩子去祖坟上烧香。我恳请爷爷、奶奶和外婆照顾这个新来的婴儿，不要吓唬她，也别让其他的东西吓唬她。我跪在茅草上，跪在潮润的泥土和石子上，跪在一小片疑虑的阴影里，祈求来自另一个世界的安慰。小山上到处都是疯狂的野草，墓碑隐藏在树影里，斑鸠在远处咕咕啼叫。在那样的时刻，我和故去的亲人总能够悄悄对话。

女儿很快喜欢了这个家，活蹦乱跳，欢天喜地，整天和她奶奶嘀咕个没完。她说话的样子珠圆玉润，逗得奶奶大笑不止。真好玩哎，真得人疼哎，她奶奶总是这样感叹着。她让孙女儿抓她的手，她们的手相握的时候，我看得是那样惊心动魄。不用看她的银发，不用看她脸上的皱纹，只看她的手，就能了解她的一生有多么艰辛。每一点细微的快乐，对她来说都是无垠的。

回到北京之后，女儿并没有像我担心的那样表现出不安。我坐在床边看着她，不知道心里想了些什么，但张楠感觉到了异样。她用女儿的口吻问我，爸爸，你为什么那么忧伤？

在家里待了十多天，只下了一场雨。下雨的时候，我独自躺在漕河君悦酒店里，怎么也睡不着。那天晚上见到了胡荫华老师，我没想到他已经八十二岁高龄了，更没想到他待人那样谦和。我为自己的怠慢感到深深不安。胡老师介绍我认识了陈新亚，是蕲春籍的书法名家，最近抛下了事业和城市生活，在三角山盖了一座房子隐居，真是羡煞我也。看他的书法作品，飘逸灵动中兼含圆润冲和之气，似乎并不以技法骄人，但独具一种万法归心的内在气象。席间还有一位写得一手古体诗词的美女，据说曾经是个护士，不知怎么就爱上了古体诗，在网上非常活跃。与几位乡贤的相遇，竟然让我心里生了些许波澜，于是又不免多喝了几杯。

早晨，耀旭带着几个朋友，开车陪我回桐梓。一夜秋雨过后，路边的树叶突然变黄了，就像几天前院子里的鸟儿突然多起来一样。我对大自然的这种微小变化总是过分地敏感。耀旭等人很盛情地带了水果和酒。那酒看上去很贵，我猜是带给我父亲的。他们都看过我那篇《我的父亲是个酒鬼》文章，知道我父亲最离不开的就是一口酒。我带他们去看村后的大樟树，年轻漂亮的周老师踩着高跟鞋在泥里走来走去，饱蘸雨水的竹子和白杜拂在她头上，让我颇有几分担心。本来他们还不相信我父亲所说的话，但当他们看到樟树的时候，一致相信它比黄侃家旁边那棵著名的樟树更古老。很可能它是蕲春境内最古老的树。

我指给他们看树上的鸟洞，向他们描述我曾经怎样从樟树上飘然落地而毫发无伤。我没有告诉他们的是，樟树也曾经是我的避难所，每当我闯祸了，闻到了母亲暴怒的气味，总会爬到樟树高高的枝丫上去。我总是那样巧妙地利用母亲的担心，躲过可能到来的灾难。

童年时，樟树曾经是孩子和鸟儿共同的乐园。无论我们抓了多少只雏鸟，无论我们爬到多高的树杈上骚扰它们，八哥、猫头鹰和白鹭始终不曾离开。但最近几年，樟树上一只鸟儿都没有，这每每让我感觉匪夷所思。这一次，我似乎找到了罪魁祸首，我在樟树的树冠上看到了一只松鼠。松鼠能够爬到人类不可能到达的高度，它还可能偷吃鸟蛋，它带给鸟儿的惊恐肯定更强烈。唯一的问题是，鸟儿会害怕松鼠吗?

桐梓河发源于一尖山、八斗山，那里有鲍照读书台，有天生八卦的江山形胜，有禅宗大师修行和斗争的脚印。曾经暴怒的桐梓河，如今温顺得像个少女。开车沿新修的红色旅游路到高溪，还能看到河道里有许多巨大的鹅卵石，那是古代冰川的遗迹。如果你愿意，你总能把自己的琐屑生活与伟大往事联系起来，与历史的神秘联系起来。但是，这些虚妄的想象，远远不敌一地野花能够带来的快慰。过去，我从来没有注意到，家乡的秋天也有那么多的野花，它们非常细小却同样绝艳。大喜鹊挺胸翘臀站在电线上如同名模，成群的乌鸫叫出了《忐忑》的味道，大山雀从瓠子叶上一掠而过。无边无际的蓝色一直在吟唱着，蓝啊蓝啊，只是始终不曾被人们听见。

2011 年

像一道闪电

幸福的爱情就像是丑闻，让旁观者唯恐避之不及。

我这样开头完全没有意义，因为我不知道该怎样开始一篇新的文章。我无聊，我悲伤，我喝过牛奶之后就不饿了，所以我想写点什么。我有太多的东西要写，但没有力气。她问，那你的力气都到哪里去了？我猜她的脸上一定有着纯真的表情。我回答说，都消耗在日常琐事上了，我在撒谎。事实是，我的力气、热情、才华和岁月都消磨在爱情上了，幸福的爱情，因为短暂而幸福得惊人的爱情，因为幸福而变得短暂的爱情。她撩开我的鬓发，惊叫了一声，好像被闪电击中了一般。

我在连续的、不间断的喜悦中抵达家乡。水田里白鹭低飞，把记忆的种子撩拨得纷纷萌芽。越瘦越美丽，这是白鹭的格言。白鹭的羽毛油亮而脚爪修长，它长长的嘴喙仿佛站在岁月峭壁上的美人。原谅我不用现成的方式说话，原谅我这么颠三倒四，我写每一个字的时候，你都盘桓在我的心里。你走来走去，响动大得惊人，你双手抄在衣兜里，嘴角有讥诮的笑意，你因为消失而美得惊人，我不愿意再见到你。接下来我看到了青萍，在小小的水塘里。日子老了的时候，青萍也会老，悄悄死在风的怀抱里。你又被我的语言带走了，你跟着词语的洪流飘然直下，忘记了还要洁身自好，忘记了指甲水、修眉刀、胎盘素、安全感、分期付款的房子和黑布袋里的大量细节。我在水塘里捞起猪草，掐掉它讨厌的根须，它的叶子又嫩又脆，它是喝水长大的，我必须听母亲的话，否则她会揪我的脸，我真是讨厌别人揪我的脸。

现在我要放慢节奏，轻轻地呼吸。我看到山上长起了丛丛树木，就像童年最早的记忆，在许多日子里，树木被不断放倒，大片的橡树和枞树、高大而香气逼人的樟树、树皮平滑的苦楝树，它们屈服于刀子，斜斜地倒下山坡。不知从什么时候开始，人们纷纷离家出走，他们不再为南瓜和红薯争吵不休。村子里一空，树木就长起来了，这真像个寓言。我在想，等我多年之后告老还乡，这里会不会已经变成了森林？

我缓缓走向那两栋老屋，生怕踩疼了脚下的泥土。这两句话是如此俗套，却准确地传达了当时的感觉。我并不拥有自己的语言，我通过别人的嘴说话，凡是从我心里流淌的语言，必定都有出处，就像你，你从来不是为我而生、为我而长，你的每一天都有别的目的。当你终于千山万水地遇见我的时候，你已经背负了太多的包袱，你习惯了跟别人接吻，看惯了暧昧的眼神，你的手习惯了在别的掌心出汗。我把你带到一条河里，一条浩大而澄澈的河，深沉的河，无知而盲目地流淌了千万年的河，我脱掉你的衣衫，你的皮肤仍有婴儿的光亮，我牵着你的手走入河水，你打了一个哆嗦，哭了起来。我们必须涉过这条河，才有可能走到一起。可我们总是走不过去。是我太心急，还是河水太阴沉了？这个问题早晚必须弄清楚。

我在月光下吹笛子，旋律简单而气韵悠扬。那个少年真的不错，我曾经是他。

父亲低着头，在一段木头上砍削着什么，听到我的脚步声，他也没有回过身来。我离婚之后，他就不再为我感到骄傲了，我伤了他的心。我一步一步走近这个正在衰老的男人，生怕踩疼了他的骄傲。他的衣衫完全被汗水浸透了。他还是这么容易出汗。每当他从水田里上岸的时候，他挑着沉重的谷把的时候，他劈柴的时候，甚至他帮着母亲烧火的时候，都会流出汹涌的汗水。他晾干的衣服上，总会有一圈一圈的盐渍。我叫他，他站起身来，他瘦了。

父亲，你把这棵梨树剁掉了?

他带我到房子周围看树木。梨树死了，所以必须砍掉，前面的那棵枣树也死了，可他砍了十多斧头，也没能动得了它的皮毛。太老的树木即使死了，也会有自己的尊严。后山上还有一棵死泡桐，但它长得太高，一个人恐怕放不下来，会砸着房子。他把房子周围的凤尾蕨都挖掉了，还有那些从地底下偷偷钻出来的水竹。到处都是荒草，逼人的草，阴沉的草，天晴下雨都不动声色的草，它们不但遮住了回家的路，还掩埋了祖坟。我一个人走向菜洼的池塘，它那么小，它曾经是不可逾越的，现在却变得那么小，让我感到童年也许是个错觉，所有的美丽与疼痛也许都是错觉。我很想跳进去，挥臂游向对岸，但红色的浮萍下水面阴沉，我有些害怕。一头牛在水里打着响鼻，不知名的鱼儿甩着尾巴。我离开了太久，已经不知道那是些什么鱼了。

天上飘着零星的小雨。我坐在屋场上发呆。父亲的腿上有一道伤口，他说，我搽了你发明的草药。我至今不知道那种草叫什么名字，也不记得是如何发现它能够治疗外伤的，我能够清晰地辨认出它的气味。揉烂它的嫩叶，把黑色的汁水滴在伤口上，就能够加快伤口的愈合。外婆是我的第一个病人，她的鼻子摔破了，滴了我的草药后，伤口第二天就结了痂。我走之后，人们仍然在用它，打工的人还把草药带到了外地。那种草到处都是，不需要寻找，只需要发现。我什么时候能够发现另一种草药，敷在心里，就能够治愈爱的疼痛?

母亲从桐梓街上打针回来，她的眼睛又红又肿。经过我身边的时候，她总要用蒲扇挡住脸，不让我看见她的眼睛。她相信，即使只是对视，也会把红眼病传给别人。

我骑单车到桐梓河里洗澡，心里装着你，像个营养不良的孕妇。你在我心里走来走去，又踢又打，我总得哄着你。

叫声尖利的鸟是黑色而修长的，它经常无耻地从眼前飞过。能听见斑鸠的叫声，但从来没见过它的影子，我猜它一定胖得羞于见人。几只白鹭站在一头水牛的旁边，好像等着一顿西餐。我停下来，掏出相机，它们却斜着身子飞走了。如果你站在我的对面，能从我眼睛里看到它们的优美。

推着老式二八单车走下河堤，突然看见彩霞满天。顺便说一句，我姐姐名字就叫彩霞，我回家的那天，她正好去仙人台茶场探姐夫去了。坐在河床的草地上，仰头四望，觉得天空也非常小。南方雨后的云不是一丝一缕，也不是一团，而是从落日的地点辐射开来，又辽阔又壮观。如果我纵身跳起来，也许可以沿着那些金光大道奋力奔跑，可我没动。我只是大口呼吸，四处张望，晚霞映在流水里，两山之间的拱桥分外俊俏，河堤上的农舍沉浸在透明的阴影里，山道上的人声隐约可闻。这一切太美，我无法独自承担，想找个人分享，我就想到了你。

脱掉衣裤，走进流水。从我腿上掠过的不知道是水还是风，从我脚下滑走的不知是沙子还是岁月，一切都那么轻盈，让人满心欢喜。整个河谷里的寂静都充盈在我的胸怀之间，足够我挥霍十年之久。我在心里喃喃自语，你为什么要离开我呢？离别有许多种，但所有的离别都是短暂的，即使是从现在到死去，那也是短暂的。我相信离别短暂，惦念却无限绵长，就像头顶上暗红色的云，即使今天消逝了，明天仍然会在天空的庭院铮铮作响。也许你并不了解这一点，所以你满怀恐惧、脚步滞重，我远远地看着你，像晚霞一样微笑。

一整夜睡不安稳。我知道有很多鬼魂来拜访我，我和他们分隔太久，有些陌生。我知道我在夜里走遍了大地。

早晨起来，父亲的眼睛也红肿了。他也不肯看我。一家人坐在门口叹息。我说，回县城里吧，别在这里待下去了，缺医少药的，什么也没得吃。母亲说，再过两天就是初一，我还要上庙里烧香呢。你儿子在庙里记了名的。我说，那过两天你再回来好了，别在意那几个车票钱。他们听了我的。父亲还了竹床，母亲收拾东西，我把四周的一切都收在了眼睛里。我看了一眼那草药，在石头小桥边，它显得有些憔悴。

这是我短暂的乡愁，就像漫长日子里的一道闪电。我内心惊叫，但没发出任何声音。

从明天起，我要告诉每一个路过的女人，我的内心幽深而空旷，不适合人类居住。

2002 年

我为什么迷恋当隐士

又是开学的日子。送儿子回石景山时，心里隐隐有些难过。这种突如其来的伤感，不仅是因为想到他要投身于水深火热的高三冲刺，更主要是意识到，从这一年开始，见到他的机会将越来越少了。某一天他会振翅高飞，对地面上的事物再无留恋。也许会这样。

在阳台上喝咖啡，或者别的什么时候，我会突然想到他独自度过的那些日子，我不在他身边的日子。这种深深的怜惜是来自内疚吗？如果可以，我愿意在内心建一座房子，用爱的材料和耐心的地基，但恐怕他不屑于在那里居住。

每个男人的成长都是一部厚重的历史，但大多数人把它风干在记忆中，或者索性忘记。只有一些模糊的片段、零散的意象、破碎的情节，偶尔会从眼前飘过。我很晚才懂得所谓成长是什么意思，就像我很晚才知道环保的意义一样。很多年前，一个叫张亮的小伙子对我说，《脆弱》是一部成长小说，当时我还有点纳闷，现在我大概知道他的意思了。对一个来自火焰的人，对一个始终着火的人，成长本来不是个问题。

天热的日子，时常给父亲打电话。自从眼睛不好了之后，父亲一日老似一日。某一次回家，我在院子里闻到一股不详的气味，当时以为是错觉。我经常有气味方面的错觉，我会闻到我内心感受到或回想起的某种事物的味道。但第二天一早，父亲带我去东边的房子，我看到屋子里摆着两副寿材，心里当时有一声闷响，仿佛裂开了一条大缝。我不能想象没有父亲，我拒绝接受现实。

父亲说话时，我听见电话里有鸡雏的叫声。我认为鸡雏比凤雏叫得好听，如果你没有听过，我就无法向你形容。父亲告诉我，母亲在家孵了一窝小鸡，几个亲戚又各送了几只，于是又有了一大群鸡。在乡下过日子，没有鸡就会太冷清。虽然满山的鸟儿也会鸣叫，但它们既不需要你操心，也不和你亲近。只有院子里有各种毛色的鸡在走动，只有公鸡在凌晨打鸣、在白天追逐，只有母鸡在下蛋之后满足或惊惶地啼叫，日子才是生动的。

鸡雏的叫声，在我内心唤起一种似乎是乡愁的东西，它当啷作响。我忽然想到，我应该在老屋旁边的小山上做一件有意义的事情，就是在山顶大声朗诵一首诗。我见青山多妩媚，但青山从来不曾想到，那个在它注视下长大的孩子，居然会写诗！它也许会惊异于诗歌的声响，那和风的声音、暴雨的声音、山火的声音、河流的声音都不一样，它只是纯粹的声音，因为纯粹而与自然相互亲和。

小时候，我曾经向父亲描述过自己的理想，父亲听完之后说，你想做的是一个隐士，比如陶渊明。然后他就在窗前种了几棵菊花。我现在还能想起父亲给我的隐士攻略，那就是先做官，赚足养家糊口的钱，其后才能隐逸乡野。我想他的意思是，如果你不能先走向那个大世界，而是直接在乡下生活，那你就是个农夫了。这大概就是写《瓦尔登湖》的梭罗和当地渔夫的区别。可惜我终于没能如他所愿当上官，而那些当了官又赚了足够钱的人则隐在了监狱。在我们这个时代，做一个隐士，是相当困难的事。我不是一匹马，而是一列火车，当我从成长的地方轰隆开走的时候，铁轨将把我带到越来越远的远方，沿途虽然风景灿烂、光线浓烈，但终不如柳畈那片恬静的小乡野更合我心意。生活在别处，是被迫的。

我的隐士情结，可能是遗传的。一个人挖掘自己的出身是一件很有趣的事。我出生的地方，是湖北东南部丘陵地带一个很偏僻的乡村，方圆几十公里有三个著名的历史人物，但一个姓李、一个姓张、一个姓黄，都和我无关。我一直都以为自己是个出身低微的小人物，但也没有为此过于低落。毕竟，中国人对于血统什么的并不那么在意，出身显赫的人，不是被挖了祖坟，就是被折磨成了受虐狂，做个卑贱的人有什么不好的呢？我们家有几本老旧的家谱，没事的时候翻读一下，也看不出什么端倪。有趣的是，我家的几个老祖宗，名字都很有意思，兄弟俩叫作一麟、一凤。更有意思的是，那个最老的老祖宗生了十三个儿子，分别叫彦一、彦二、彦三，直至彦十三。我喜欢彦十三那名字，可惜的是，我是彦五公的后代。

后来我发现，那个最早移居湖北乡下、被后代称为相祖的老祖宗赫然就是个隐士，晚年自号西河老人。他在元朝时做过很大的官，先是在衡阳当地方官，用怀柔政策平定过当地少数民族的叛乱，后来被朝廷擢升为中书省长官，但他老人家对于元朝的统治实在不看好，就在无奈上任的途中隐了。家谱记载，他坐船来到一个名叫西河驿的驿站，见到山川秀丽、大河奔流，感觉上流必有适合隐居的场所。于是弃船上岸，一家人沿河上溯，走了几十公里，来到一个名叫木寨山的地方，那里离主流社会已经很远，一家人可能又有点累，于是就住了下来。

但这还不算完。家谱又记载，这位相祖的爷爷叫元定公、字季通，老家在福建麻沙。有一天无聊，我随便拿搜索引擎搜了一下，居然发现这位蔡元定是宋朝的大学问家，和朱熹的关系是亦师亦友。用现在的话说，蔡元定应该算是哲学家、数学家、天文学家，外带风水大师。有一段时间，他整天在山间游逛，想找到一块好墓穴，他的一位朋友作打油诗笑话说："蔡季通，蔡季通，每天指西又指东，山中若有王侯地，何不归家葬祖宗。"元定公的学问来自祖传。福建蔡氏有四世九儒的说法，就是说，在四代人里面出了九个理学方面的大学问家。之所以如此人才密集，据说是因为元定公的祖父牧堂公精通风水，葬在了一个极有学问的地方。这个墓地的特殊形制在家谱中仍有图形描述。

相祖的父亲是元定公的小儿子。元定公中年时受朱熹拖累，吃了流放的官司，小儿子蔡杭一直陪伴着他，一路吃尽了苦头。后来元定公被平反，蔡杭这个"黑五类"也就顺势做了官，官位最高时大概是副丞相。然后南宋就灭亡了。当然，南宋灭亡并不是他的错。

我对相祖这个老祖宗隐居乡下并没有意见，但他老人家没有把学问传下来，实在是个失误。我虽然毕业于中国的最高学府，但由于祖上十几代人一直忙着种田砍柴，一点儿家学渊源都没有，以至于我对理学、黄易和风水一窍不通，简直是草包至极。更要命的是，相祖虽然在家谱中亲笔写明自己是蔡杭的儿子，但福建蔡氏家族的总谱中并没有记载他。如果用历史记载和家谱去对照，也会发现相祖与蔡杭之间似乎也差了一两代人。于是，我的出身也就有了疑问。我的祖上是个隐士肯定没错，但我究竟是不是大学问家的后代，只能暂时存疑。

有一段时间，我想象着四世九儒的巨大遗产无人继承，几乎苦恼得夜夜失眠。哦，我失眠的毛病原来是这么来的。

我小的时候，经常坐在小山包上，看着天上的白云和远方的群山出神，好奇远方是什么样子，心想早晚会走出这块小盆地，见到大世界。后来我终于走得很远。奶奶过世的时候，我甚至远在英国。虽然明知天下没有乐土，但总是想念着鄂东那个小地方。它甜美得有如子宫。树的摇曳，草的各各不同的清香，小鸟飞翔的样子，公鸡和母鸡的放肆打闹，群山的轮廓和白云变幻的形状，让我感到莫名的舒适。一回到那里，内心的狂风会暂时平息，表情也会立即恬静下来。

我这种对土地的致命依恋，很可能来自血脉。我是隐士的后代，我没有武功，我姓蔡。

2010 年

三公传奇

十二岁的时候，我在桐梓中学的操场上撑双杠，胸骨“咔嚓”一声响，从此落下了毛病。不仅上早操的时候再也不能做扩胸动作，就连深呼吸的时候，心窝正上方那块骨头都疼得不行。

在孤独的少年时代，那种隐秘的疼痛几乎是不能跟任何人讲的，我只能为它感到羞耻。那时候，也许是因为生计艰难，父亲和母亲的脾气都很暴躁。父亲长年不在家，母亲要伺候那么多孩子，晚上还要独守空床，对儿女和生活本身都有几分怨恨。她从来都不把孩子的小病小痛当真，只要看不见碗口大的伤，她就会觉得没事儿。如果我把胸口痛的事情告诉她，她不仅要讥笑我，还会以为我想逃避干活。所以，我就把胸骨的闷痛当成不请自来的陌生人，白天我掩盖着它，晚上和它偷偷对话，指望它早点玩腻了，好离我而去。好长一段时间，我习惯了这种无时不在的钝痛，最后几乎能够忽略它的存在了。我也因此习惯了不做任何夸张的动作，显得十分文气。

暑假的某一天，奶奶和外婆在堂屋剥苎麻，我和弟弟照例用蒲扇给她们打风。实在太无聊了，我和弟弟就互相打闹，一不留神暗伤发作，我痛得倒吸一口气，几乎蹲在了地上。外婆放下麻刀，甩了甩手上墨绿色的芋麻汁，问我怎么了，我就随口说，胸口在学校弄伤了。多久了？一年多了。外婆没再吭声。没想到，第二天一大早，毒辣的太阳还没起身，她就出了远门。

外婆和奶奶年轻的时候都裹了小脚。外婆的母亲更严厉，所以她的小脚就更小，走起路就像踩高跷一样东摇西晃，一不小心就会摔着了。有一次，她在屋檐下摔伤了鼻头，血流不止，大人都不知道怎么办才好。我毛遂自荐，说是发明了一种草药，敷了之后可以很快止血，伤口还不会化脓。外婆将信将疑，但还是同意试一试。我很高兴地跑上小山，挑了一把新鲜的嫩草叶，捏在手心里揉个稀烂，然后把挤出的草汁滴在了外婆的鼻子上。那草药真的见效很快，只是有两个缺点，一是刚敷在伤口上会很疼，二是挤出来的草汁遇到空气就变成了黑色，很不雅观。好几天里，外婆的鼻子上一直都顶着一块黑色的污点，看上去很好笑。但她的伤口真的很快结了痂，痂脱落之后，她就像有了个新鼻子一样。

那种草药遍地都是，我跑到小山上去采药，完全是故弄玄虚，怕别人知道了我的秘密。小时候我太淘气，每到夏天，膝盖和胳膊肘上总是伤痕累累，发炎之后不仅又痛又痒，还会溃烂开来。因为不喜欢到赤脚医生那里抹红药水和紫药水，我就满地里乱找，用鼻子四下里嗅，终于在一种野草的叶子上闻到了一股熟悉的气味，它与另一种可以治脚气的树叶气味很相似。我试了试，那草真的很管用，敷到伤口上，伤口很快就会收水，接下来就会结痂。之后的几年里，我用那草药给家人和小伙伴都治过伤，但始终没有向他们交底，直到上大学之后，我才把秘方透露给了他们。哈，原来就是这种草呀？院子里到处都是，猪都不吃鸡都不啄。直到现在，我也不知道那草到底叫什么名字。

那天傍晚有很好的落霞，风吹过的时候，满山都是松脂的香味。我和一帮小孩在西边的山头上玩打仗，跑得满头臭汗，忽然就看到外婆迈着小脚女人的步子，穿过大片的花生地，从河对岸往家走。吃过晚饭后，我在竹床上昏昏欲睡，熏蚊子的草把子在场院上冒着滚滚浓烟，外婆忽然不声不响走了过来，告诉我们，再过两天，我的三公、也就是她的堂兄，要来给我做推拿。

记不清到底过了几天，三公果然来了。一个精瘦的老人，穿着对襟的灰布衫，在太阳下晃动，就像一个扎得太马虎的稻草人。他坐在竹椅上，十分谦和客气，我这个做晚辈的给他倒茶，他竟用双手恭谨地接住茶碗，好像他不是来帮我们的忙，而是来叨扰我们似的。光线从屋顶的亮瓦上透下来，照得他近乎透明，怎么也看不出他和别的老头有什么不同，只是他古风犹存的和蔼让人感到敬畏。喝茶的时候，他随口问了我几句什么，然后就让我平躺在板凳上，又让奶奶拿来一勺菜籽油，他用大拇指蘸了一些油抹在我的胸口上，就做起了推拿。手法并不是很特别，只是顺着胸骨和肋骨，由中间向两侧不断地推揉，同时还跟我聊着学校里的事情。他的手指很有力，但发出来的劲道并不蛮横，似乎沿着皮肤下的隐秘小径在游走一般，不容易觉察得到。也就是喝一碗热茶的工夫，他让我站起来，做几个扩胸动作，我张开双手挥舞了一番，胸口的闷痛竟然全无踪影。他又让我趴到地上做俯卧撑，我心存狐疑地试了一下，没想到那个该死的地方一点都不痛了，心下不禁大感惊奇。三公又点拨我说，你坚持用手指撑地，常年练下去，将来手指头就能戳人了。

三公有一身武艺，这事儿桐梓河两岸的人都知道，但又几乎没人见识过。我弟弟因为打小酷爱练武，对三公佩服得五体投地。也不知道他是从哪里打听来的，说三公的武艺是年轻时在民国的监牢里学的。三公为什么坐牢，没有人知道，但他在牢里确实遇到了奇人，锄柄般粗细的栎木握在那家伙手里，轻轻一搓，就成了粉末。三公怎么得到了那位高人的赏识，他们又是通过什么方式传授功夫，这些迷人的细节一概无从得知，也没人敢向三公打听。三公打牢里出来之后，除了照样干农活，就是在四乡八里帮人治跌打损伤，很少收别人的钱财，顶多吃一顿粗茶淡饭就起身回家。他吃素，连鸡蛋都不碰。就这样，他赢得了乡下人的敬重。

我的少年时代，乡下还是实行公社制度，作奸犯科的人很少，偶尔有忤逆不孝或偷盗的行为，公社干部带两个民兵就把坏人捉了，吊在房梁上打一顿了事。可能是世界太清静了吧，三公的功夫也就一直没机会显露。但他是不是半夜疾走百里，和别的武林高手大战几百回合，然后再回到家里装作睡觉，就不得而知了。这样的情节虽然是武侠小说里滥俗的套路，不过，在武侠小说进入我的视野之前，乡下就有了类似撼人心魄的传说。

离我家不过两里路的地方，挨着小山，有个西南朝向的村子叫新屋下，一村的人都姓吴。谁也想不到，普通得不能再普通的吴姓人家里，竟然藏着一个武林高手，还是个婆娘。她是从外乡嫁过来的，平时和别的女人一样，也做插秧割谷喂猪捡蛋的活计，同样被南方的风雨摧败得皮糙肉厚，从来也没人把她当了正经。某年初夏的一天，正是插早稻的季节，空气里飘着紫云英腐烂的气味，新屋下村忽然来了一个外乡汉子，指名道姓要跟那个婆娘比武。比武？那是什么意思？乡下没有人听得懂。人们传说，那婆娘并没有真的跟来人动手，她只是双手各提一大筐根上带泥的秧苗，赤脚走上了新泥糊成的田埂。她走过的地方，一个脚印都没有留下。外乡汉子看了，说了一声惭愧，转身就退了。从那之后，那婆娘成了桐梓一带的神人。据说她从来不收徒弟，武艺只传给自己的儿子，她的大儿子还是我父亲的嫡亲学生。有一年，吴姓人向我们蔡姓人寻仇，我家两边的山头上黑压压全是人，喊打喊杀的就要向村子里冲，那婆娘的儿子赫然就在其中。但是，当他看到我母亲的时候，不好意思地叫了一声师娘，就转头回家了。那年头，老师真是得人敬重，尤其是像我父亲那样的老师，更是让人又敬又怕。

吴姓人袭来的时候，也不是无所畏惧的，因为我们村也有一个高手，有一身硬气功，他就是我四叔。四叔年轻时是个著名的浪子，娶了媳妇生了孩子，却从来不肯安分，总是在外面乱闯。那年头还没有自由迁徙的概念，如果有人想出远门，必须到公社开证明，否则被外地公安抓到了是要坐牢的。四叔坐了几回牢不得而知，但他每次被押解回来之后，过不了多久就又跑了。许多年之后，他主动回家的时候，忽然风光无比，成了班主，身前身后跟着一大帮男女徒弟。他们敲锣打鼓到处卖艺，甚至还在公社大院里做过表演，无非是头顶开砖、胸口碎石、手劈鹅卵石之类，偶尔夹杂一些魔术类的表演。四叔运气的时候，满脸通红浑身鼓胀，甚是骇人。他能用一双肉掌把桐梓河里的卵石劈成两半，这是我亲眼见过的，单是这一点就够让人害怕的了。他的儿子传芬后来也跟着习武，据说一纵身就能攀到一丈多高的房檐上，这也相当了得。有这样的人在村子里镇着，吴姓人要杀将进来，还是有点畏惧的。

当然，那一场硬仗并没有真的打起来。

三公也不是从来没有露过身手，我弟弟就亲眼见过一次。有一天夜里，我弟弟、我堂兄堂弟等一帮愣小子到河对岸的梅铺大队去看露天电影。那时候社会稍微开放了一些，穿喇叭裤、手提“三洋”的二流子开始在乡下出没，流氓习气开始侵袭淳厚的风俗了。我家那几个候补二流子说是看电影，实际上是想调戏女青年。那天晚上他们运气好，碰到了一个好看的小姑娘，一开始他们只是围着起哄，到后来就动手动脚地乱摸一气，把人家都弄哭了还不罢手。他们人多势众，跟着起哄的小青年也不少，放电影的现场竟没人敢管。正在他们欲罢不能、情况相当恶化的时候，我那领头的堂兄忽然眼前一花，脸上脆生生地挨了一个大耳刮子。他怒从心头起，定睛一看，一个瘦干巴的老头就站在他的面前。听我弟弟说，没有人真的看见三公是怎么出手的，他完全就像是鬼魅一般飘了过来，吓得他们四散奔逃，差点连裤子都跑丢了。那天晚上被调戏的小姑娘是三公的侄孙女。而当三公听说挨了他打的竟是远房亲戚，次日还特地到我伯父家登门道歉。伯父当时虽然骄横，但面对三公也只能赔不是，连说“该打”“打得好”。

很多人都想拜三公为师学武艺，我和弟弟也动过这心思，不过，听说了三公收徒弟的故事之后，我们俩不约而同地打消了念头。那时候，经常有人带着孩子、拎着腊鱼腊肉上三公家，要拜师。因为多少都有些沾亲带故的，三公也不便一口回绝，往往是好茶招待了大人，再把孩子领到屋后的竹林里，选两棵相邻的楠竹，把小孩的双腿分开绑起来，让他蹲马步。自己还是和颜悦色地回到屋里，和家长喝茶，说说庄稼和雨水。用不了多会儿，屋后就会传来撕心裂肺的哭声和央求声。三公这才把孩子放了，把礼物郑重地还给人家，再把他们送出两里路，直到对方再三央求，他才往家走。三公拒绝了很多人，但几乎没有人怨恨他，这在小心眼盛行的乡下，的确是很不简单的事情。后来我上大学了，听说三公还是收了一个徒弟，是我远房的表哥。他到底学到了什么本事，没有人知道。

外婆、三公早就作古了。随着那一代人过世，乡村所特有的古旧、神秘气息也就烟消云散。现在我每次回家，除了能看见熟悉的山河之外，只在无比寂静的夜里还能感受到一点土地的魅惑。连续伏案写作的时候，我的某一节脊椎会痛得很厉害，到医院里去看，医生要么给我开一些狗屁不是的膏药，要么建议我做牵引。如果三公还活着就好了，他只要一勺菜籽油，就能让我身轻如燕。

2007年

日子好比春江水

从地铁国贸站钻出来，冲着天空深深地吸了一口气。上班的日子，几乎每天都要在地铁里坐上一个小时，出站的时候，总像是与天空久违了一般。在出租车里，习惯性地拿出手机来看，果然又有三个未接电话。其中，有个号码非常陌生。试着打过去，一个很粗豪的女声冲我喊道，是勇平哥吗？吓了我一跳。

她是远方的堂妹，十多年不见了，在余姚打工。不知她怎么找到我的手机号的，也不知道她怎么会突然想到要给我打电话，除了叙旧之外，也听不出有什么别的意思。跟她喊完电话之后，竟是发了一小会儿呆。

已经不记得这个堂妹的模样了，只隐约想起来她长着很多的雀斑。很小的时候，他们家就一直住着比别人家矮小得多的房子，而且不像一般人家那样坐南朝北。打个比喻，她家房子就像是配殿一般，既没有品相和布局，更说不上风水。至于原因嘛，那是因为她父亲是个不折不扣的浪子。

我管她父亲叫四叔。初中的时候，我曾经在作文里活灵活现地写过他，但老师认为这种人物不能表达什么主题，就判了个很低的分数，并且以委婉的形式表达了她对我这种作文方式的不满。从我记事的时候起，四叔就在外面流浪，他到底去过一些什么地方，没有人知道。那时候对人口的管理非常严格，如果不到公社开介绍信，就哪里也去不了，就算冒险跑了出去，一旦被公安什么的逮着了，就按照盲流处理，一般都是要劳教的。据说四叔就多次被劳教过，但是只要一放他出来，他马上就又跑出去浪天下，谁也拿他没办法。在那个年代里，四叔的人生观是很吓人的。某年夏天的晚上，大家在晒场上乘凉，说到出名，四叔说过这样一席话，让我到现在都记忆犹新。他说，只要让我上报纸，就是枪毙我都行！当时几乎把我吓迷糊了。我不知道上报纸怎么会有那么大的魅力。枪毙是多可怕啊，大凡十里八乡枪毙了一个人，大队干部总要用锄头柄挑着他的骨灰，一边敲锣一边吆喝，走遍附近所有的地方，以告诫众人莫要作奸犯科。有一次放学回家时，我就碰到过这样的景象，无论如何我也想不出，老大的一个人，死后怎么就能装在那么小的一个盒子里。总而言之，四叔是个很特别的人。

在那个价值观单一的年代里，几乎所有特别的东西都有很高的成本。四叔是浪够了，他家里的人却为此吃够了苦头。由于没有劳动力，挣不够工分，每到分口粮的时候，四婶总是空手而归，然后她就会搬出一架梯子，爬到房顶附近，冲着遥远的远方哭诉一整夜，听着十分地瘆人。按照乡下的偏方，这种类型的哭诉会让远方的游子心神不定，最终回到家里来，但我看四婶的哭很少灵验过。堂妹宝梅就是在那样的家庭里长大的。

日子好比春江水，它流着流着，很多的事情就突然有了改变。应该是我上初中的时候吧，大队干部不再扛着锄头到各家各户割资本主义的尾巴了，丝瓜、豇豆得以开花，每户人家还分到了菜地，这时候，四叔突然回来了，同时还带回了一身硬气功。他的手掌可以开砖裂石，吸一口气就能把缠在腰间的铁丝崩断。他头顶一摞红砖，八磅大锤砸上去，砖都碎了，他却一点事也没有。这下子，大人孩子都惊奇得不得了。四叔还带回来一种另类的文化。某天早晨，我们这些小鼻涕虫突然发现他们家孩子不再管父亲叫爷了，改叫爸，简直是太稀奇了。而且，他们还老是提到"蛋糕"和"皮蛋"这两个词。看来，流浪也不是没有好处的。

四叔成立了一个杂技团，宝梅学会了弯腰顶碗之类的功夫，她的两个哥哥在暗暗地练气功。听早起的人说，她的大哥曾经在墙头上行走如飞，也不知是真是假，不过从那之后，再也没人敢欺负他们一家子了。四叔的杂技团到处表演，挣到了一些活钱，于是能够经常地喝酒。他一喝酒，眼睛就红红的，眼角还有眼屎洋溢出来，不过，那丝毫也不减他的光辉。

我那时候读了杨露蝉的故事，开始迷恋武术，经常捧着一本书自己练拳脚，习得比较熟练的一路腿法叫精武弹腿。我曾经把这腿法练给四叔看，他不置可否，只稍稍点拨了我一下，很深沉的样子。那时候我经常泡在他家里，跟一帮小孩在那里玩，在那群孩子里，我是文化水平最高的一个。四叔的杂技团里有几个安徽人，都有功夫，其中有个小男孩能翻空心筋斗，几乎就是我的偶像，还有一个小女孩是练软功的，我和她经常眉来眼去的，彼此很有好感。杂技团在外面演出时，我就帮着打锣，很自豪，因为那个表演硬气功的矮个汉子是我四叔。

四叔表演时很是骇人。他光着上身，腰间扎着红绸带，胳膊上青筋暴露，仿佛那里面全都是神秘莫测的气流。他拿着结实的砖头左右抽自己的胸脯，把胸大肌抽得红红的，仿佛要滴出血来。一边抽，一边嘴里还念念有词。我第一次看他表演时，以为他功夫不行，很紧张地问我父亲，他为什么老也不发功呢？父亲不以为然地看我一眼，说道，要是一下子就把砖头拍碎了，那还表演什么？我理解他的意思是说，既然是表演，就必须缓慢地展示过程，只有过程才能产生艺术效果。我看了看四周的人，果然大家都像我一样紧张，也一样纳闷。于是，在耍够了噱头之后，四叔轻而易举地让砖头在胸脯上开了花。他表演头顶开砖的样子也很恐怖。他挨个儿让人抡大铁锤，都没有人敢把那铁锤砸到他头顶的那堆砖上面去，生怕他有个三长两短。

我和杂技女孩的蜜月并没有维持多长时间。父亲从公社回家时，经常看不到我的人影，有些生气，就对我说，不要整天跟那些人混在一起，你想干什么？想当个卖艺的？他的脸色很不好看。我有些收敛了。杂技团出去表演时，我虽然百爪挠心，可也还是老老实实地待在家里。又过了些日子，学校开学了，我就去寄宿，受着饥饿、神经衰弱和羞耻素的折磨，一粒不大不小的隐性尿道结石经常让我疼得满地打滚。等我某个周末回家拿米和腌菜时，发现四叔家的杂技团已然散伙了，那个腰肢柔软的安徽小女孩不知所踪。站在星空下，我的心惆怅得好像一捆埋在水里的黄麻，好像整个大地空了一样。当然，过了没多久，我就把那小女孩彻底忘掉了。

那之后，四叔家里还不时冒出一两个徒弟来，有男有女，帮着挑水、担粪、种菜，几乎什么都干，四婶也就因此享了福。有那么几年的光景，她养得白白的，很有个女人样。宝梅和她的两个哥哥自然也跟着幸福了。后来，四叔和四婶一起出了门，也不知道到底是去哪里了，反正只留下了几个孩子看家。有个本地的女徒弟，既没有跟着师父出门，也没有回家去，而是留在了四叔家，据说跟四叔的大儿子传芬同床了。我回家时，村里那帮坏孩子带我去看那床，床单上有一团团白色的污点，他们管那叫画地图。我虽然不知道那到底是什么，但看伙伴们一脸的坏笑，大约猜出来不是什么好事。天擦黑的时候，传芬开始轰人，伙伴们就笑话他又要画地图了。过了两年，那女徒弟就嫁给了传芬，现在他们一家子都在广东打工，据说干得还很不赖。这都是春江水浩浩奔流的结果。

因为有一身好功夫，四叔的社会地位与过去有着云泥之别。乡下人很崇拜功夫，受说书的影响，功夫对他们来说是一种非常神秘的东西，与异能差不多。传说，离我们家不远处的那个吴姓的村子里，有个妇人功夫很高。从外表上看去，她是个普通女人，生儿育女，洗衣做饭，与别的村妇没有什么不同。可是有一天，从外地来了一个人，也没说什么，只是当着她的面，在刚刚用稀泥抹好的田埂上走了一趟，一个脚印都没有留下。妇人也一声不吭，一低头，用双手各提一大筐根上带泥的秧苗，也在那泥光水滑的田埂上走了个来回，同样是一个脚印都没有留下。外地人就默默地走了。这个场景传开之后，这家人从此再也没人敢招惹了。

这个下午天色阴暗，我站在窗前抽了一支烟。窗户很久没有打开过了。推开沾着灰尘的玻璃，能看到清晰的整个世界。红色的砖墙，绿色的树叶，一个人打着伞走向某个门洞。世界是奇妙的，同时也是简单的。固体的分子很牢固地结合在一起，液体保持着平缓的流动，而空气在轻盈地飞翔，没有任何错乱，人们生活得很有目的、很有条理。这个下午到晚上，我一直在思考生活的真实性问题。一小杯摩根船长静静地挥发着。米沃什说，未曾记住的事物的真实性在哪里呢？我请一个在美国生活的女人写一篇回忆的文章，她转引了米沃什的这句话作为拒绝——“未曾记住的事物的真实性在哪里呢？”但现在我考虑的是，那些被记住的事物的真实性又在哪里呢？我所记住的果真是生活的本来面貌吗？我记住了四叔，他曾经渴望被登在报纸上，老年的他在山脚下谦恭地微笑，眼角上是眼屎，脸上有来历不明的污垢。关于他的那些事，还有那些传说，那个双手各提着一大筐秧苗在潮湿的田埂上行走的妇人，那些已经埋身于黄土的人，他们的存在有多少是真实的呢？关于他们的记忆是可靠的吗？人们用记忆和想象修改着存在本身，而在讲述的过程中，记忆又在变形，几乎没有确定无疑的事物，一切都被某种主观性歪曲了。因为时间在流动，生活就像是一汪深不可测的水，任何人都可以把语言扔在它上面，激起一层层涟漪。通过讲述，究竟有多少东西按照它自身的样子被保存了下来，又或者根本无所谓真实，观看本身就是真实，记忆本身就是真实，真实只存在于对真实的回忆和思考里？

对此，我没有答案。我对自己的这些胡思乱想根本就没有把握。

四叔的社会地位提高，是我在听到母亲讲述的一个故事后得出的结论。我从上初中起开始寄宿，村子里发生的事情大部分都是通过别人转述得知的。那时候，村里有个妇人跟一个姓吴的男子通奸，事情闹得沸沸扬扬的。那妇人的丈夫没什么本事，说话口吃，还很懦弱，虽然知道这事，但是也不敢把堂客怎么着，但房族里别的人都很气愤，觉得是乱了门规。三五个人一合计，就把那吴姓男子骗了出来，带到村子里，让他给那戴了绿帽子的丈夫下跪，还饱吃了一顿老拳。这个情景我凑巧是见到了的，那男人在乡下还算是标致，但是被痛揍之后，一点风度也没有了，让跪下就跪下，让写血书认错就赶紧写，半点也没敢抵抗。他被迫跪在我那远房堂兄的脚下时，样子很有些可怜。我本来也很气愤，但看到那个场景，不知不觉就可怜起那两个奸夫淫妇来，而且凭着我那点可怜的文化，我也知道这样打人是犯法的。不过，在那种场合下，文化什么的是没有用处的，充溢在每个角落的，都是阴暗的窥视和赤裸裸的仇恨。

后来，听说那吴姓男子的族人纠集了大批人马杀到了我们村子里。他们手持棍棒，站满了东西两个山头，阵势很是吓人。人群里据说就有那个提着两大筐秧苗走田埂的女人的两个儿子。不过，他们倒也没敢胡来，而是找了几个人下来谈判，村子这边呢，就由四叔出面。据说，四叔还真能镇得住台面。

这件事最后还是以官了告终，但四叔在交锋中的巨大作用还是体现了出来。如果不是四叔稳坐钓鱼台，那几个打人的人没准儿就被吴姓的人抓走，以同样的方式修理一通了。

四叔的晚景并不好。他衣锦还乡之后，并没有打算就此认真过日子，那不是他的本性。他带着家人到处游荡，最后竟然从安徽捎回来一个二老婆，二老婆还生了个孩子。看着他那个奇怪的家，村里的人简直眼珠子都要掉出来了。他从本来就很小的家里搬出去，住在西边山岗上一座空房子里。那房子很小，非常低矮，但他在房子周围种了许多花，还养了几条非常凶猛的狗，搞得跟一座庄园差不多。在那间小屋子里，他又让那个个子很高但长得难看的安徽女人生了几个孩子。那安徽女人很可怜，说着一口大家都听不懂的外地方言，遇到个什么事，连个帮手都找不到。我回家时候，除了见她到井里打水，就没看见她在外面活动过。她的日子也并不比我的四婶好过多少，四叔把她安顿下来后，仍旧是长年不归家，卖艺已经赚不到钱了，他就偶尔给人看看病，开几个中药方子混口饭吃。再到后来，干脆就凭着一张老脸从亲戚朋友那里借点钱，总是说马上就还，但大家都明白，那不过是说说罢了，还真没有人指望过他还钱。不幸的是，没两年的工夫，山岗上的那座小房子又塌了，四叔也懒得再整住处，干脆就在山的南脚架了个塑料棚子，上面盖着茅草，一家人就在那里过活。这时已经改革开放了，大家各顾各的，他的几个叔伯兄弟也被他得罪干净，谁也没闲工夫去帮他，于是在这个有着百年历史的小村子里，大概是第一次出现了窝棚。路过的人看到那个棚子，总少不了要叹息几声。

这中途，四婶改嫁了。这是谁也没想到的。在时代的裹挟之下，那个终夜为她的男人哭泣的女人终于想明白了，她嫁到了一个小镇上，据说过得还挺不错。说实在的，龙湾村也的确没有什么值得她留恋的，她住了大半辈子小偏房，忍饥挨饿，让人瞧不起，日子刚有点转机，又冒出来一个安徽二房，眼下儿女都大了，该结婚的结婚，该出嫁的也出嫁了，还留在一个空壳家里有什么意思呢？于是她沿着门前的那条河流走远了，带走了她漫长的辛酸，她爆豆子一样快速的诉说，带走了她余下的年月。

堂妹宝梅也嫁到了那个小镇上。不知什么时候，她和丈夫出门打工了，我只以为她也在东莞一带，没想到她竟然在余姚。去年春节的时候，她把我父母都请到她在县城的新家里做客，据说非常有礼数，这倒是他们家的传统。我有十多年没见到她了，她的样子早已忘掉，只记得少女时候的她，脸上有着许多小小的雀斑。

2010年

姐姐

吃完饭，送大姐回家。四个人挤在后座上，大姐紧挨着我，把左手搭在我肩上，就像我们小的时候那样。梅晴看见她妈妈和我如此亲昵，开了一句玩笑。

不需要说什么，我便能知道，大姐在北京看见我，心里很亲。那种来自血脉的亲近，掺杂着野花、油菜花、泥土和柴火的味道，无法向别人讲述。

十八岁的时候，我出门远行，带着满身的伤痛和命运的恩赐。我远远地离开南方的山水，离开家人，离开天空庭院上云朵的羊群，来到这灰扑扑的城市居住。我早就知道，这城市会改变我。现在，当我在城市里与姐姐见面的时候，我仿佛比她更老。她不会知道我经历了什么。

第一次离开家门，是到县城念高中。那是个多愁善感的年纪。我没有被中专录取，失去了早日为家庭挣钱出力的机会，心里满是羞愧。大姐出嫁了，尽管我很喜欢姐夫，仍觉得被世界剥夺。寒冷的夜里，我经常整夜整夜地咳嗽，有时候因为想家而哭。我给父亲写很长的信，长到脆弱的心灵难以承受。我求他不要砍掉屋后边那棵枣树，尽管猫会从那棵树爬上屋顶，把屋瓦扒拉得一团糟。事实上，我求他不要砍掉任何一棵树，仿佛那些树的根是长在我心里。父亲很疼我，但他的刀太锋利了。

我仍然记得，那年放寒假的时候，我到大姐的家里去看她。她蹲在一个很小的池塘边上洗衣服。她在石条上揉搓，她用棒槌敲打。初冬的薄雾缭绕在她身边，让她看上去既凄凉又美丽。她的婚后生活没有任何不愉快，但我把她想象成了故事里忧伤的女主角。那忧伤其实是我自己的。很多年里，我一直记着那幅影像。她在河湾处的小水塘边洗衣服，水流清澈而冰凉。她身后有一条路，更远处有一座山，更远的远处有摇曳的竹林。我记得她弯腰的样子，但我不记得她的花衣裳。我记得她周围的薄雾，但我不记得她说过什么。很多很多年里，我把这个画面看成了她的生活本身，想象她无声无息地承担着自己的命运，似乎她在那日子里并没有喜悦。那当然是不对的。

后来，大姐生了一个漂亮的女儿。暑假的时候，除了早晚放牛之外，大多数时间我都在照看她，抱着她到田野里找大姐喂奶，晃动摇篮哄她睡觉，给她把尿，逗她笑，闻她身上奇特的奶香。她很快就长大了，就像童话故事里一样。八哥站在她肩上啄她耳朵，她疼得咧嘴，但还是在笑。

然后我就走了。当我在陌生的灰色城市里为诗歌激动，为神秘的异乡女子激动的时候，大姐在老家又生了两个女儿。生育掏空了她的身子。诗歌成熟的时候，姐姐却老了。没有人知道，她到底经历了什么。

我一直想为大姐写点什么。上大学的时候，我给她写过一首诗，诗很糟，她也从来没有读过。我还曾经试图给她写一本小说，开头就是那个洗衣服的场景，但终于没能坚持下去。她的一生太厚重，而我了解得实在太少。在我的童年里，两个姐姐似乎永远都在干农活，没完没了地插秧、割谷、薅草、洗衣裳，天气好的时候还要到深山里砍柴。她们都很喜欢读书，但家里太穷，母亲几次想把她们从学校拉回到田地里。有一个雨天，母亲终于在操劳、窘困、病痛和孤独中崩溃了，她把姐姐们的书包扔进了大雨里。书包抢回的时候，里面为数不多的课本已经湿掉了。周围全都是哭泣的女人，那让我至今感到恐惧。

父亲慢慢熬成了干部，家境也好转了一点。那时候，干部子弟可以争取到亦工亦农的身份，于是大姐在初中毕业后被调到蕲州的一家煤矿当工人。她在那里开绞车。我搭便车去煤矿里看过她，深夜里，她坐在机房里等信号，把煤车或者别的什么从矿井里拉出来。没多久，政策变了，要清理亦工亦农，结果她又被发配回家了。父亲为此伤心了很多年，甚至在两个姐姐都已经嫁人生孩子之后，他仍然叮嘱我，以后如果有能力，要把两个姐姐“弄出去”。出去、离开乡村、不再吃泥巴饭，是乡下人对生活的最高期待。

但出去有时也并不那么重要。很多年里，大姐和姐夫都在为生一个儿子而奋斗。丢工作、挨处分、罚款、毁身体，什么也拦不住他们生儿子的热望。在生了梅晴、梅凡、梅放这三个美丽的女儿之后，他们终于有了儿子。那时候，大姐已经形容枯槁，再也不是我记忆中漂亮、丰满而生机勃勃的模样了。我一度为此记恨他们，记恨乡村的愚昧。泥土里不只是生长树木和庄稼，孕育花朵和果实，泥土中传承千年的盲目信念，也吞噬了太多美好的东西。在土地上，你经常不知道汗水和泪水的意义，经常不知道命运有什么安排。除非你顺着土地的意志去闷头追逐，否则你的人生仿佛就没有价值。我只能感慨说，在漫长的苦难之后看见璀璨的花火，这是大姐的命。这是命。

现在，大姐的三个女儿都在北京生活。在饭桌上，我不无愧意地说，如果不是因为我，也许你们都不会来到北京。这实在不是一个活人的好地方。

中午起床之后，在阳台上喝咖啡，我会经常走神儿。走神儿比走路快多了。女人在我身边晃来晃去，有时揪一下我的耳朵。只那么一瞬间，我就回到了少年时代。春阳正暖，竹篙上晒满衣服。我坐着小板凳，趴在大姐的腿上，由着她给我掏耳朵。一个忧愁少年的全部幸福，似乎都在那短暂的、不断重复的、永不会丢失的时光里。

2010 年

苦橙

太阳露面的时候，冬天最后一个苦橙咚的一声落在地上。在热闹而宁静的乡村里，橙子落地的声音有几分惊心动魄。

第一次独自开车走这么远，但因为是回家，漫长的高速公路也并不那么恐怖。有些时候，脚踩着油门，心思却飞到很远的地方，好像不是我在开车，而是这个白色的钢铁机器在驾驭着我，带着我掠过一个又一个指示牌。蓝色的天空，黑色的路面，模糊的绿色树影，一切都在波动，世界就像起了战栗。

铁路春运不涨价了，在外打工的人纷纷回家，小村子毫无征兆地热闹起来。等我回家的时候，过年的气味已经弥漫在空气中，摘也摘不下来。父亲早已把场院上的野草清除干净，剁掉了一棵紫玉兰，好让我能把车子停在家门口。朝西的房子前，原本芜杂恣肆的月季也被连根砍掉了，只留下两棵栀子。如果那些骄傲而散漫的月季还在，它们有可能在冬天还开出顽皮的花朵。屋前面高大的法国梧桐因为挡住了风和阳光，也没有逃过父亲的斧头，屋后的泡桐也大抵落了相同的命运。但桂花树、橘子树和年迈的苦橙都还在，山坡上的香樟越发茂盛，只是树干不知被谁剥了一块皮，显出触目的沧桑。母亲在秧田边的空地上种了很多菜，青葱翠绿，看上去就觉得喜欢。

夜里一家人喝酒，半酣的时候，多年不见的加喜忽然推门进来了。加喜比我年龄大几岁，辈分却小，算起来是我的侄子，在外浪迹多年，做泥水活，双手粗糙，沾着一些洗不掉的污垢，但他幽默而灵动的性情一点没变，说起话来仍然让人笑倒。添一副碗筷，加一个酒盅，重新喝起，一边喝酒，一边说着童年时的好玩事情，不知不觉，大家就都喝多了。弟弟送加喜回来，说他满村子找自己的摩托车，结果还是在自家门口找到了，看样子的确喝醉了。因为和家人团聚，又想起小时候的快乐时光，我的心里弥漫着无法言说的欢喜，只觉得日子过到这份儿上，已经抵达幸福的顶峰，再有什么苦恼忧烦都无所谓了。

听不见桐梓河的水声，夜晚无比寂静，只有内心的嘈杂声响，我和这世界一同变得不真实起来。

也许是有这样的宁静和幸福托底，第二天晚上，在传金哥家里喝得大醉。半夜里胃里不舒服，起身喝了半杯水，忽然就想吐，还没来得及推开门，已经哇的一声吐在了门板上。就这么一趟一趟地折腾，一夜间吐了七八回，心里就担忧，恐怕大年三十还要去医院打点滴。所幸的是，啃了几根甘蔗，胃里的闹腾慢慢平息下来，居然睡着了。

大年三十的下午，照例要到祖坟上辞岁。洒一杯茶、两杯酒，烧三支香，焚一些纸钱，再虔诚地磕几个头，就算是跟满山头的祖宗老儿拜了年。从记事的时候开始，这样的礼节就从来没有错过。父亲老了，头发花白，点燃鞭炮的时候有些哆嗦，但还是不厌其烦地给我们介绍，地底下埋着的是哪位仙翁，在世时有什么表现，比如多年考科举始终不中，教书育人却成绩卓著。总的看来，我的祖上都是普通的农民和手艺人，他们没有什么了不起的见识，也没在历史上留下名声。如果说有什么值得骄傲的，就是把这山河开拓了出来，留下了绵延不绝的香火。生命就像种子，生灭无常，但只要深埋在土地之下的根还在，那火苗就会一直在天地之间燃烧着，驱走山川与河流的寂寞。

我恍惚已经了解生命的诸多秘密。我尝过爱的甜蜜与苦涩，感受过无边的狂喜与痛楚，我做梦，奔跑，呼喊，踌躇。我有了自己的儿子，我的光，我的骄傲。我在这片微不足道的土地上留下过自己的传奇。我曾是狂野的云朵，藐视一切羁绊，我也是谦卑的树，看得见自己的伤痕与缺陷，更多的时候我是柴刀和孤独的野火，销蚀自己的同时也伤害了他人。我慢慢懂得一些最粗浅的道理，比如衰老和死亡无法逃脱，比如丧失是生命的底色，比如我对自己无能为力。在领悟与逃避之间，我走遍大地，走过一个又一个美好的女人，鬓边开始有了白发，心里开始有了怯懦与悔恨。我信奉神灵但依旧没有主宰，面临选择时不断拖延，承担责任却逃避负担，负荷着无限的爱却感到悲伤。如果我死在路上，我的灵魂会飘向哪里呢？它会变成池塘边的燕子，或别人庭院前的花朵吗？

大年初二，开车送弟弟一家去岳母家拜年，父亲执意要陪着我。从狮子山到青石，沿蕲河上溯，路过国学大师黄侃的家乡，再次看见了那棵古老的黄家大樟树。据说河对岸还有另一棵樟树，同样古老而神秘。父亲告诉我，乡下一直有个传说，两棵老樟树的影子会在中秋那天在河中间相会，还说有一年修理河道的时候，在河床下挖出了一段很粗的树根，这故事听起来那么荒诞，但我宁愿它是真实的。如果没有这些难以思议的事情，乡村就与城市别无二致，那魅惑着、召唤着、牵扯着我的土地就失去了温热。父亲接下来讲的事情，却让我很忧伤。早些年，他和镇里的干部陪着上面来的大领导去黄侃的坟前祭祀，顺便还修葺了黄侃父亲的坟，但没过几天，这两座坟就都被盗挖了。我想起了自己那个隐秘的心愿，我一直盼望着老去，卸下俗世的负担，回到乡间生活，但那个时候，父母都已经不在世间，村里的孩子将无人认识我。当一切变得陌生而冷漠、盗墓贼却等着我入土的时候，故乡还会存在吗？或者它从来都只是我刻意营造的幻境？想想那样空虚的乡土，只觉得自己彻底没有了着落。

大年初三的夜里，弟弟喝醉了，从狮子山一直走到了花桥。一开始他冲着我们怒吼，但忽然就哭得很伤心，说他想离开柳畈，想去上海或别的任何地方，只是不想再过这样的日子。我恍然想起，这么多年来，我关注着下一代的成长，四个外甥女、两个外甥、一个侄子、一个儿子，他们的苦恼与快乐我都有所了解，却唯独很少关心这个弟弟，很少和他谈论他的处境，对他的内心几乎一无所知。只有前年的某一天深夜，他曾经给我发短信，说他整夜都睡不着，头发掉得很厉害。在我的印象里，弟弟仍然是那个聪明而英俊的乡下少年，实际上，生活已经把他磨蚀得面目全非了。悔恨慢慢在心头升起，像带着尘土气息的雾霭，我已经没有能力将它吹散。

南方的雨水没有让我苦恼，阳光却带给我温暖与宁静。我俯身在地上，长久地亲吻着脚下的草根，想唤醒下个季节的花朵。我的根还在吗？谁把它挖了出来，丢弃在路边？我的爱，我的爱，我的爱，当我像冬天的最后一个苦橙咚的一声落在地上时，你会不会感到轻微的疼痛？

2007 年

雷声隐隐

小时候我是个没有安全感的孩子，每当风声四起或雷鸣电闪的时候，内心总会惶然不安，我会下意识地找个地方躲起来，在密不透风的小房子躲避风，在奶奶的膝盖上躲避闪电。我记得起那个场景，我坐在低矮的小圆凳上，把脸埋在蓝色凡士林布的皱褶里，闭上眼睛，还用两手捂住耳朵，但闪电的耀亮仍然在眼皮上撕扯，撕扯过后，隐隐的雷声由远及近，仍然在头顶炸响。风雨过后，消息或谣言会在田野上四处流传，有人被雷劈死了，他身边的一头水牛却安然无事，或者几个农人在大树下避雨，结果一齐被炸雷烧黑了。我怕得要命，雷神在上，我如何才能躲过他的魔爪？

用了很多年的时间，我才明白真正的雷神其实不在高处，不是从远方奔袭而来，而是一直栖息在我自己的身体里。桐梓河的水声，阔叶树在夜晚的簌簌，月亮上的狗吠，天黑之后四处出没的妖魔鬼怪，它们把恐惧和敬畏滴在我的血液里。再加上父亲常年奔波在外，我能感受到他的愤怒和威严，却很少受到他的力量的庇护，我想我的天性肯定是有所缺失的。所以，很多年后，我还会在小说里描写我和父亲在场院里拉锯的情形，“淡黄的锯末落在地上、裤腿上和脚背上，双手也染上了木头的气味”，我的眼睛里还会浮现出父亲坚毅的神情和有力的胳膊。我用这样的场景补足父亲对我的爱，我用自己的讲述弥补父亲的沉默，我知道他一直深爱着我，这种爱又通过我传递给我的儿子。无论父亲、我和儿子隔着怎样的距离，我们之间始终有一条神秘的莫比乌斯带，从别离能够通往亲近，从沉默能够通往倾诉，只是我不知道，等到我儿子长大成人之后，他会回忆起我的什么呢？我在沙发上昏昏欲睡，还是我在深夜里因为酒醉而呕吐？

坐在夜色里，等着服务生上菜。辣炒牛肉、咖喱虾、酸辣猪手汤，我饿得直出虚汗。微风从树梢诡秘地掠过，除了清凉，我没有感觉到别的，我已经不害怕风了，即使狂风掀翻了周围的一切，我想我仍能安坐在这张桌子旁边，静静地等着饭菜。没有闪电，但雷声隐隐传来，如同来自童年的问候，又像是恶作剧般的要挟，但它在我心中唤起的不是恐惧，而是恬淡的回忆，是对漫长生命的回望。

我笑了，笑得全无踪迹，不易觉察。

2007 年

11月6日或者一天

我想我必定是个软弱的人，所以经常需要回到老家这一块热土上来，就像所有的儿童都渴望回到母腹，这种回归的渴望几乎是无法克制的。我甚至开始计划回到村子里生活的事，我想自己可以在那个小小的村落里，在我的祖先选中的地方，继续我的写作、漫游、仰望和呼吸，在那里，我身心的一切似乎都能是泰然的。

村子里几乎没有什么人。青壮劳力都打工去了，留在村子里的都是些老人、妇女和儿童。那些打工的人把自己所有的积蓄都花在了盖房子上面，一些式样笨拙的两层小楼房开始取代大瓦房，楼房里却空无一人。叶落归根的古老观念在那些打工者的心里，一定比在我心里更牢固，更无法破解。又有叔伯辈的人过世。隔壁的传艳虽然比我的岁数还小，却几乎已经成了个废人，自从那年他的老婆喝农药自杀之后。他老婆长得很甜，我见过一两次，似乎还有两个酒窝，不知道为什么事情两人拌了嘴，一时想不开，就丢下两个孩子，独自走了。传艳再也没能说上媳妇，再加上他的脑子也笨，连出门打工也不行，于是就在家里熬着寂寞的日子，陪着他的老娘。春香娘的每一根头发都白了，还是喜欢抽烟。阳光里，她的皱纹有古典油画的美。

树木茂密，野草恣肆。那棵苦橙树上还挂着很多金黄的果子，也没人去摘。母亲说，今年天旱，所以橙子比往年小。几棵橘子树倒是被摘得精光，桂花树也只剩下了几片叶子。道场上长着矮小的草，很多的紫苏开着细细的小紫花，弥漫着一种熟悉的香气，它把我带回到那些彻底遗失的日子里去。我从水井里打水冲凉，光着身子。我像一支光屁股的箭一般射向村后的大樟树。我赖床。我和弟弟坐在东房的走廊上读英语。三婶抱着洗衣盆走过门前的小路。双梅姐说，三代不读书就会变成牛。祖父告诫他的儿子，百艺百穷，无艺当相公。窗前的那棵梨树死了，再往前的那棵枣树也死了。母亲说，父亲一直打算回家一趟，把这两棵树收了，说是门前长死树不好。打开门锁，屋子里空空荡荡的，堂屋也没有记忆里那么高大敞亮。母亲在东房给祖宗牌位上香，还放了一挂鞭炮。我拿着相机，在屋前屋后一通乱拍。茅厕旁边，一株野菊花长得高大，开得旺盛，像所有盲目的事物一样。

我们依次到祖父、祖母和外婆的坟上烧纸钱。三炷香插在地上，鞭炮响起的时候，齐齐地磕下头去，母亲嘴里念叨着，我们回来看你了，你的孙子回来看你了，你要保佑老小平安。我匍匐在地上，面对着那些淡淡的容颜，面对着亡灵，心中没有丝毫恐惧，只有一份安然。

十点多钟，出发去姐夫家。他家里只有老父亲留守着。山口的那个泉眼似乎没什么水了。老人坐在屋前的道场上剪荧葱，他认出了我，一再对我说，一定要把梅晴带到北京去。说是他再三想过，只有这么一条路。我安慰他说，我心里有数。大姐从地里挖了一小筐红薯，准备带到县城去。坐了半个多小时，大家又继续上路。车子从桐梓河桥上开过。那桥最早是我父亲负责修建的，但后来被山洪冲垮了，眼下的这座桥是在原来的地址上重建的。水库锁住了山洪，桥也不会再被冲垮了。

回到狮子山，我到乡政府的院子里找表哥，想送他一本《王菲为什么不爱我》。我上初中的时候，表哥是学校的语文老师，订了很多报纸杂志，自己也经常写一些报道。他曾经指点过我的写作。他后来死活要去当干部，走到很多门子，到了乡政府里，但也没有什么大的晋升。用父亲的话说，他一不喝酒，二不打牌，三是看见领导就没话说，自然不可能升官。我没有找到他，据说是下乡去了。

到二姐家坐了一会儿。二姐夫刚好也在家。前些时候，二姐一直吵着要到北京做小时工，让我一拖二拦的，没有成行。她说，两个孩子读书，姐夫的单位效益也很差，经济实在太困难。脸上的表情很是凄惶。我对她说，小时工也不是一到了北京就有的做，也得有个长远打算，你一个人在北京做活，那不叫个事情啊，连个照应都没有。北京的钱也没有想象的那么好挣。我跟他们说，再考虑一下。临走的时候，我从兜里掏出二百块钱来递给二姐，说是没带什么东西回来，给点钱零用。二姐推辞了一下，还是收了。给钱是母亲的意思，她说我给梅晴寄过钱，就应该也给二姐一点钱，一碗水要端平，不然做父母的心里不好受。我觉得她说得也有道理。

在青石镇吃中饭。喝了几杯泡制的药酒，酒劲很大。快吃完的时候，姐夫单位的领导来了，叙起来，原来还是我高中的同届同学，不过我是文科班的，他是理科班的。他说，镇长刚听说我回来了，要来看我，他来打个前站。不多时，镇长果然来了，把姐夫好一通埋怨，怪他没有事先通知。镇长很年轻，在桐梓做过乡长，和我家颇有交情。他早几年一帆风顺，眼看着要大展宏图，没想到最赏识他的老领导调走了，于是他就一直蹉跎了下来，到现在仍然是个镇长，不过看上去，他倒也乐观。少不了又要多喝几杯酒，还约好，晚上他跟镇上的书记一起参加我的饭局，大家好好聚一聚。两点钟的时候，他说要去主持栽油菜的动员会，坐车先走了。

母亲和大姐在姐夫的单位休息时，我和梅晴在大街上溜达，一不留神就走到了青石中学，于是决定到里面看看梅晴的小妹妹梅放。这个孩子前些时候思想出了点问题，又是闹别扭，又是离家到广东打工，最终还是受不住苦，跑回了家。在山岗上的一间教室里，我叫出了一个年轻的说普通话的老师，告诉他，我是从北京回来的，来看一个叫梅放的外甥女。他拿着书本，身上有粉笔灰，我竟没有仔细看看那个大男孩的脸。不一会儿，梅放喊着舅舅从教室里跑了出来。哈，我上下看了一眼，马上发现这个孩子已经不再是印象里那个腼腆的、不爱说话的小女孩了，而是变成了一个漂亮的女生，穿得姹紫嫣红的，很是好看，不过与农村女学生的形象也颇不相称，心里不禁有了几分担心。我给了她一百块钱，跟她说了几句话，就离开了学校。我知道，有很多事情都不是自己能够担心的，大多数人在他们出生的一刹那，一生的命运大致就定了。你能够在微小的地方帮助一个人，却很难在本质的层面上改变一个人。

由于前几天一直没有睡好觉，背疼又严重地发作了，回家的第一天晚上打了一宿麻将，几乎连手臂都抬不起来，脖子也酸得不行。回到县城后，我溜达到一家新开的美发店里，进了门后，说了一声按摩。一个小姐把我引导到一间屋里，里面有一大帮男孩女孩正在唠嗑，看到有客人进来，纷纷散了去。那位小姐长什么模样，我也没看清，她给我倒了一杯水，安排我躺在上半部有个窟窿的按摩床上，对我说，她去找人来替我按摩。不一会儿，她又进来了，说是正好轮到她自己。我告诉她，我的后背很疼，对她指点了疼处，然后就随她敲敲打打起来。她偶尔也问我一点什么，我不是说是，就是说不，她就对我说，你说话真简单，问什么答什么。我笑了笑，那还能说什么呢？她说，我觉得你档次挺高的。我说，是吗，怎么看出来的？她说，听你说话就能感觉出来。我觉得她揉得挺舒服的，就问她，你是在哪里学的按摩？她马上不安地问，是不是我按得很差？我说不是。她也不正面回答我。我又问她家在哪里，她说蕲州的。蕲州也算是个历史名城，李时珍就出生在那里，一生大多时间也在那里度过。蕲州还是政治和军事重地，我看过县志，说是南宋末期，金兵大举进攻蕲州等地，试图一举控制长江，进而攻取安庆等地。当时黄州、黄梅等地失守，蕲州已是一座孤城，但年近七旬、已经退休的知州和年轻的通判率领军民奋勇杀敌，多日之后，尽皆殉国。那个年轻的通判兼守备，却是秦桧的曾孙秦钜。这在历史上有名的一仗堪称惨烈。在我少年时，蕲州已经是蕲春县下辖的一个工业镇，有几个大一些的工业企业，像玻璃厂、水泥厂和煤矿，所以，当时的蕲州虽然污染严重，却算得上繁华。那时我因为生病，到蕲州做过细菌培养，曾被蕲州的大和热闹吓了一跳，并为此相当郁闷。我对那些我无从把握的东西总是感到很郁闷。这些年，由于国有企业普遍破产，又没有新的经济生长点，蕲州基本上成了颓败之城，很多人生计无着。我想，如果不是为着这个缘故，这个姓郑的姑娘多半不会跑到县城里做按摩小姐。

郑小姐很本分地做着按摩，手法多少还算正规，下手也知轻知重，说话的时候也很懂分寸。按摩的时候，隔壁有个小伙子大概是喝多了，不是没完没了地打手机，就是喊郑小姐过去。我对她说，你过去应酬一下，没关系的。她去到隔壁，不知道对那小伙子说了些什么，很快就过来了。她解释说，那是她的同学。过了没一会儿，那人又喊她。她就说，我这里有客人呢，你别捣乱了，我是领班的，要是我老这样子，那我以后还怎么管别人呀？然后，不知道什么时候，那边就没有声息了，不知道那人是睡着了，还是离开了。

按摩还没做完，手机就不停地响，饭局那边催得很急，说是人都到了，就等我一个人。我付了钱，又给了她一点小费，坐了一辆摩的就去了酒店。

参加饭局的不是亲戚就是故旧，酒香四溢，乡音弥漫，虽然不用汉书下酒，但也觥筹交错。不知不觉中，我就醉了。我大脑里最后的知觉是一个闪念，我对自己说，我要醉了，得出去吐吐。然后，然后就是黑暗的碎片和寂静。我不知道自己摔倒在什么地方，也不知道自己摔成了什么样子，不知道是谁把我送回了家，甚至丝毫也没有痛的感觉。醒来时，我在家里的卫生间里用冷水洗脸，洗完后，醉眼蒙胧地站在镜子前，自己吓了一跳！

我没想到自己的脸成了那个样子。看着姹紫嫣红的脸，看着肿胀的嘴唇，刹那间，数十年往事兜上心头，悲从中来，我他妈的哇的一声就哭了。

我只有一天，半天用来怀想，半天用来遗忘。

2001 年

侧逆光

下午，带儿子到附近的公园溜达，经过八角游乐园地铁站的时候，看到有个老太太坐在入口处不停地磕头。她是个乞丐。很多地铁站都有这种乞丐。我不敢正面看她，不单是恐惧不清洁的事物，主要是我对自己内心的怜悯无能为力。在我的匆匆一瞥里，她的头发灰白而凌乱。在我的老家，正在干活的老妇人都是这个样子，她们背着一小捆柴火从山上下来，或是刚从别人的菜地里慌里慌张摘了一根黄瓜，风会把苍灰的头发撩得满头满脸，所不同的是，她们与土地相依为命时，是不用磕头的。

我回头看她，心里掠过一个影子。我有强迫症，会把内心的恐惧映射成一个现实。我想象一种存在，仿佛它是真的，并且会为此感到疼痛。我想到了奶奶和外婆，她们的头发就曾经是这个样子。如果我看到她们跪在那里，我会怎样？我也许会握住大地的柄，把世界翻个底朝天。她们死了，在土里安息。这并不是说，她们不曾对生活屈服过，她们并不因为是我的亲人就不曾受过屈辱。有时，爱是完全无用的。在她们的生活里，我那或许存在的爱又算什么呢？那不曾印证的爱永远不能说是爱，无论有多少泪水和心痛。我回头看那老妇人，她面朝北边坐着，不断地朝着来来往往的脚步弯下腰去。我知道她也有自己的狡智。她会依靠这个姿势挣到很多钱。但那又怎样呢？她不伤害任何人。透过玻璃，我看到她的头发上有一圈晶亮的轮廓线。太阳正在落山，暖暖的余晖洒在她身上。从我的角度看去，夕阳是侧逆光，她身上那些脏污的细节看不见了，只有那圈光异常温暖，异常干净。

我想起了相机。如果手上带着相机，我应该可以把她拍下来。当然，玻璃是个阻碍。标头也并不顺手。侧逆光。裸眼对我说，你应该站在牛的左前方，这样，牛背上就是侧逆光。我恍然大悟。如果我从右前方走到左前方，我也许看不到牛背上金黄透亮的朝阳，但我可以看见侧逆光，看到牛背的完美轮廓，看到牛身上亮晶晶的毛。有时，细节并不是特别重要的东西，为了爱或者美，不得不放弃细节，学会遗忘细节。对细节的过分追究伤害了我的生命。我总是寻找细节，寻找真相，在地老天荒的禾木河上也是如此。那是一座因为破损而完美的桥。在傍晚和早晨，我对着它不停按动快门时，我想起了《廊桥遗梦》。那小说曾经因为过度流行，在我心里变得恶俗，后来，裸眼的一篇文章让我对它又有了好感。一个手拿相机的人，一个把相机当作自己的器官的人，他的生活态度会有所不同。作为器官的相机，它与眼睛是不同的，眼睛总不肯放过细节，把什么都看得太清楚，于是少了宽恕，少了一种采菊东篱的心情。相机通过控制曝光，能够创造另外一种现实。它可能不够真，但那也是现实，是生活的另外一种样子，也是生活本身。如果你想要像相机一样生活，也是可以的，你可以放弃细节，只把握存在的轮廓，有时，这会给自己带来意想不到的安慰。在相机里，禾木河上的那座桥不是破损的，而是奇迹般美的。

它残损的栏杆和桥柱，摇摇晃晃的木板，发黑的门拱，都透露出不寻常的东西。

夜里，拿着遥控器胡乱翻电视，就像翻《存在与时间》。电视里在播一个晚会，杨丽萍在跳孔雀舞抑或别的什么舞。有一个机位安排得很好，从那里看去，杨丽萍处在侧逆光之中，她保存完好的肩头和手臂上有一个亮亮的轮廓。不是一个人在舞蹈，而是一道光在运动，在空间里不断弯曲、动荡和涌流。没有细节。看不见她的脸。她的脸可能接近苍老。我还是一个少年的时候，杨丽萍就已经在跳孔雀舞了，我对她充满好奇。也许我可以打听一下，找到她，仅仅为了满足好奇。在大白光下，她会真实地呈现在我面前。但那又怎样呢？她可能已经老了，她的脸不那么美了，像许多事物那样，不过，在侧逆光下，她的确是完美无缺的。她甚至让我震动。

2001 年

| 第六辑 |

可有可无

夜

故乡就是异乡。

月亮的帆船依依向山边停靠，尖尖的船头，镌刻着冰凌的形状，船身上带有水银和磨亮的铜的花纹。一颗海星在如烟的泡沫中闪耀出发。擦亮的旧瓷器啊，新的光泽与锋芒，忠贞之星！命运与慰藉之星！

泉水漫向心头。泉水在相互排挤的岩石间辗转酝造，像奶汁在母牛的骨骼间循环，然后，在乡村的地底窜动，周游，滋润着男人和女人、植物与牲畜的根须。

奶白的泉水在心里缓缓上升，绽开，一束浸透了月色魂魄的宁静花。

鸟雀如投石般坠入竹林。有时，它们在稀粥般的暮色中越飞越高，绕着村庄兜圈子。它们就像旷世的哲人一样，嘲笑着手提萝卜、从麦田回家的人。这时稻草味的炊烟摇晃着升起，那是向着北方樟树打起的白手帕……仿佛一个梦境！

孩子在梦中听见猫的叫唤。幼小的梦带着寒意。多哭的梦，常常被惊骇和抽搐打断，虽然那些梦正在与过往的星辰打着招呼。

孩子生活在无法了解和测度的世界里。

春天很远，情欲的光芒透入地底，随着地气在散布。

黄色的老虎花在日历后开放。那里，一条无形的大河正浩浩奔去，悄无声息又飞沙走石。

这样温润的、潮湿的夜！这样喑寂无声的夜！这样寒冷的夜！

但是躁动按着宫商徵羽的节奏呼吸。如沉浸在水底，青龙和白虎努力地拱起脊背。

一块暂时雪藏的土地，撒一把思虑和乡愁的种子，一把营养不良的遥想的种子，只待光线来解围，就会脱颖而出，用幼嫩的矛戟揭开冰盖。

归去就是漂泊。我的悲哀不是远隔千山万水。无论我们破败的四轮马车停泊在何处，我们头上总是顶着同样的夜空、同样的星辰。七曜星，只要我还能戴着你那高贵的王冠，我的心里就不会感到更多的孤独。

然而，此处的星辰独自沉静。没有名字的星辰，极乐的泪珠，越是为流水冲洗，越是光辉熠熠。

所有的道路都是迷途。夜的脉络如蛛网般缠结在每一个村口。

从泥泞的田埂上踩过火红的牛群和雪白的鹿蹄印。

麂子在月夜穿过山间小径闯入稻田。

鸲鸽在没有路的天空飞向那饱经严霜、有些枝叶已经枯死的樟树。

人的赤脚在沁凉的麻石板上烙下掌纹。

兔子在雪地踩出一条梅花之路。

迎亲的路上不光响着唢呐与锣鼓，也响着哭泣与央求。

殡葬的路通往冥界。

守夜的路通向茅草搭就的窝棚，那里，火铳日夜睁圆了眼睛，守候着西瓜们的贞洁。

猎狗在飘浮的道路上嗅着它自己的尿骚。

真正的大路则只通向喧嚣的港口，那儿金属的声音支配一切，你和我的灵魂都听命于物。

正确的道路永远不会是我们脚下的正在走着的那条。

我曾经遥想斩桂为筏，渡过河汉。我曾想邀金星作陪，用北斗的长勺与牵牛星对饮。那里庄稼都已熟睡，稻草疲倦了，挤成一团，远处的狗吠像阵阵温馨的嘱咐。我飞赴人类精神的每一个居所，造访所有存在过并且不曾真正消失过的伟大灵魂。桨叶下水波无声，我的翅膀恍然抵达缥缈的国土。荒凉的世界。没有一个星球是真正没有人迹的。他们去过，而我正在路上。

只是这样的夜让人怜惜白昼，那用全部感恩凝结成的无边蔚蓝。

深夜谁来造访？风声入耳，门牖摇动，鸟雀噤声。谁会在这冷清清的夜晚，在我们齐膝的凉水里种植蓖麻？死去的人们，我从未感到你们已经死去，我从未感到隔离着我们的是冰冷的泥土。一道薄壁，像远山下的一屏轻烟。我们只是用不同的方式活着，并且借助植物来交谈，或者我也并未活着，我们不过睡在各自的梦境里。

梦境深深，深得如同真实的白昼。

那么究竟是谁，在这幽暗的夜里，在阴阳屏障也已为睡梦耕垮的时辰，是谁越过了黑水，来与我们交谈？

归去就是游放。时光之网能捞住的都是些无用的东西。网络绷累了，网丝在震颤，晶亮的水珠四下洒落，情欲却弥漫开来。

桃树向梧桐抖开了想象的裙裾，行了一个古老的敬礼。

橙树把一株桂花轻轻搂入多刺的怀中，一切的言语都容纳在疼痛的感觉里。

杉树把它多毛的大手伸进热烘烘的竹林；竹竿褪掉了茸毛，莹莹碧绿，如大地伸出的笛管，在吹奏爱的求欢曲。

泡桐发出轻轻的鼾声，它不断地翻身，把大腿压在稠李身上。

但娇小的枣树在抗拒身上的粗藤，它亮晶晶的小刺发出了尖叫。

那些真正的、超越了表象的事物，都在夜间发生。入侵，攻占，防御，招纳，吹拂，包容，席卷。宁静之中，那些惊心动魄的斗争改变了我们周围的一切。

蓝幽幽的月潮拢抱着大地，宇宙寒凉无边。

广阔澄澈的夜空之下，那些小小的山峰如此清秀。而千里之外的村庄更小，村庄里的房间更小，房屋的窗户更小，窗缝里如豆的灯光更小，灯边的人影更小，小如一颗来不及发芽的种子。

但是爱啊，只要有你，辽远寥廓的一切都变得可以接受，可以承担，就像夜间老人的呻吟、情人的低唤、孩子的啼哭。

2002年

两个人

两个人就是天堂，但两个人也能制造地狱。

两个人在早晨，把所有的阳光都吸引到自己的肩头。两个人喂养着一头狮子，或者是一群金色的鸟。

他说，这是早晨，不知道名字的野鸟在天空里飞，翅膀是蓝色的。

她说，我已经想不起昨夜的梦。莲花处处展开，就像命运的地图。我能把命运卷起来带走吗？

他敲打阳光，艳丽而清冷。内在的冰在群山之间叮当作响。

她笑了，用青春仅存的热。

“如果两个人亲吻，世界会变样。”羊皮书这样说。两个人嘴唇轻触，大地会露出它的金子。

如果两个人只是接吻，世界不动声色。

如果两个人摆出接吻的姿势，世界会暗自发笑。

如果两个人不得不接吻，黄金会落在地上，变成一堆堆枯叶。酒只是水，面包只是石头，大路旁的雏菊不再芳香。

两个人的夜就是种植神秘的大地。

两个人的夜就是神秘自身。

我能握着你的手吗？为什么我觉得内心是纯洁的？

那些热烘烘的欲望都到哪里去了？它们也有蓝色的翅膀吗？

从背后抱住我。女人说。所有的恐惧都来自背后，来自无边的黑暗。而你是温暖的。无论你多么凄凉，你也是温暖的。

两个人的夜也会呕吐。无论走到哪里，都会遇到仙人掌。闪电踩过之后，血液刷地冷却，心脏空了。

两个人的夜可能是恶心本身，是恶心的儿子和父亲，是恶心的情人。

两个人没有正午和黎明。只有漫长的白天和短暂的夜。

两个人相遇的时候，古老的百足虫迟疑了。两个人在分手中安睡。

2002 年

忧伤的正午

在屋里四下打转，炽热而潮湿的空气贴在皮肤上。感觉到眼睛的湿润。

海面本来是安静的，像一个做梦的婴儿，此刻却起了波澜。

我大口地喝着牛奶，夜的牲口，在草地上流连千年，不知道什么是孤独。

高举着诗集，唯一的遮羞布，高举着我沉痛的声带。只有同死者对话才能给我安慰。

“我所贴附的大地在我的胸膛和腹部下面是如此坚固，以至我感谢每一颗卵石”，但我知道，我要感谢的一定不是卵石。

是别的，比如遥远的花朵、安详的眼神、湖北口音，或者一碗乳白色的酿皮。

像所有沧桑的人一样，我经历过重重苦难；像所有水仙一样，我被自恋折磨。

是最卑微的事物给我安慰。燕莎桥上卖毛衣的女子，围在小凳子上吃着简陋晚餐的裁缝，和他们表情古怪的女人。

吃着简陋的晚餐仍能微笑，对他们来说，生活就是恩赐和谢恩。

而我是否真的失去了什么？在风里，我的手像徒劳的树杈远远伸开去，比劈柴还要坚硬。

一队合欢鸟飞过，那些鸟总在我失眠时叫得更欢。

我是否真的失去了什么？不是提问而是回答，不是来到而是返回，不是祈祷，而是凶猛的哭泣。

从昏到晨，从东到北，从北京到西安。

绝大多数时候我会陷入盲目，看不到彗星的缓慢移动，看不到干燥的风吹入大树。

盲目而自大，在深渊边手舞足蹈，有如踩着星辰。

怀揣燕子的女人穿梭而过，汗珠晶亮，却使我内心冰凉。

也许需要的不是一滴水，不是一整条河流，而是饥渴。

也许悲伤并不来自远方，而来自内在的黑暗。

在睡眠充足的日子里，像个卤莽的陶匠，手握陶泥左摔右打，才发现那让我形销骨立的，不过是最浅薄的忧愁。

2004 年

尾浪

一、溃败

谁的胸膛里有一头猛兽，谁早晚得引颈号叫。

谁的心里有一个毒疮，他总有一天会俯下身来，为自己放血。

我站在一个和命运毫无瓜葛的十字路口，手里只剩下一截缰绳。因为昨夜的噩梦，我的头发变成了灰烬。

这里不是舞台，因为天空严峻。但浓雾仍由一个不透露姓名的人往我脚下吹送。

一只狗夹着尾巴蹭将过来，此刻它敢于和我眼里的浓霜做个比较。

狗尾草还在摇曳，节气还在拖延，高大健壮的姑娘还在斫伐青柴，她们的脸上既没有热爱，也没有怜悯。汽车还在来来往往地放屁，它们把美丽的大街，变成了一条肮脏的绷带。

忙碌的人们忙碌着，闲适的人们闲适着。

星球保持着它亘古的转速和它没有人情味的尺度，但是，一根刺扎进我的肝脏，这是灵魂崩溃的时刻。

今夜，月亮将睡在一张不安的松毛之床上。今夜月亮的心里有一块炸药形的红斑。因为月亮的辗转反侧，世界会在明天早晨听到雷鸣。

更无风声，露珠像一支浩大的军队在边界驻扎。它们拆掉炉灶，支起帐幔，支起明晃晃的罗网。会有一朵潮湿的花，从性格的枝头自我放逐。

更无凄艳的蝉鸣。月光以更稳定的形态挽留青草之上的夏末，让炎热之梦在石案上更长久地思考自己的过错。

点起来，点起来，为亡灵通风报信的烟火。点起来，点起来，那芬芳的松枝和呛人的蒿草。

家家门前都有拱起脊背的苦楝树根。

为了尊重传说，我们被迫从火堆上跳过去，反反复复，如同施了魔法。我们的脚带起串串火星。

谁是信口胡言却不幸猜出了谜语的人？谁的眼睛瞎了？谁从此离不开草药？谁在一阵突如其来的腥味里忘记了姓名、出身和种族？谁活着就是做梦，做梦就是发烧？谁攻击了整个世界，反过来又成了世界的牺牲品？

最深沉的往事也敌不过此刻的寒冷。

我说："那些最纯粹的事物并未能给我引导，一个词语浪费了今生永世。"

我又说："不要阻挡浓雾在我的窗上驻扎，但请把更灿烂的阳光保留到明天，会有更洁净的婴儿，会有更称职的助产士。”

而为了给大地的温暖提供保证，我命令血液在夜空迟钝地走。和闪电相比，我的血液有更粗野的歌喉和更丑陋的酵素。

一滴殷红的血打在纱布上，阴影在扩大，令人头晕的阴影在为黎明划定边界。

我知道我从未被打败，但也从未赢得一场人生的战斗。因为我一再成为自己的敌人。

二、流放

如果一个人发誓要去最荒凉的地方，他应该从哪里动身？如果他发誓要医好怀乡病，他应该嚼一块什么草药？

他应该驯服一头什么样的牲口？他应该用哪个朝代的旗帜做成营帐？

或者，他应该选择什么样的表情，和没有表情的风景面觐？

很少的时候，人会和他的内心和解。

那时，月亮的大提琴哼着无声的歌，仿佛一个腆着大肚皮、正在进行胎教的少妇。

那时，大海会在玻璃器皿的内部激越开花，而她的胸腹间却坚守静默。

更多的日子，一个人自身就是战场，就是猎犬与它悚栗的狐兔，就是箭形的光线和它的活靶。更多的日子，我们的内心尸横遍野，一把雪亮的刀搂着厌倦和悲伤。

的确有这种情形，灵魂离开粗鄙的肉体，独自在空中漫游，他看到那个已被掏空的躯壳一无所知，却继续愚弄自己，亵渎粮食，继续为污泥般的欲望所左右，像一条饥饿的黑鱼，只顾填饱下腹和放空精囊。

他看到那躯壳像一艘被遗弃的旧船，风干在船坞上，被拆开龙骨，被打入铁钉，又被日光从容消化。

他看到那躯壳在太阳底下再也找不到自己的影子，像一只苍老的鹰隼，只能在四个被打乱次序的季节里盲目盘旋。

他摇摇头，差点笑出声来。

世界的血像骤雨汇成河流，在天空的拐弯处摔成匹练。

有毒的云雾笼罩在原野，沉甸甸地压在祖先的坟上。没有风，没有蜜，没有钻石和黄玉，没有狂泻的雨水。

还是向神灵求助吧，诗人啊，跪在汉字垒成的祭台上是无用的，掩盖内心的伤口是耻辱。还是向神灵祈求吧：想象应该更宽阔，给抽空的心灵灌注烈酒。远方的波浪应该越卷越近，逼视我们沾满尘土的双脚。天空应该更高、更洁净，太阳应该更锋利，群山应该叠叠升高，拉起灵魂的床单。

的确有这种情形，肉体模仿灵魂的姿势在大地飘然行走，它也渴望翅膀，渴望凌空高蹈，渴望与来去的大风结缘。

肉体依靠它的脚，依靠物质的红柳拐棍，从城市到城市，从喧闹到喧闹，从贫瘠之所到贫瘠之所。

肉体用它有限度的物质之眼，远眺群山的庄严与寂静，远眺神明的云朵，远眺诸神在大草原上的篝火狂欢。它只能浑身涂满泥浆，站在久久没有风来的槐树底下，承受着庞大无垠的天空。

是啊，那个蹲在路边喘息的人，有他奇特的梦。

三、盲歌者

千年之前，我也曾是个盲歌者，在希腊咸涩的海水里，咏叹奥林匹斯山上的诸神。

瞬间就是千年，那同一道波浪把你的背影打湿，同一道波浪把你心头的咸盐卷起，把你膝盖上的伤口泡得发白。

同一道波浪席卷着所有的圣哲，倒提着他们的双脚，把他们高贵的头颅泡在叫嚣的黑水里。

像一株对星象一无所知的海藻，我被同一道波浪拍向城市，拍向楼群。鲨鱼在铝合金门窗里进出，珊瑚虫在文明的塔尖构筑它们的繁衍梦。

在地铁口行乞的盲歌者，你也是一条鱼，你也是被时光流放到此的大师与圣人！盲歌者，你的眼睛比天堂更黑，你的心比挖煤的风钻更暗，你疾挥的手指在琴弦上追逐一个蓝色的太阳。

习惯了死亡，习惯了假笑、敷衍，以及前面加“老”或后面加

“长”的无聊称谓，习惯了疲倦的苟合。激动，成为我们打到世界桌面上的一张主牌，人们把哭泣制作成通行证，把财富铸作成路标。

而都市的金枪鱼被汛期和月亮的光芒驱赶，正欲进入大地的内心。初冬的风像一把扬谷子的木铲，把越来越多的尘土扬到人的脸上，鳞光闪闪，盔甲闪闪。鱼的眼睛里反射着像人类一样狡诈的光芒。

而盲歌者，你的光芒隐居内心，你的歌声像三月田野上的野油菜！

……昨夜的风让我染上疾病。人们啊，你们的怜悯像火一样灼痛我的眼皮，你们的施舍像一根沾着花粉的蜂刺。

我是瞎了，为了保持内心的洁净，不敢睁眼看这大千世界的色空交织，不愿看见你们被哲学和小人书装点的表情，不愿看到你们嘴角那一丝残忍的皱纹，不愿看到你们因讨好重要人物而变得衰老的笑容。

让一个遁世者看到这一切是残忍的。让最纤柔的虹膜接触这些景象是残忍的。

我只愿潜入你们内心的蝉穴。我把守着大地的入口，只是为了领受人性的真诚。

我是瞎了，我的半个身子没在海水里，海水比黑夜更黑。从前有个跛脚的诗人也曾这样浸泡在海水里，用血的灰烬为朋友献祭，直到人子的身体被海神托出波浪。

人们啊，同一道波浪也裹挟着你们、戏弄着你们，同你们正人君子的自尊心开着玩笑。

而我愿意你们是一枝芦苇，越过万劫波浪，凌虚而去。

而我祈求你们不是一块顽石，为俗务和劳作所牵累，沉入昏庸的水底。

这就是我，一个瞎子，一个丝弦上的国王，唱给你们的诗篇。

四、酒

爱酒的人为酒所伤。

跟我走吧，兄弟，走到镜子里，和满腹狐疑的自我下一局漫长的围棋。

跟我走吧，兄弟，到泉水里泡一泡，把老于世故的表情擦洗干净，你看我们多像一场来自高天的雨水，淌下屋檐，跌进河谷，本想爱抚两个世界，却把握不了自己的命运。

兄弟，你照照这面镜子，你看这张五千年的老脸，像泡在酒里的人参。

容颜苍老啊，一只鹰在眼角缓缓飞行。秋蝉的背部，夏天死了。春天改嫁，一个孤儿守着破败的家园。

那个生我养我的人在我胃里放置了一根不生锈的铁钉。多少年了，血液与爱情一遍遍冲刷，它不肯有丝毫退让。

我的胃里有一股饥饿的火焰，在时光里抽搐。别撒下黄色的沙，别撤走无用的水。

那么，祈祷酒！

祈祷这迷醉的神！

祈祷这攀着我的理智迅速窜高的葡萄藤！

祈祷这无边的狂语，无边的落花，无边的呼喊，无边的呕吐与昏迷！

祈祷胃壁的碾磨与挤压！祈祷血管里狼群的利爪，手足的风化！泪水像少女初潮一样惊恐地泛滥！

父亲和酒，两个同义词，一对孪生兄弟。一棵竹子在我记忆的深处摇晃，一片竹林在我记忆的深处摇晃，我开始觉得，这一切怀想并非没有意义。

你的手摸过棉桃，摸过粗糙的石磨，又摸过彩虹的喷雾器。你结实的牙咬过树皮。

你的双腿跨坐在屋梁上，汗水打湿了我的屋顶。

你在日光下狠狠地磨刀，你把一顶旧帽子掼进我的眼眶里，你信手一挥，打断了桃木门栓。

你哭，强烈的反光把我击倒在地。然后你吐啊、吐啊，从我的童年一直吐到如今。

我也愿意放开缰绳，任马儿驮我到山穷水尽之处。

我也愿意把祖宗的训诫高高挂起。

我也愿意放鹿归山，荷着铁锄，在随便哪一座青山之腹，为自己掘好坟穴。

我也愿意扛着葫芦，或为葫芦所扛。我也愿意这苦命的肉体，成为烈酒的康庄大道。

我也愿意以头发点火，把表情焚烧，在无人的荒野放声歌唱。

我也愿意有一双芒鞋，踩在帝王的坟头，踢翻座座神庙。

我也愿意与你寂然对坐。你痛苦，也有人为你痛苦；你哭泣，也有人为你潸然落泪。

让那短暂的迷狂成为没有见证的事物。

轻微的眩晕。一枚嫩叶的狂想。系着红发带的女人向自己的骨肉发动的进攻。

一排排书橱土崩瓦解。

让理性成为无用的东西。让性灵露出来，露出来。

让无遮无拦的河流浪费掉一生的轻狂。

让老实的人原形毕露。

让无耻的恶棍喷着噩梦与粗气，像一列没有方向的火车。

让神圣的孩子赤裸。

五、两封信

1

远方你好，从风中解放出来的云朵你好！

我已到达青色的城，在肮脏的马背上我度过了无数个世纪，见过了众多黝黑的面孔。我忧伤的葫芦磨出了一个个窟窿。

无论走到哪里都有叫卖的声音。

租车的人，守着满筐酸李的人，出售书籍的人，把一柄铁剑吞进喉咙的人，牵猴的人，在脖子上绕钢丝的人，当街念经的人，挎着海鸥相机揽活儿的人，被昨夜的一个噩梦蜇得说不出话的剃头匠，在掌心画着阴阳鱼的算命先生，旅馆的拉客者，半跨在摩托车上的二流子，在秤盘上种植葡萄的人，蹲在地上吃西瓜的人，为过往少女迎风抖开花裙的人……

是这青色的城。

允许我在此歇脚。

我居住的旅馆对面，有一座富华酒家，从七楼的窗户下瞰，正好可以看见它。

我要去的地方，我在梦里依稀游历过的地方，唯一的道路被大雨切断。草原遥不可及，地平线在心底拉成了弓，而回忆像饿犬一样把我围困。

心底有一根线愈抽愈紧，你的手并没有动。

允许我像蛹一样睡去，像蝴蝶一样醒来，允许我感到无边的空虚，允许我对你说："不知是真是幻，是去是留。"

允许我把内心的杂货铺腾空，允许我为你保留最高的星辰。

允许我呼啸成一阵悲哀的风，允许我成为惊骇的发源地。

允许我把极度的欢乐强劲地压入你的身体，允许我为你戴上火辣辣的荆棘之冠。

允许我养育洪水，允许我落下无边的细雨。

允许我……间歇地疯狂！

2

你好，远方，你好，枯萎的船帆。

今天，8 月 13 日，我在呼和浩特，青色的城，所有的城市都令我厌倦。

所有的街道都有它的走向。所有列车都有始发站和终点。所有的旅人都有真实的目的地。

晒硬的大道上有两道车辙，兔子有三窟，桌上旁边有四个圆凳，墙上贴着一张褪色的价目表——我面对一个过度真实的世界。琐屑，平庸，规则齐整，逼人就范。

我的脚在两个车站之间轮回。“买一本列车时刻表！买一张地图！买一本通往快乐与遗忘的护照！”

挑战意味着失败，有何胜利可言？我还能到哪里去？

我所爱的人，爱我的人，一切一切的幻影，引我走入一个没有边界、没有对抗、没有名称、没有差别的世界。

我渴望突围，反被淤泥陷住了双足；我渴望缺席，反而遭到审判！

仿佛梦魇！

“……我买了一把锋利的刀。”

必须走，必须永远在走。

离开旅店、梦、露水与睡眠。

六、云

不应该为云再唱任何赞歌，不应该再把花粉和阳光倾泻在云的胸脯上，不应该再仰望、咏叹、着迷于这不羁的精灵，因为有人来过，有人用她致命的柔情，提到过云的名字。

但是……

1

不安的羊群，在我整个童年的上空骚动，用它们骤雨般的蹄脚，为我纯洁的视觉播种鲜花。

那是只用几片白云便能覆盖无遗的年龄，那是用经卷、打手板和罚跪无法埋葬的辽阔年龄。

与洒满了金粉的云朵一道起床，与镶着银边的云朵一道沉入大海的眠床，与弹弓和金龟子恋爱，与杨树上的知了誓不两立，与雷电情同手足，与深入平原的山麂同病相怜。

只要有一道山岗可供幻想栖息。

只要有一双松树之翼煽风点火。

只要在青瓦屋顶上有一道不断上升的白烟。

……仰望云朵，练习智力，想象的大门洞开。

“为我们讲述云的故事，为我们描画神仙和他们的座骑，为我们邀请各种各样未曾见过的精灵，为我们降神和驱魔，为我们摘下无穷无尽的水果……”最贞洁的目光在祈求。

宛如白璧的心为天空投射霞光，最简洁的词汇挥动绳鞭，把童年时代的白云，驱赶到年龄的深处。

2

暴怒的云、不祥的云、敏感成病的云呀，此刻你们要挤裂天空的陶瓮。

从你们自身情感的暴力中，闪电狂泻出来，雷霆迸发出来，没完没了的豪雨倾注下来。

你们就像肿胀的手臂在锅里搅动。

你们就像两盘刚被錾好的石磨，扣在了一起，要吞吃普天下无言而忧伤的玫瑰。

你们的眼睛潮湿，好像哭过，又好像要哭，你们发烧的脚趾像树根一样，紧扣住岩石的裂缝。

这必是一些要把棋局搅乱的云。这必是肉体深处的魔鬼装扮了，来拷打我们的心灵。

这必是涵育宁静的狂躁，这必是养育美德的污泥。

3

这样冷漠，这样骄傲，这样不同凡响。

这样绝艳，这样飘忽，这样无所顾忌。

这样不可捉摸，这样为整个天空所宠爱。

这样骄纵任性，这样蹙着娥眉，这样噘起点点残红。

……这样不安分，不居留，不让任何透明的丝缰驾驭。

这样疾驰，这样藏匿。

这样无可比拟！这样令修辞学无能为力！

这样轻而易举就逃出述说的罗网！

这样伤害，这样欺凌与玷污，这样说黑就黑、说红就红。

这样自筑樊篱，这样画地为牢，这样双重囚禁。

这样干涸，这样枯萎，这样坐以待毙。

这样狂热冲撞，这样洗刷，这样与死亡对抗。

这样宽恕，这样寂静，这样飘忽，这样不同凡响。

4

风说：

“我来自事物的核心，天空是我的庭院。

“从大海的隐秘之处，我的力量聚集起来。我因为慷慨而享有盛誉，又因为狂暴背上恶名。我已经把自己的身世细细思量过了，我不能像烟一样活着，像冬天的白色哈气一样短暂，不能像衰老的狗一样恋爱，像窃国贼一样高冠博带、道貌岸然。别问我什么时候会平息，会宁静安详，会歇息在潮湿的丛林洼地里。我的欲望会再一次被狠狠唤醒。

“我打算一辈子就这样放纵，我持有阴阳两界的特别通行证。我的心在每一片国土上都有代言人。小巧而优美的车辙对我是不适宜的，苹果园旁的高龄长椅对我是不适宜的，爱情围裙下恭顺的小公鸡对我是不适宜的，我习惯于在浩茫太空大步疾行，像一个醉汉、一个袒着肚皮的盲诗人、一个被废黜的流氓王者。我习惯于骑着阳光的马，或者踩着月亮的甲板，我是我自己的战舰，我是我自己的六龙车。

“……多么孤独！如果没有云朵与我嬉戏，如果没有云的挑逗、婉拒、逃匿和耳鬓厮磨。……多么暴戾！如果仅仅是掀翻屋顶，把万吨巨轮扣入海底，如果只是玩着掷骰子的游戏。

“如果不去驱赶长云，撕扯云团，揉搓云丝，拉长云阵，拆散云的情侣，如果不在云里掺沙，不让云天落泪，不拦腰击中云彩的骄矜，如果不给云中龙虎套上透明的丝缰，那该是多么遗憾和孤独！”

5

一种幸存的美，让我无缘无故地愤怒。

未和这个世界取得任何谅解，你躺在群山之上，你就这样躺在群山之上，你向大地上的人们诠释一种惊世骇俗的美艳。

西去的阳光太匆匆、太苍老、太衰弱，却把你胸脯上的红痣点得更红。你就这样，像一个人似的敞开了自己，你微弯的双膝更加放荡，仿佛等候着什么。

天空是空虚的，你的美和你的焦渴，未取得任何谅解。

6

在我有限的生涯里，我还从未见过像此刻的你这般温柔的事物。

一眉新目为你洒上淡淡的银光，你的存在仿佛并不存在，你的脸庞如在牛乳中洗过，你的思绪透明，而你的神情仿佛只是要和五月的清愁做一对短暂的恋人。

月光的河在树梢上，在树梢之上的无边虚空里。

你的河流在我颈项间流转。

万籁轻吹，像水波晃动水草一样轻轻摇你入梦。你的眉宇间笼罩着天国的沉静。

让风带着合欢花的气息平伏下来，让一滴露水落地时更加轻盈，让一朵素荷在无限星光的水池边独放，让蒲公英的绒伞随着呼吸翩翩起舞。

让梦因为梦自身而被原谅。

这是无人看管的雪国。

只好听任你在清寒的高处美着、温柔着、笼罩着我们那一颗潮湿的心。

7

海洋翻腾，普天之下，唯一的海洋在翻腾。从群山之上，又有新的龙族翔舞。

穿云裂石的骄傲！天空也没法囚禁的骄傲！令人瞠目结舌的骄傲！

更有力的手臂筑起一个祭坛。太阳之下是自身，诸神之下是自身。疯狂的创造混淆了自然力。

更有力、更年轻的种族在天空奔跑，叫啸。

从阴暗的心中，诞生出无边的快乐，无边的傲慢。

七、谈论孤独

有时大地在枯死的树桩上沉寂下来，天空变得灰暗，湖面像水银一样散发着懊丧的气味，死者的灵魂，一件破旧的旗帜，在晚风中扑扑吹动。

整个世界的光亮拧在一起，也只能照顾一朵恍惚的睡莲。

于是经常有人怔怔走来，跟你谈到孤独。

“……一个人在大海上航行，和自己的内心对话，那滋味多像在嘴里衔着一口生锈的铁钉。”

“一只白鹤被残霞染得血红，在着霜的湖边盘旋，那滋味多像抽空了灵魂的芦苇。”

然而，孤独并不是荒凉山坡上的一棵柏树，也不是无星之夜的一轮圆月，孤独有时是一股强劲的泉水，霎时间迸涌而出，引发欲望的灼痛。

孤独是一朵旷世奇花，在语言罕至的地方独自盛开。它的脚下是喧嚣，它的头顶是虚空，无人到此，更无蜂蝶。一旦语言前来抚弄，它便会倏然凋萎。

所以，谈论孤独是可耻的。

在我的朝圣生涯中，我遇到过很多和我面色相同的人。

那是些得罪了帝王的人，穿草鞋的人，远谪的人，脸上烙着火印的人。

他们的妻子困守诗歌的木匣，困守泪水之城；他们的马匹在没有水草的宫廷里放牧。

他们或戴着红柳编织的马嚼，或背着腥味的鱼筐。

我们彼此点点头，眼睛里露出剥了皮的胡杨树一样的颜色。

这样的行程无疑是孤独的，独自守望着窗外变幻的风景，汹涌的风景。

那被水流推动的白色巨石，那被时光抻长的远山，那苍凉凝重的暮云，那既无欣喜也不悲哀的田野，那些在铁路旁干活的麻木不仁的人，那些极易被忽视的长毛牲口，那些不断被种植又不断被收割的可怜的莜麦。

那汹涌的风景啊。

只能听凭眼睛在纷至沓来的撞击中失明，任耳膜结满初春的薄冰，任天空蓝得彻骨，任大地绿得无聊。

这样的行程无疑是孤独的——不断向内心进发，执着近乎残忍，越过火焰之沼和高寒山谷，直至抵达那混乱而又疼痛的内核。

是的，这样的行程无疑是孤独的。

但是，让孤独成为有用的东西，当水藻在九月的寒流中开花，不要给寂寞的水面增加更多的负担，不要再渴望放出心中的狼群。

不要让这些话语成为教诲，成为花尾喜鹊在高大刺槐上的布道词。

当晚风带来远方的骚味，公牛会不由自主地抻长脖子，在荞麦地边叫出声来。

但做一个人意味着在舌根儿压上陨石。

像那个扛着一段原木涉过齐腰深的浊水的人，那个迈着播种者的步伐丈量他的河滩的农夫，那个在列车上唱歌取暖的蒙古族汉子（他“要身材有身材，要人才有人才”，他的嗓子像玻璃一样明晃晃），甚至像那头临近生产却无人照看，胯上的花纹不停抽动的母牛。

我们所有的人都应向他们学习，忍受真正的孤独。

八、刀

终其一生，我们不过是在刀上行走，把刀锋对准自己，把刀柄递给别人，或者相反。

终其一生，我们自己也不过是一把刀。那些淬过火的，一生寒光烁烁，剖开整个世界，也剖开了心中的那枚鸟卵。那不曾开刃的，永生永世都活在一个不曾兑现的允诺之中。

未被完成的洁白啊，未长出羽翼的梦，在霜降前未及抽出新芽的风。

放弃一本书，选择一把刀。

藏刀于腹，冰冷的铁镇压内心的火种。藏刀于行囊，欲望使神器昼夜嗡鸣。

灵魂还要忍受多久？那被思想淬砺的锋芒还要克制多久？那个伟大的、敏感的、潮湿的、藏着个马蜂窝的神圣禁区还要空虚多久？

火焰啊，饥饿的火焰。

而语言也是刀。你看多少人自以为聪明得计，在刀刃上耕种，直至双手血流如注，直至面目全非，直至姓氏被磨损、销蚀了光芒，直至门环与铜锁都不堪敲响！

你看多少人佝偻着，和刀睡成了一对恋人。

这一夜也是一把刀，镀银的小刀敲响瓷盘。纤手破新橙，闪电的刀整夜都在暴风雨的床上辗转反侧。一只船在侧卧的刀面上平滑前行，花香切开了记忆，卤莽切开了心上的厚茧。直到一声尖利的叫、亢奋的叫，把夜空一撕两半！直到你微眯的双眼间，一缕寒芒将我的魂魄洞穿。

把刀交给你就是把自己交给空虚。从此，时间是我的君王、我的父亲、我的不通人性的轮毂。

谁将从此判定我的生死存亡？谁将大权在握，划定耻辱与尊严的边界？谁来殡葬，谁来超度？

谁还能那样冷、那样坚硬、那样势如破竹，为我的软弱画一个庄严的句号？

我手里握住什么，才能得到安慰？

但是刀！

不一定非要插入掌心。

但是刀！

不一定非要饮血为生。

有的刀静若处子，却伤人无数。有的刀一生英明，却终于把自己送往炼狱。真的，刀不一定非要运动着，才能分配死亡。

因为我看到你也是一把刀，长在思想的荒野上。你渴望成为犁，却终于成了树。而且没有别的树做你的朋友，而且没有水流来洗濯你的泥足，而且鸟群在你的身体上撒上点点粪便。你的速度在沉睡。你只是在虎头刀柄上，憋出了一根尖刺。

多少个夜晚我这样凝视月亮，这恼人的刀、易损的刀啊，云彩把你拭了又拭，你的霜刃依旧沉寂。

多少个白昼我这样面对河流，温柔、凶猛地切开大地之肤的河流，你的刀锋始终不曾迟钝。

什么时候把我这把愤怒的刀、缺损的刀、老迈的刀、胡言乱语的刀、花纹斑驳的刀、绝望的刀、苦恼的刀、欲望的刀，重新收回炉中？

我梦见饥饿的火焰，吱吱叫的火焰，垂涎欲滴的火焰。

我感到自己像一块冰，在大地之腹融化。

九、大水

被一场大雨激怒的人，会不会被一场大水冲走?

一年一度，这样的季风会吹进田园，掀翻诗人的茅屋，倒伏庄稼，把青涩的果子打落满地。

这样的霹雳会像一朵花一样，开在我简陋的餐桌旁边，让女人和孩子哭泣。一年一度，这样的大水像饿疯了的狼群席卷而过，踩平了高坎深沟，动摇了氏族和村庄，吞没了千百头牲畜，只留下狂暴的泥沙。

一年一度，数不清的庄稼弯下腰去、弯下腰去，在大地的胸膛上哭泣。庄稼和庄稼哭泣着，搂在一起。

那些被大水的利爪刨挖出的巨石，安然卧在迟缓的荒野，无动于衷，棱角依旧。命运对于它们是个谜，时间对于它们是个谜。

而它们坚硬的内心，对于世界则是一个谜。

把自己修炼成石头是困难的，我们只能做一棵庄稼。

我们甚至不能像庄稼一样拥有一块真实的泥土，我们只能是一粒草芥。

我们甚至不能像草芥一样拥有飞翔，我们只能跌跌撞撞在岁月的大水里。

我们只能是自己。

听我讲讲童年时代的大水吧。童年时代的屋顶在大自然的手指间摇晃。

粗大的沙砾是不是也曾这样抽打过你的脸庞？狂野的旋风是不是也曾那样让你躲在课桌底下？

你是不是也用一把锄头引发过暴风雨？你是不是也有一个老朋友这样坦然地迎接大自然的暴虐，面朝死亡？

谈水色变。童年时代的河堤是脆弱的，随着大水不断地扭动，像两条谄媚的蛇。

丢失了亲人的人沿着河堤哭泣，沿着掌心的命运大道凶猛呼号。丢失了亲人的人让河流的两岸从此不得安宁。

而一个少年独自走上了沙岸。他像一支狂热的蜡烛，站在危险的奶油上，火苗在他的瞳仁里摇晃。这个孩子，他安详地寻找什么？谁知道他在寻找什么？这么多年过去，到底谁弄清楚了，他在寻找什么？

只有母亲的呼喊，落在时间的后头。

就像每个人都拥有自己的黑夜一样，每个人也都拥有自己的大水。每个人都曾用他的前额迎接过粗野的风，每个人都曾让自己的花朵长久地泡在雨里，每个人都曾像骄傲的大理石柱一样迎接过激流。

人性的伟大在哪里？人性的伟大在哪里？人性的伟大在哪里？

我的兄弟啊！我的亲人啊，我的素昧平生的亲人啊！掩埋的掩埋，放荡的放荡，随波逐流的随波逐流！

把我留下来！

把我交给大水！让我做泥沙的主人！

让我和奔流的时光做一对玩伴！让我在恶如狮虎的恶浪中进退自如！

不要把一只鹰的死亡归咎于我。不要把天空的枯萎归咎于我。不要把田野上花朵的凋枯归咎于我，不要让我在黑夜的通知书上签名！

不要磨快了刀，砍伐我的树枝，不要用黑色油漆涂抹我的名字，不要剥夺我风火的年轮。不要抽干我肉体深处的太阳，不要把木楔打入我的掌心，不要用轻薄的口吻把我称作人民。

世界，世界，让我的双膝一跪到底！让我张开浩大的风的双臂，像宽阔的梧桐树叶一样伸展自己，让我把自己完全奉献给你。

因为我整个也是一场大水，不肯听命的水，不愿居留的水，无法安慰的水。我整个也是一场浩茫的奔流，向着一个盲目的高度。

我整个也是一匹不驯服的马，我是你的逆子，我的豹尾在你身上留下鞭痕。

世界，世界！为我倾覆大海，为我保留逆子的尊严，为我发放一张人的证明吧！

1995 年